U0141735

哲學研究叢書・學術思想叢刊

魏晉玄學講學錄

王金凌　著

字 一個接一個 一列跨一列

望 不到盡頭

會 倒在字林裏 朽爛成白骨

或 從字林裏 活出來

王金凌

不要迷失在文字叢林中

不過，迷失之前

得先進入。

王金凌

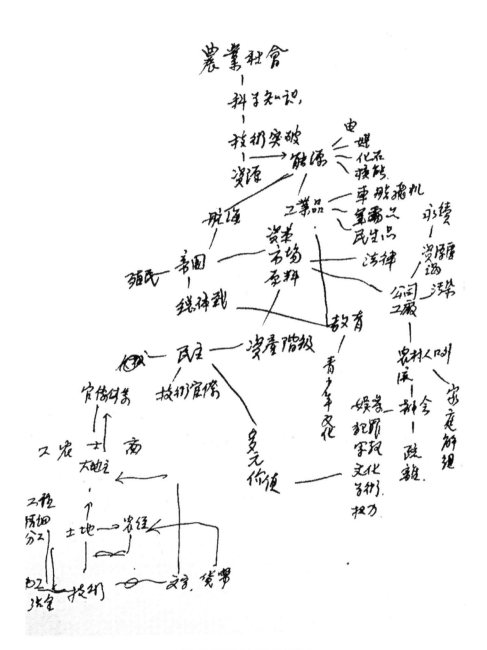

社會組織結構分析圖

第 1 頁

《道德經》述義　　王金凌

老子之道德經又五千言，八十一章，言簡義奧，難以捉手。若欲了知，應尋得入手處。《道德經》的核心是「道」，體「道」者為「聖人」，因此可從「道」與「聖人」二義入手。方東美然「體」、「用」、「相」說「道」，而以聖人為「道徵」，得其眼本。若讀之道德經之者不是聖人，，而是學為聖人，首要的問題自是如何學為聖人，即關於如何成為聖人的知識。但是聖人不只知「道」，乃是體「道」，易言之，學為聖人不只是知識之事，乃是實踐之事。因此，《道德經》的核心問題是關於聖人如何

《道德經》述義

A 困境
B. 體道方法
C¹ 体
C² 用
C³ 相
C⁴ 徵
D 化解
困境之道

〈道德經〉各章論題撮要　王金凌

1. 道可道……有名萬物之母。C¹ 故常無……眾妙之門。B

2. 天下皆知美之為美……前後相隨。A 是以聖人處無為之事……是以不去。D

3. 不尚賢……則無不治。D

4. C¹ 道沖而用之……象帝之先。

5. C³ 天地不仁以萬物為芻狗。C⁴ 聖人不仁以百姓為芻狗。C³ 天地之間……動而愈出。D 多言數窮不如守中。

6. C¹ 谷神不死……用之不勤。

7. C³ 天長地久……故能長生。D 是以聖人……故能成其私。

《道德經》各章論題撮要

《莊子・齊物論》之釋義　　王金凌

提要：

關鍵字：自我・知識・語言・道・無我。

《莊子・齊物論》全文由有我和無我的糾結解說交錯形成。本文以提問為引導，而系統的組構〈齊物論〉全篇思想。第一個問題由南郭子綦和顏成子游的對話提起，即：「什麼是自我？」〈齊物論〉從知識和語言分析自我，於是有第二個問題：「知識和語言的本性是什麼？」知識和語言盡非沒有藏府，否則莊子不必論道。於是有第三個問題：「自我的藏府是什麼？」自我的藏府即由知識和語言的功

〈齊物論〉釋義

第 2 頁

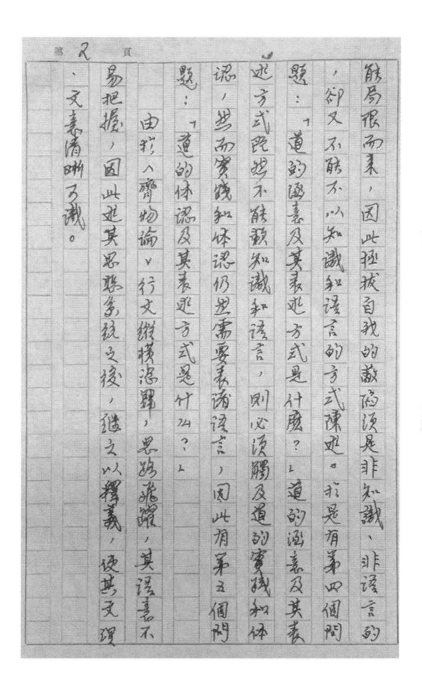

能夠跟而來，因此極拔自我的敵為項是非知識、非語言的，卻又不能不以知識和語言的方式陳述。於是有第四個問題：「道的涵義及其表述方式是什麼？」道的涵義及其表述方式既然不能靠知識和語言，則必須關及道的實踐和體認，此而實踐和體認仍然需要表諸語言，因此有第五個問題：「道的體認及其表述方式是什麼？」

由於〈齊物論〉行文縱橫淩躒，思路飛躍，其語言不易把握，因此述其思路聯系絃之後，繼之以釋義，使其文理、文意清晰可識。

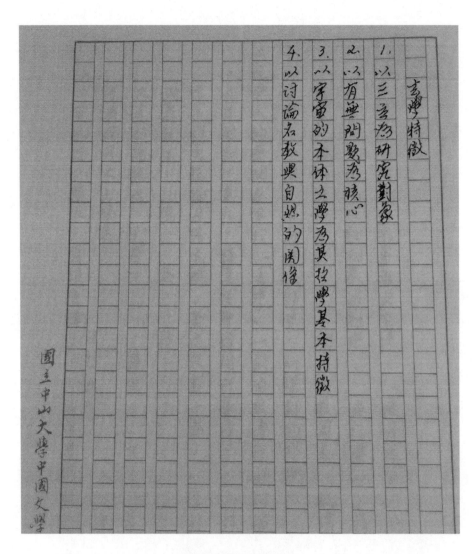

玄學的特徵

1. 以三玄為研究對象

2. 以有無問題為核心

3. 以宇宙的本體立學為其哲學基本特徵

4. 以討論名教與自然的關係

國立中山大學中國文學

魏晉玄學研究手稿

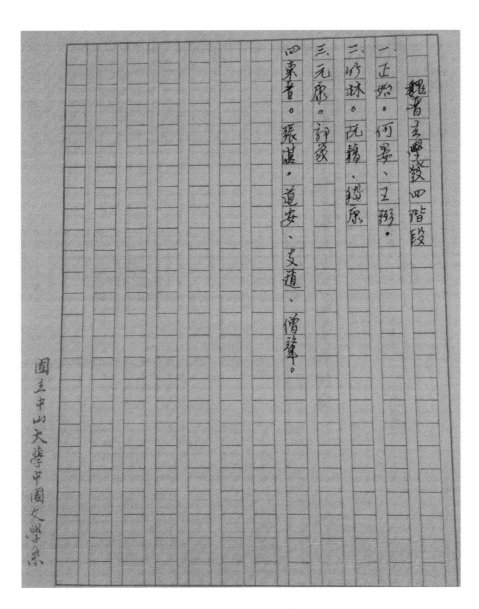

魏晉玄學發展四階段

一、正始。何晏、王弼。

二、竹林。阮籍、嵇康。

三、元康。郭象。

四、東晉。張湛、道安、支遁、僧肇。

國立中山大學中國文學系

魏晉玄學研究手稿

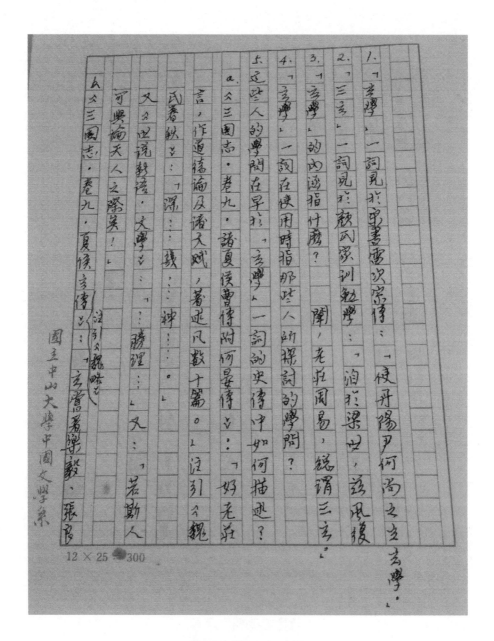

1. 「玄學」一詞見於史書雷次宗傳：「使丹陽尹何尚之立玄學。」

2. 「三言」一詞見於顏氏家訓勉學：「洎於梁世，茲風復闡，老莊周易，總謂三玄。」

3. 「玄學」的內涵指什麼？闡、老莊周易。

4. 「玄學」一詞在使用時指那些人所探討的學問？

5. 「玄學」一詞的史傳中如何描述？

> 《三國志·卷九·諸夏侯曹傳附何晏傳》：「好老莊言，作道德論及諸文賦，著述凡數十篇。」注引《魏》…注引…「魏

a.《三國志·卷九·諸夏侯曹傳》：「好老莊言，作道德論及諸文賦，著述凡數十篇。」注引《魏》…注引…「魏

> 民著然之：「深……錢……押……。」

> 又《世說新語·文學》：「又……勝理……。」又……若勤人

> 可與論天人之際矣！

> 《三國志·卷九·夏侯玄傳》注引《魏略》：「玄晉時樂毅、張良，」

國立中山大學中國文學系

魏晉玄學研究手稿

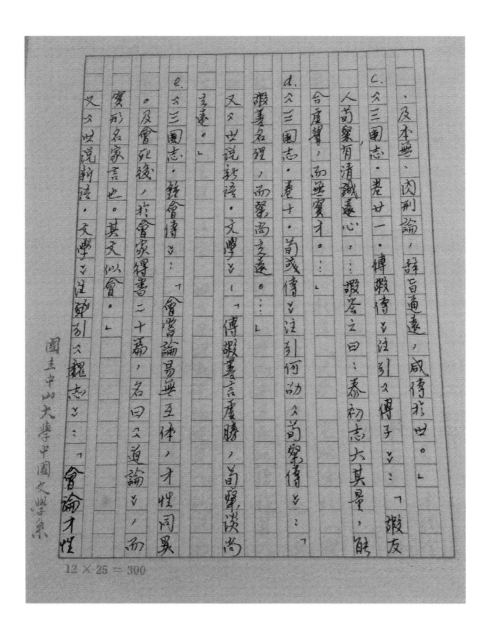

・及本無、內刑論，辭旨通遠，咸傳於世。」

c. 《三國志・卷廿一・傅嘏傳》注引《傅子》：「嘏友
人荀粲有清識遠心，…嘏答之曰：泰初志大其量，能
合虛聲，而無實才。…

d. 《三國志・卷十・荀彧傳》注引何劭《荀粲傳》：「
嘏善名理，而粲尚玄遠。
又《世說新語・文學》：「傅嘏善言虛勝，荀粲談尚
玄遠。」

e. 《三國志・鍾會傳》：「會嘗論易無互體，才性同異
。及會死後，於會家得書二十篇，名曰《道論》，而
實形名家言也。其文似會。
又《世說新語・文學》注引《魏志》：「《會論才性

國立中山大學中國文學系

魏晉玄學研究手稿

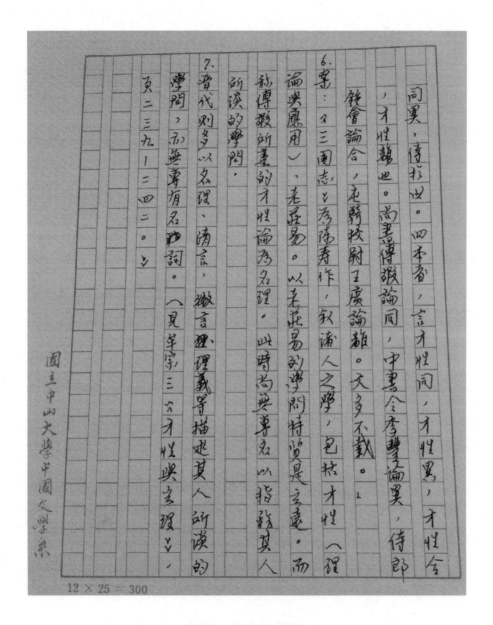

同異，傳於世。四本者，言才性同，才性異，才性合，才性離也。尚書傅嘏論同，中書令李豐論異，侍郎鍾會論合，屯騎校尉王廣論離。文多不載。」

6. 案：（《三國志》為陳壽作，敘論人之學，包括才性。）

論與應用），老莊易。以老莊易的學問特質是言遠。而新傳散所著的才性論為名理，此時尚無專名以指稱其人所談的學問。

7. 晉代則多以名理、清言，徽言理理義等描述其人所談的學問，而無專有名的詞。（見牟宗三〈才性與玄理〉，頁二三九～二四二。）

魏晉玄學研究手稿

輔仁大學課程計劃表　　第一頁

課程名稱	文學理論
學分數	2
必修 選修	選修
開課院系所	中國文學系三年級
學年度	78
上課期限	一學年
任課教師	王金凌
課程說明	1. 本課程研究中國文學理論。 2. 中國文學理論是傳統士人思想產品之一。 3. 思維方式影響思想內涵。 4. 傳統士人思維方式有三次轉變：巫史、形上和假設—驗證。 5. 本課程所研讀的文獻根據上述範舍安編，並附每一單元的背景考目與論文。
課程大綱	單元一： 　1. 論語選。 　2. 毛詩大序。 單元二： 　3. 曹丕，典論論文。 　4. 陸機，文賦。 　5. 劉勰，文心雕龍（選）。 　6. 鍾嶸，詩品序。 單元三：

「文學理論」課程計畫表

第二頁

	7. 韓愈, 答李翊書 8. 楊萬里, 江西宗派詩序. 9. 嚴羽, 滄浪詩話. 單元四: 10. 王國維, 紅樓夢評論.
書 目	單元一: 1. 柳詒徵, 國史要義. 中華書局. 2. 張光直, 中國青銅時代. 聯經. 3. 許倬雲, 西周史. 聯經. 4. 余英時, 中國知識階層史論. 聯經. 5. 方東美, 原始儒家與道家. 黎明. 6. 牟宗三, 中國哲學十九講. 學生. 7. 孟子選. 8. 荀子, 禮論、樂論. 9. 呂氏春秋, 召類. 10. 王金凌, 中國文學理論史 (上古篇). 華正. 單元二: 1. 范曄, 後漢書黨錮列傳. 2. 余英時, 中國知識階層史論. 聯經 3. 湯一介, 郭象與魏晉玄學. 4. 方東美, 大乘佛學 (僧肇三論章). 黎明. 5. 古詩十九首

「文學理論」課程計畫表

第三頁

6. 王粲，七哀詩。

7. 石崇，金谷園詩序。

8. 王羲之，蘭亭集序。

9. 中國王金淩，中國文學理論史（六朝篇）。華正

單元三：

1. 嚴耕望，唐人習業山林寺院之風尚（錄於唐史
研究叢稿），新亞研究所。

2. 陳寅恪，讀鶯鶯（錄於陳寅恪先生論文集）。
九思。

3. 釋印順，中國禪宗史。

4. 錢木大拙，禪與心理分析。幼獅。

5. 郭紹虞，滄浪詩話校釋。東昇。

6. 黃景進，嚴羽及其詩論之研究。文史哲。

單元四：

1. 段玉裁，說文解字注（「論」字）。藝文。

2. 李日章譯，西方近代思想史。聯經。

3. 郭湛波，近代中國思想史。

4. 李澤厚，中國現代思想史論。

5. 柏格，飄泊的心靈。巨流。

6. 柯慶明，現代中國文學批評述論。大安。

7. 葉嘉瑩，王國維的文學批評。

8. 葉嘉瑩，中國詞學現代觀。大安

「文學理論」課程計畫表

目次

序

　　這是一本尊師重道、薪盡火傳及溫馨可感的紀念文集，我沒想到五年後竟真的能出版了。

　　民國一〇一年先生以六十三歲，也是人文思索最璀璨光華的「盛年」，生命戛然畫下句點，真是令人難過與錯愕；對他本人來說壯志未酬更是非常的不幸，我自己也在狂躁、憂鬱侵蝕下有實難言喻的傷心，但這是一個無奈的事實。

　　所幸，有學生林秀富提供二〇一〇、二〇一一學年度的錄音資料，是先生在輔仁大學中文研究所開設的「先秦學術專題研究」、「魏晉玄學專題研究」兩門課，於是自二〇一二年的十一月二十四日開始，感謝受業弟子賴哲信、高瑞惠、許朝陽、吳智雄、郭士綸、蔡昱宇、陳必正、陳恬儀、鄭垣玲、胡文欽同學等成立遺講整理小組，由郭士綸居中聯繫，共同完成《先秦學術講學錄》上、下冊、《魏晉玄學講學錄》共三本遺稿，這段期間：哲信擔任系主任公務繁忙；恬儀、必正、垣玲及文欽皆上有高堂至親亟需親侍湯藥；智雄甫術後不宜操勞；瑞惠、朝陽、士綸忙於升等或博士論文，昱宇也有其他工作奔波，大家總是抽出僅有的時間，黽勉同心、全力以赴。每思及此總是感激、感動不已。最後經輔仁大學中文系系主任許朝陽、海洋大學人文社科院副院長吳智雄兩位教授努力審訂及奔走連絡，在萬卷樓圖書公司總經理梁錦興、副總經理張晏瑞兩位慨然相助下，終於能讓本書在其五週年忌日及時出版。

　　先生曾說：「心靈必須衝破自己的形體，才能和無數心靈交會，缺乏恢拓的心靈，即使借形法而會合，不過徒留失望而已。」願這些尚存的錄音遺講，能傳載、再現他無形、恢弘的精神，在廣漠的心靈中與讀者交會。

　　本書由三位子女：肇仁、清若、婉若共同出資付梓，以報親恩，以解孺慕。

　　　　　　　　　韓玉彝　　謹記於民國一〇六年九月十二日

編輯弁言

　　學生們喜稱老師為「金凌師」。在學生的心目中，老師的學問既淵博又精闢，雖不作驚人之語，卻總是一針見血、深中肯綮。遺憾的是，老師早年雖有《文心雕龍術語析論》、《中國文學理論史（上古篇）》、《中國文學理論史（六朝篇）》等著作行世，但後來忙於行政工作，儘管曾發願退休後重新梳理，惜天不假年，晚期更圓熟的學術見解遂未及完整論述、編印成書。二十年前，我在博士班修過老師若干門課，論文也由老師指導；這些年來，言談間也與老師論及某些學術議題，但老師真正的學術觀點究竟有何種變化，其實也不甚了解。

　　老師去世後，林秀富學姊提供了二〇一〇、二〇一一年「魏晉玄學專題」、「先秦學術專題」的研究所上課錄音檔，學生們不忍老師的學術智慧就此湮沒，基於尊敬與懷念，遂自二〇一二年十一月開始，自發性地開始了錄音檔的整理工作。首先是將老師的錄音紀錄轉謄為逐字稿。由於大家各有工作，時間極為有限，幸得許多熱心的同門、研究所同學加入此一工作，各錄音檔乃能漸次轉成文字。但語音辨識偶有失真之時，加上文字表達與教學現場的口語表述終究有所差異，光有逐字稿仍不免有隔靴搔癢、甚至不明究理之感。因此，我們努力蒐集了當時的教材講義，盡可能還原老師的原意。

　　這份魏晉玄學專題的逐字稿，是由胡文欽同學在他撰述博士論文之際，獨力整理而成。在此逐字稿的基礎上，再由我加以潤飾。由於魏晉玄學課程的錄音並不完整，於是我用老師部分文稿、講義加以補

足，使之較成體系。同時，部分上課內容，老師或已發表於期刊論文；為使文意清楚，部分課堂講授，我則以論文內容取代。雖文意較為清楚，但不免有風格不一之憾。

　　僧肇《物不遷論》曰：「求向物於向，於向未嘗無；責向物於今，於今未嘗有。」諸法不來不去，希望這本講學錄的問世，能作為昔年師生相會的永恆見證。

　　　　　　　　　　　　　　　　　　　許朝陽　謹識

第一講
「玄學」釋名及核心論題之形成

「玄學」釋名

　　「玄學」的「玄」，在字源上，出於《道德經》第一章：「玄之又玄，眾妙之門。」王弼注：「玄，謂之深也。」王弼在〈老子指略〉有進一步的解釋：「夫道也者，取乎萬物之所由也；玄也者，取乎幽冥之所出也；深也者，取乎探賾而不可究也；大也者，取乎彌綸而不可極也；遠也者，取乎綿邈而不可及也；微也者，取乎幽微而不可觀也。」依王弼的解釋，「玄」是對「道」的描述，說明萬物出於非感性和理性認知所及的「道」，相較於感性和理性認知所及的對象，於是以「幽冥」形容之。

　　魏晉之時，「玄」常與「遠」結合成詞，而與「名理」相對。「玄遠」可以指（1）不「評論世事，臧否人物」，如《世說新語・規箴》：「王夷甫雅尚玄遠。」以及《世說新語・德行》注引《魏氏春秋》：「上曰：天下之至慎者其惟阮嗣宗乎？每與之言，言及玄遠，而未嘗評論時事，臧否人物。」也可以指（2）相對於經學的言論，如陸澄〈與王儉書〉：「晉太興四年，太常荀崧請置周易鄭玄注博士，行於前代。於時政由王、庾，皆雋神清識，能言玄遠。」又可以指（3）相對於「名理」的言論，如《三國志・卷十・荀彧傳》注引何劭《荀粲傳》：「顗善名理，而粲尚玄遠。」及《世說新語・文學》：「傅嘏善言虛勝，荀粲談尚玄遠。」

　　而「名理」則指才性論之類的形名家言。如《三國志・鍾會傳》

所言：「鍾會，字士季，潁川長社人，太傅繇小子也。⋯⋯及壯，有才數技藝而博學，精練名理。⋯⋯會嘗論易無互體、才性同異。及會死後，於會家得書二十篇，名曰《道論》，而實形名家言也，其文似會。」以及《世說新語・文學》注引《魏志》：「會論才性同異，傳於世。四本者，言才性同、才性異、才性合、才性離也。尚書傅嘏論同，中書令李豐論異，侍郎鍾會論合，屯騎校尉王廣論離。文多不載。」

　　無論「評論世事，臧否人物」、「經學」、或「名理」，其共同特徵是切近世務，則「玄遠」的言論指遠於世務。玄遠之言大多依傍《老子》、《莊子》書而立說，顯出論「道」的傾向。例如《三國志・卷九・諸夏侯曹傳附何晏傳》：「好老、莊言，作道德論及諸文賦，著述凡數十篇。」注引《魏氏春秋》：「深⋯⋯幾⋯⋯神⋯⋯。」及《世說新語・文學》：「勝理⋯⋯。」又：「若斯人可與論天人之際矣！」以及《三國志・夏侯玄傳》注引《魏略》：「玄嘗著樂毅、張良、及本無、肉刑論，辭旨通遠，咸傳於世。」《三國志・傅嘏傳》注引《傅子》：「嘏友人荀粲，有清識遠心，⋯⋯嘏答之曰：『泰初志大其量，能合虛聲，而無實才。』」甚至進而以這類言論為「玄學」的內涵。如《晉書・陸雲傳》：「（陸）雲⋯⋯至一家便寄宿，見一少年，美風姿，共談老子，辭致深遠，向曉辭去。行十許里，至故人家，云：此數十里中無人居。雲意始悟，卻尋昨宿處，乃王弼冢。雲本無玄學，自此談老殊進。」其後，更以「玄學」與「史學」、「文學」相對並立。沈約《宋書・雷次宗傳》：「元嘉十五年（元嘉是南朝宋文帝劉義隆的年號），徵次宗至京師，開館於雞籠山，聚徒教授，置生百餘人。會稽朱膺之、潁川庾蔚之並以儒學監總生，時國子學未立，上留心藝術，使丹陽尹何尚之立玄學，太子率更令何承天立史學，司徒參軍謝元立文學。凡四年並見。」至顏之推而有「三玄」之名，《顏氏家

訓·勉學》:「夫老、莊之書,蓋全真養性,不肯以物累己也。故藏名柱史,終蹈流沙;匿跡漆園,卒辭楚相,此任縱之徒耳。……其餘桎梏塵滓之中,顛仆名利之下者,豈可備言乎!直取其清談雅論,剖玄析微,賓主往復,娛心悅耳,非濟世成俗之要也。洎於梁氏,茲風猶傳,老莊周易,總謂三玄。」

從上述文獻可知,「名理」和「玄遠」是相對的知識(《三國志·荀彧傳》注引何劭《荀粲傳》:「頵善名理,而粲尚玄遠」)。「玄遠」是以《老》、《莊》、《易》為核心而形成的知識特質,「名理」則以才性為核心所形成的知識特質,屬於「形名家」言,「形名家」即以品鑒才性為主。

又,牟宗三曾爬梳文獻,指出「名理」一詞乃概括之通稱,而才性與玄理則是其殊目。魏初思想只談才性,尚未有玄論,史傳亦多稱鍾會等人「善名理」。及正始名士出,轉向《老》、《莊》、《易》之玄論,史傳多以「玄言」、「清言」、「玄理」稱之。概括言之,凡言名理、思理、理義、義言者,皆可統稱之「名理」。因此,傳統對魏晉思想「名理」、「玄論」之分,則其實是「才性名理」與「玄學名理」。

玄學核心論題的形成

一般提到「玄學」這個名稱,都徵引沈約《宋書》。而提到玄學家和玄學分期,則根據東晉袁宏《名士傳》。當提到玄學的主要論題時,則區別才性名理和玄學名理,而玄學名理的主要論題是「有」和「無」、「一」和「多」、「聖人」等。

《世說新語·文學》:「袁伯彥作名士傳成。」注引袁宏《名士傳》,以「夏侯太初(玄)、何平叔(晏)、王輔嗣(弼)為正始名

士。阮嗣宗（籍）、嵇叔夜（康）、山巨源（濤）、向子期（秀）、劉伯
倫（伶）、阮仲容（咸）、王濬沖（戎）為竹林名士。裴叔則（楷）、
樂彥輔（廣）、王夷甫（衍）、庾子嵩（敳）、王安期（承）、阮千里
（瞻）、衛叔寶（玠）、謝幼輿（鯤）為中朝名士」。

如果根據玄學的主要論題來稽核袁宏《名士傳》所提到的玄學
家，則嵇康、阮籍等竹林名士中的著作，並沒有討論上述主要的玄學
論題。因此，除非排除竹林名士，否則玄學的主要論題這個提法將使
玄學的性質無法全面顯現。

玄學不只是一種學問，也是一種生活觀念和方式。從玄學的主要
論題來看，它是一種學問，從竹林名士和南朝談玄而無新義來看，它
是一種生活觀念和方式。學問和生活才構成全面的玄學。

然而玄學的學問和生活方式是怎麼產生的？這個問題預設了玄學
和東漢儒學迥異，並且說明了士人逐漸放棄東漢儒學探討學問的方
法，改採玄學的方法。從事儒學或玄學者都是士人，於是玄學怎麼產
生，其實是探討士人為什麼發展出玄學，或士人為什麼選擇玄學這種
學問。人們改變選擇是因為原來的選擇不再成為理想的目標、價值、
或無法實現。因此關於玄學產生的因由，必須從士人為什麼從以儒學
為主轉移至以玄學為主入手。但是這仍不足以說明士人為何選擇玄
學？因為選擇是根據既有的經驗和價值觀，所以，必須從士人價值觀
的轉變和士人所繼承的傳統知識來看。

從戰國時代士人興起以來，他們的目標就是入仕。入仕的目的或
為利祿，或為經世濟民的理想。不論哪一種目的，都要透過入仕的目
標才能實現。到了西漢末，士人人數已經超過朝廷官僚體系所需而供
過於求。再者，東漢官僚體系人才的進用管道，主要是透過徵辟和察
舉，其間頗有不公。於是被擯斥於官僚體系的士人為謀一枝棲，不得
不沉於下僚，而為郡、縣掾吏。這些士人在人生目的難以實現的情境

下，除了對朝廷舉才多非其人深致不滿之外，對於素所嫺習的經學，尤其章句之學，也覺得無所施用。在困頓之際，更鄙薄章句之學的煩瑣。

東漢士人所繼承的傳統知識，在人生目標上，若不是仕宦。就是隱退。如今仕宦之途既然壅塞，只能把人生目標寄在隱退。而他們所繼承的傳統知識中，唯有《老子》和《莊子》的旨趣最容易引發這種思緒。

可是西漢士人並不是從隱退的旨趣來理解《老子》和《莊子》，西漢士人很少接觸《莊子》，對《周易》和《老子》則頗為嫺熟。《周易》是六藝之一，《老子》則在黃老之學的名義下解讀，所以二書在西漢士人心目中頗為重要。但是他們對二書的理解，多取其明哲保身的避禍之道。西漢末之後，士人接觸《莊子》者漸多，於是在隱退的旨趣上，取《老》、《莊》和神仙家言作為其價值觀的憑藉；然而士人的才識並不空廢於隱退，而是藉山水、田園、文學、音樂、書法等藝術寄其隱心。

隱退只是東漢新生的價值觀，這個價值觀並未使經世濟民和謀取利祿的價值觀消逝，於是士人在「可以仕則仕，可以隱則隱」的雙重價值下作個人的選擇。當他們選擇仕進時，面對朝廷的徵辟和察舉制度，雖然有集體自覺，而先後和外戚、宦官抗衡，但是從士人群體中要脫穎而出，就不是章句之學和恂恂儒雅之風所能為功，而必須顯出穎異之才。即使德範昭昭，也是穎異之才的另一種表現，如此才有可能實現其經世濟民或謀得利祿的目的，而在士人群體中脫穎而出的途徑就是人倫識鑒。人倫識鑒一方面作為識才的方式，另一方面則作為舉才任職的依據，於是選才的依據就從經學知識轉移到才性穎異。這是兩套不同的知識系統，經學是關於世務的知識，才性論則是關於個人品德、個性、才具鑒別的知識。

　　東漢的人倫識鑒具有兩種性質。作為才性相宜的品鑒依據，它是形名家言；作為隱退而寄心山林、藝術的賞鑒心態，而將對象移於人物才性，則它是人物風度的藝術，移於文學，則成為「文體論」（風格論）。前者的典籍傳於今者以劉劭《人物志》為代表，後者類以《世說新語》的若干載錄為代表，至於文學，則集結於《文心雕龍》。這三種取向有共同的形上思維作根源。簡而言之，可以用劉劭《人物志‧九徵》之言來概括：「人物之本，莫不含元一以為質，稟陰陽以立性，體五行而著形。」

　　藝術傾向的才性論在魏代體現於竹林名士嵇康、阮籍等人的生活觀念和言行風格。因與世俗禮法不合，而被目為違背名教，但是竹林名士則認為是自然。另一方面，形名家的才性論在論及才性離合的問題時，須以才的高下和性的體別為前提，其最高者為聖人，聖人體道，於是聖人與道是隱含在才性論中的論題，這個論題因才性論切合於世務而隱沒不彰。當魏代士人解讀《易》、《老》、《莊》時，東漢士人隱退的價值觀和才性論的論題，就隱然引導著他們的理解，而將焦點放在「道」、「聖人」、「自然」三個核心觀念上，成為玄學的主要論題。換句話說，玄學必須論證聖人體道和聖人兼該自然與名教這兩個論題，而整個玄學就是以這兩個論題為核心而舖展開來。

第二講
阮籍背景傳略及其〈通老論〉

知人論世：歷史背景的重要性

〈志〉所記錄的內容，關係著特定的制度沿革。其中特別值得注意的是，歷代的〈選舉志〉通常篇末都有編者（例如杜佑或鄭樵）所下的評論。如要對《後漢書》的社會政治概況有一簡要的概念，可以參考薩孟武的《中國社會政治史》。這套書包括中央、地方的官制的架構，頗為詳細完整。對於歷代政治架構有了基本概念，歷史事件就會顯得具體明晰。

以玄學為例，讀過東漢（必要時甚至可以延伸到魏晉）的斷代社會政治史，歷史事件的背景就非常清楚。有了歷史場景，對於玄學的了解，也就會比較清楚一些。如果不進入該歷史場景，就會覺得有所隔閡。比如談魏晉之際，名士多故的真正歷史原因為何？並不是任何人都會遭殃。從王室的立場來看，如果你有家世背景，可能是具有影響力的人，就要將你納入體系內；如果不能，你就是他的敵對陣營，是潛在的反叛者。這與政黨、黑道基本上沒兩樣，任何一個組織權力運作的原理都相同。

阮籍也是如此。阮籍的父親阮瑀，也算是士族中人，而且也當過魏的丞相掾，就是丞相底下的秘書人員。傳統上此類人都是掌管文書，就是要寫公文、私人書函或者文告。表面上雖只負責撰寫，但實際上這些秘書人員往往也會參與主管的決策。掾史這種秘書職務，在漢代而言，並不是正式受有俸祿的官職，其俸祿都是主官私人所給。

這是古代的一個制度，他們沒有升遷問題，完全是因熟識或推薦而受到主官任用，主官離職了，就跟著沒了工作，或者跟隨著主官到他處任職。一直到清朝都是如此，稱作游幕。官場有個帷帳，「幕」就是在其背後。有時甚至因為主官覺得需要，向朝廷上報而發出正式派令，一個幕僚就被派到某地當縣官或者郡守。一直到民國五、六十年，都還有這種現象，具有知識或能力者，可以未經正式公職考試進入官僚體系，因為時代變化，現在就少見了。

傳統舊小說、戲曲有所謂「出將入相」，都是想像的。「出將入相」只有春秋時代才有，因為宗室制度的關係，在內部為相的諸侯君，可能是王的兄長或者叔伯，出去作戰時，因為動員整個宗族，因此就直接派遣宗室成員為將，完成作戰返回時又是相，所以是出將入相。這是後代所沒有的，因為相權跟兵權不能合一，兩者合而為一，等於行政權跟兵權同時掌握在手裏，國君或天子地位將受到威脅，非常危險。在舊小說、戲曲中，有文人秀才不明就裏，這樣寫了，後人就照抄。

到春秋之後，相跟將是分開的，行政權跟軍事權一定分開，而且軍事權不交給宗室內的兄弟叔伯，因為兄弟叔伯都有合法的繼承權。如果一個皇帝把兵權交給自己的兄弟，若其兄弟有野心就可以推翻而自立為君，因為其兄弟有合法的繼承權，推翻可以明的、暗的，各種陰謀叛變都可以。所以兵權從漢代以後，都交給沒有合法繼承權又可以信賴的外戚，所以皇后的父親、兄弟，也就是皇帝的岳父、大舅、小舅都可以領兵權。

人才的選舉、培養上，有些時代為什麼要考經學？有些時代為什麼偏重文學？這要視乎地區而定。一般來說，像到唐、宋，因為受到六朝（北方士族）的影響，六朝士族基本上是經學傳家。在傳統知識分類中，經學這種學問，本來就是處理國家大政的知識，尤其是提升

到原理上，就是治國的方針原理。所以大的家族，讀書先讀經學。經學之外，也會有文章辭賦的創作，但這較屬次要或個人偏好。為了家族需要，培養成為一個能做事的人以進入朝廷，就需要透過經學這條路子，因為這是維繫家族興盛的一個重要管道。如在今日，經學可說包括了社會科學中的政治學、行政、管理，甚至於法律，只不過古代的知識學科並未細分。

　　經過唐宋，士族大部分在北方，南方反而文學鼎盛。文學鼎盛之後，因為士族勢力龐大，雖然對於王室尚不構成威脅，但是有了抗衡的意味，像唐代為了壓抑北方的士族，就採取考文學來拉拔一波社會新的群體，也就是進士，到宋代也常是如此。其實這種制度到民國六七十年也還存在，比如說考試是各省分配名額，古代則是各郡。比如漢代時，由各郡推舉二個人，就具有代表性。這種代表性延續到民主政治時代，由各省選出多少民意代表，政府的公職人員也是採取國家考試，民國成立後，錄取名額是採各省名額來定，而不是採全國來定，爾後才廢除不合宜的部分，做出調整修正。採各省的平均，這也有其道理，因為每個省都要有人出來，栽培以後回到各自的省、縣。但回到各自的省、縣後，隨之卻也衍生出一些問題，因為都是鄉親，熟人，很難管理。所以帝制時代，一般派遣任官時，要避開人情包袱，所以不派任家鄉地。因此，古代任官一定是流離在外，要到辭官才會告老還鄉，或者貶官、撤職，才能回到家鄉。

　　所以觀察一個斷代，第一件事情是看官職，因為一個組織就好像下棋看棋盤格，官制的組織結構清楚了，這些人物就好像在棋盤格這些官制中，上上下下，才能清楚其中的狀況。第二個就是歷史地理，歷史地理當然古今有異，有其沿革。知道沿革地理，有助於了解古人活動。比如說讀歷史時，某人從這裏到那裏，就可以計算大概要花多少時間，比如孔子周遊列國有多遠？就是從山東到江蘇北部徐州這一

帶，然後再往河南，就在山東、河南這一個範圍。山東到河南很接近，步行大概幾天就能到，比如陳國到曲阜大約二百公里，也就是從這裏（新莊）到嘉義的距離，腳程快一點也行，這就是周遊列國。所以古今地理的觀念，藉由沿革地理來看，就很方便，所以地理要知道。

官制、地理是很基本的。通常讀一個斷代歷史，有需要時再看一下其他斷代，一個斷代應該發生的事情，後代也是大抵相同，基本上都是在重複。因為基本制度沒有改變，就是最基礎的農業生產方式沒有改變，政府組織沒有改變，還是帝制；人們的活動模式、互動方式、技術、技巧等等各方面，基本上不會差異太遠。所以要研究哪個時代的思想、文學，就從官制、帝王年號、地理、人口數等等，甚至於當時的流行疾病，特殊的天象，旱災、水災等（這些都記錄在〈五行志〉），將這些按年代列表編寫下來，就等於穿過時光隧道，對該時代的環境非常熟悉。同理，要了解自己的當代也是如此，比如這五十年來，或者一九五〇、六〇到現在的大事表，一般看大事表就可以知道那個大環境中，哪幾年有重要的事情，一個重要的事情就會產生長遠的影響，那些事情就比較值得注意。

至於要看什麼？最好的方法就是把每一個開國皇帝的〈本紀〉做一個分析，大抵他們的共通點就是領導的基本原理。因為開國皇帝一定是成功的，不然開不了那個國。但是方法或者特質，要看環境，有些時代環境可用，有些時代環境不可用。從漢代或者往前，把〈本紀〉通通看過，整理成一個綱目，從秦始皇、漢高祖、漢光武帝、曹操、司馬懿、司馬師、司馬昭等等，乃至於唐代，歸納起來，大致上就很清楚領導的方法、特質。這會比那些領導、管理的書籍更清楚，因為那是實務，然後斟酌損益，因應環境對象來加以調整，這就是方法。

阮籍生平傳略

談阮籍的背景，不免連帶必須談到一些文史背景的知識。看阮籍時，要知道此人的性格特點，《晉書》說他「容貌瓌傑，志氣宏放，傲然獨得，任性不羈，而喜怒不形於色」，說這個人有點傲氣，喜怒不形於色；傲氣中又有點任性，「或閉戶視書，累月不出；或登臨山水，經日忘歸」，這就是任性。這種任性也表現在很多事情上，從好的方面說是優點，如做研究、做學問，從事藝術等等，很需要專心投入，這是非常好的優點。為什麼？因為執迷而投入專注。但是這樣的人，往往因專心於某事而疏略世俗的應對進退。所以，任性有其優點，但也有其缺點。

阮籍是阮瑀的兒子，阮瑀也是一個有名氣的人，「瑀，魏丞相掾，知名於世」，而且那段時期又都是在曹魏底下，當然成為朝廷要招攬的人。從年輕開始舉了二件事，首先是兗州刺史王昶，「籍嘗隨叔父至東郡，兗州刺史王昶請與相見，終日不開一言，自以不能測」，這有二種反應，一種是阮籍不善於應對，一種是高深莫測。

第二件事就是身為三公之一的蔣濟聽聞阮籍有才，要讓阮籍擔任職務，「太尉蔣濟聞其有雋才而辟之」，於是阮籍寫了一篇奏記答謝：

> 伏惟明公以含一之德，據上台之位，英豪翹首，俊賢抗足。開府之日，人人自以為掾屬；辟書始下，而下走為首。昔子夏在於西河之上，而文侯擁篲；鄒子處於黍谷之陰，而昭王陪乘。夫布衣韋帶之士，孤居特立，王公大人所以禮下之者，為道存也。今籍無鄒、卜之道，而有其陋，猥見采擇，無以稱當。方將耕於東皋之陽，輸黍稷之餘稅。負薪疲病，足力不強，補吏之召，非所克堪。乞迴謬恩，以光清舉。

蔣濟怕阮籍不來，還派人去迎接，得知阮籍已離去，身為三公之一的蔣濟，當然不高興，認為阮籍不識抬舉。所以阮籍的一些同鄉就一勸再勸，阮籍也就赴職。「初，濟恐籍不至，得記欣然。遣卒迎之，而籍已去，濟大怒。於是鄉親共喻之，乃就吏」，後來還是「謝病歸」。之後「復為尚書郎」，當尚書底下的一個文書人員，「少時，又以病免」，過不久還是以身體不好為理由，辭去職務。

之後「及曹爽輔政，召為參軍（軍中文職人員），籍因以疾辭，屏於田里。歲餘而爽誅，時人服其遠識」。何以阮籍這麼年輕就能如此清楚環境的變動劇烈而能全身免禍？合理推論，可能是因其父阮瑀的關係。因為阮瑀是屬於圈內人（政治組織），對政治鬥爭看得清清楚楚，應該在平時跟阮籍的談話中就勸說不要涉身政治，不要進入這個圈子，裏面有太多的危險。所以，阮籍才可以年紀輕輕，始終不願意進入政治組織中。

可是阮籍也沒有辦法，當「宣帝（司馬懿）為太傅，命籍為從事中郎。及帝崩，復為景帝（司馬師）大司馬從事中郎（軍中文職人員）。高貴鄉公即位，封關內侯，徙散騎常侍」。「關內侯」僅是一個名義，就好像現在的一個勳章，沒有實權。以前的漢代的侯，開始是有兵權，七國亂後，雖然還是有封侯，但是跟周代的封建已經不一樣，不給兵權，就是「食租稅」，將受封的地方稅收給其使用，沒有實權，就類似一個富豪。再往下就連稅收也沒有，只是一個名義。「散騎常侍」也是一個沒有實權的職務。

後來，「文帝初欲為武帝求婚於籍，籍醉六十日，不得言而止」，阮籍裝醉來得罪皇帝也不行，所以「及文帝輔政，籍嘗從容言於帝曰：『籍平生曾游東平，樂其風土。』帝大悅，即拜東平相」。意思就是願意進入該政治組織內，所以去當東平相。阮籍也有一套辦法，就是「清簡」為主，「籍乘驢到郡，壞府舍屏鄣，使內外相望，法令清

簡，旬日而還」。之後「帝引為大將軍從事中郎」，又當「步兵校尉」，都是邊緣的職務。

所以可以看到，阮籍雖不得不進入這個圈子，但為避免招致禍患，都學張良，處在邊緣的位置。進入這個圈子，表示不跟其對立，因為沒有力量對抗，但是也不想依附得太深，所以挑個邊緣的位置。當漢高祖封侯時，張良挑一個紀念性質的「留」，是和高祖第一次見面的地方，所以有紀念意義。這意味顧念舊情，所以高祖聽起來心裏就會很高興。這就是一種形勢，讀歷史很多典故，人的關係很難非常的和諧，尤其在權力上，得有方法去閃避一些無謂的危機，才能夠得善終。這是身在衰亂之世的一種方法，太平之世就不需要了。

關於阮籍的其他事蹟，《世說新語》抄錄的，就當趣談不必當真，只是透露那個時代士人的生活面貌。關於阮籍的著作，因為引用典故，可以透過前人注解，比較容易了解。

長嘯導氣與〈通老論〉

在阮籍的傳記中，還提及孫登之事：「籍嘗於蘇門山遇孫登，與商略終古及栖神導氣之術，登皆不應，籍因長嘯而退。至半嶺，聞有聲若鸞鳳之音，響乎巖谷，乃登之嘯也。遂歸著〈大人先生傳〉。」關於長嘯，現代社會少能聽到。什麼是「栖神導氣之術」？從戰國以來就有一種導引之術，就是導氣之術，呼吸吐納，流傳到今日稱為氣功。什麼叫作「栖神」？就是將心的意念，古人就稱為神，專注集中在一處，在《道德經》就叫作「致虛極、守靜篤」。

導引的第一個先決條件，內心必須專注，道家如此，後來佛教的安般守意也是如此。導引時有一個專注的對象，就是呼吸。一般呼吸是到胸部、肺部；導引時，呼吸就進入到下腹，肚臍以下，就是傳統

說的丹田。這樣蓄積的氣慢慢的比較豐沛，比較充實的時候，那個氣會尋著人體的經絡，到手部，到腳部。氣如果充盈，就能帶動身體而使震動，從小腹的微震、到身體搖晃、乃至手腳舞動。這都是物理的原理，一點都不神祕，譬如將氣球作成人體的模樣，打氣進去時，氣球就會動起來了。同樣的道理，導引也是如此。

為什麼會到嘯呢？嘯並非出自刻意，起初純任氣息流動，但當氣息與思慮專一，栖神於天地自然時，在內心會由衷的對天地自然有一種讚歎，這種讚歎的意念就會使氣通過發音器官，從喉嚨經由口鼻發出音聲。這個音聲不是語言，但有高低之音律，就好像音樂，這時就是嘯，有時候稱為吟。因為氣息長，一個音可能延續了十幾秒、二十幾秒，甚至三、四十秒。聲波就這樣流轉、流動，這就是嘯、就是吟。

除此之外，對天地自然的讚歎，也可以轉換成語言，就變成長歌，這樣的歌就比較接近頌讚的歌。假如有宗教信仰，頌讚的對象可能從天地自然轉移到宗教上的對象。所以，吟跟嘯跟歌都可以。這是一種方式的天人合一，所謂的人是「栖神」的神，神栖在非欲望的對象，栖在這個廣漠無垠的天地自然。當講天人合一的天，本身是一個總稱，這個總稱散而為具體的現象時，也可以說是影像時，就是大自然。所以歌頌、長嘯的內容是自然時，是在內心與自然合而為一，這就叫作天人合一，這是天人合一的一種意思。

這種天人合一，如果有一種德性上的信仰，天就轉為道德意義的天，第一個條件就不只是觀照這個天地自然，而是從天地自然再觀照到有生之物。有生之物內，特別的各種生命，尤其是聚集到人的生命時，會因為觀察而產生一種同情、悲憫、仁慈。這種統稱為仁、為愛、為慈，就是道德的根源，這就是天，或者稱為「誠」，《中庸》所謂：「誠者，天之道。」

　　所以，看這兩種天人合一，一種只是天地自然，純粹的天地大美，是一種美。另外一種道德的，這是善。在人的意識，分別開來是這樣。就存在面而言，這些境界都是真實的，但非科學所能驗證之真。如果換佛教而言，是不是存在？是。可是這個有，因為對其不執著，所以是假有，假是暫時的和合、暫時的組成。這是三面向（美、善、真），三面向最後統一的是什麼？原初那個單一的，就是聖。在中國古代有這些不同的意境，境界，長嘯就是表達這種精神境界。

　　因此，常會認為魏晉玄學顯現出來的是美。因為無所欲求，而其對象、影像顯像出來的又是天地自然，所以天地自然之美是最高境界的美。這並不是說善比美更高一階，只是心念一轉到現實的世界，而對其有一種同情悲憫時，就呈現出善。美跟善的來源，都同樣是聖。就好像來源同樣是光，光照到東邊顯現出白色，可是光照到西邊顯現出紅色，那紅色比白色更崇高嗎？不是，只是從不同的面向上照射，如此而已。這就是所提到的嘯。

　　這樣文學手法的描述，會讓人覺得太過神奇，其實有個限度的。如「籍因長嘯而退。至半嶺，聞有聲若鸞鳳之音，響乎岩谷，乃登之嘯也」。什麼叫鸞鳳之音？首先，長嘯的聲音有種旋律，通常不會是快拍，因為是氣息慢慢引上來，氣長而緩慢，所以是慢拍子，這是說長嘯可以像有些鳥的聲音可以很長。同時也可以說是宗教的聲音，各種宗教歌頌其對象，一定是純一、高亢，同時是吟詠的，所以說長嘯聲像鸞鳳一樣，有種神聖的感覺，讓人的精神平和寧靜，就是所謂的「栖神」，神（精神、意志）樓在這平和寧靜而愉快。至於「半嶺」，不要想像以為很高、很多山，聲音的音量是有限的，距離也是有限的。長嘯的聲音，大抵是如此。所以可見阮籍，多少學過氣功，導引之術。

　　所謂長嘯而退，有一個條件，不能邊走邊長嘯，因為一走時氣已

經在身體活動，一定是靜止著，不管是坐著或站立。一定是在那個地方引氣，待一小段時間氣滿時就長嘯。所以要了解這樣的活動背景，不然會以神話一樣來看待。這是可能做得到的，但是很少人做得到。因為一般人大概就是僅止於練氣，不會練到很專注，意識停駐在觀照這個天地自然，從而進一步對整個天地自然欣悅，由喜歡而讚歎，由衷的發出這種長嘯。（導引算是中國傳統上醫家的一種，是跟醫家放在一起的。）

相對於阮籍，孫登境地較高（孫登可能真有其人），孫登就像是禪宗的禪師，阮籍去問孫登一些問題，討論一些問題。孫登什麼話也沒講，用不講話來代替講話。如果按禪宗的觀念去理解，為什麼「登皆不應」？因為一回答就落入追逐，落入尋求追逐中，所以孫登不回答，讓阮籍自己去領悟。

以下對阮籍的〈通老論〉跟〈達莊論〉，進行解讀，然後點出阮籍所要談論的問題。我通常在第一段的開頭就列出提問，這是一種方法。要把握這段話說什麼？提問以後，然後看這一段的內容是否與提問相應？若然，就表示其內容有充分而且準確的了解。如果提問的問題，提不出來。或者提出來後，跟後面的內容不相應，或者只有部分交集，那就是對這段話了解不夠。這是一種測試自己了解深不深刻，準不準確的一個方式，其他篇章大家可以如法炮製，甚至所有傳統思想文獻都可以這樣做。

阮籍〈通老論〉內容較少，阮籍所謂「聖人明於天人之理，達於自然之分，通於治化之體，審於大慎之訓」，借用形上學思考的方式，基本上都是道之德，也就是絕對存有屬性。這種道之德，阮籍講到相當於「《易》謂之『太極』，《春秋》謂之『元』，《老子》謂之『道』」，這個是阮籍放在不同的典籍來說，因為不同典籍是討論不同的事情，所有這些不同的事情，歸到最終形而上時就是道。所以就

《易》來講，這裏主要的焦點放在《易・繫辭》，還不是《易經》的本文，是放在《易傳》，《易傳》中會談到太極，兩儀、四象、八卦。所以，此時阮籍講道者是從宇宙的生化這個層面來講，這個道以《易經》的解釋來講，就稱為「太極」。如果放到人的生活中來看，特別聚焦到人的社會群體生活，又特別聚焦到政治生活來看，有一個最終的理想在引導著，這個最終理想體現在《春秋》中，就叫作「元」。比如《春秋・隱公元年》：「元年，春，王正月。」之所以稱為「元」，就是萬物的一個開端、開始。

所以說，「道」體現下來，就宇宙來講是一個開端，就文化歷史來看，也是一個開端，就稱為「元」；就一切總體來看，是一切的根源，《道德經》就稱為「道」。如用傳統的觀念來講，可以說《易》也好，《春秋》也好，都是在用（有體有用），用是用在多端，用在哪個領域、哪個方面。每一個領域的用，表現出來的現象背後都有一個最終的原理，這個最終的原理，在人的角度上來看會是善的，所以稱為「元」。

至於阮籍談「三皇依道，五帝仗德，三王施仁，五霸行義，強國任智：蓋優劣之異，薄厚之降也」。這段文字中，阮籍並不是真正要談歷史，而是把歷史上的三皇、五帝、三王、五霸並列，藉以說明「道」在人的文化生活的實踐上面，有各種不同的境界。人們在文化生活中，有不同的境界，最高的境界就是達到「道」，然後一路往下，最後到了「強國任智」，靠武力、智力成為其工具。如果用在給大家的講義上去看（與《道德經》相關的講義），從人的生物性，到人的社會性，到人的精神性來講，就是這樣的境界。道在人的文化生活普現中，最低階層就是人的動物性，那當然不夠理想，最高階層當然就是人的精神性。所以阮籍不是講歷史上曾經發生過的事件，而是一種理論的，講「道」在人的世界中，所呈現出來不同等級的變化，

這是〈通老論〉最後一個地方的本義。

　　〈達莊論〉中的某些對話，大家可以和講義〈自然與名教的深層結構〉對照參看。因為儒家跟道家，或者自然跟名教，這二種學說很容易被視為一種絕有、絕無的對立，但其實不然。他們（儒、道，名教、自然）是在光譜、色譜當中，從左邊到右邊慢慢的偏移，從右邊又到左邊慢慢的偏移。人在這之中，最重要的是維持平衡，就是中庸，太過偏自然或偏名教都不可以，太多偏道家或儒家也不行。而是因應時變和當時的環境、歷史條件，然後決定比例上孰輕孰重。

第三講
阮籍〈達莊論〉之一

〈齊物論〉旨意的發揮

　　〈達莊論〉第一段，說明達莊先生是一個什麼樣的人，基本上是模仿《莊子》的寫法。莊子常常用寓言，藉由二、三個人對話，在對話之中顯出其意涵。所以，本文首先描述達莊先生這樣一個人，然後另外一個跟達莊先生截然相反的縉紳好事之徒，再隨之登場。

　　達莊先生這樣的人，「伊罕闋之辰，執徐之歲，萬物權輿之時，季秋遙夜之月」，在晚秋的時候，「先生徘徊翱翔，迎風而游」，很像《莊子》中御風而行的列子。「往遵乎赤水之上，來登乎隱坌之丘，臨乎曲轅之道，顧乎泱漭之洲」，像天人一樣，可以自由飛行。人當然不可能達到這個境界，但是可以想像。在想像之中，剎那間就到了這邊的山頂上；再想像一念，就到了那邊的海邊沙洲。「恍然而止，忽然而休」，停下來了；「不識曩之所以行，今之所以留」，這個是內觀以後，對過去的活動一點都不放心上，所以才會不識，不曉得過去到哪。「悵然而無樂，愀然而歸白素焉」，有沒有特別快樂？沒有。這句話其實用「悵然」二字並不好，悵然是不好的感覺，這種感覺應該是屬於超越的，也就是一點悵然也沒有。「平晝閒居，隱几而彈琴」，坐下來彈彈琴。其實阮籍寫「悵然而無樂，愀然而歸白素」，這樣的心境所代表的，可以說是精神修養的初步階段。在這個階段，因為慢慢進入專一恬淡的境界，可是原來的生命動能或欲望仍然存在。因為動能、欲望仍在，對生命仍會有追求延續的執著。生命原始的動能、欲

望，與精神鍛鍊後到達的恬淡之境，就不免有所衝突。但是這種衝突又因為恬淡的關係，所以非常輕淺微弱，這樣的輕淺微弱造成內心對於生命動能和欲望的一種依戀。於是，生命動能和欲望所帶來的，無所謂快樂，只是一種依戀、習慣罷了，一種悵然的心境，就像傍晚一樣。這是第一個階段，長久浸潤在其中，有點灰色，不太好，阮籍這二句話所表達的一個心境，嚴格來講並不能夠符合所要講的「達莊」。

　　阮籍的〈達莊論〉，其實就是〈齊物論〉的發揮。前面談到這些人物的模樣，很像布袋戲，縉紳之士來問達莊先生，說莊子「齊禍福而一死生，以天地為一物，無乃徼惑以失真，而自以為誠也（這裏的誠就是真的意思，不是誠意正心的誠）」，未免是糊塗、迷惑，失去真實，自以為是真的，還自以為自己的說法是對的。阮籍，也就是達莊先生，於焉回應：「于是先生乃撫琴容與，慨然而歎，俛而微笑，仰而流盻，噓翕精神，言其所見。」這都是莊子式的寫法。「曰：『昔人有欲觀于閬峰之上者，資端冕，服驊騮，至乎崑崙之下，沒而不反。端冕者，常服之飾。驊騮者，凡乘之馬，非所以矯騰增城之上，遊玄圃之中也。』」這是從達莊先生（阮籍）來看，崑崙山是仙人所居，穿華服，騎駿馬，世俗人是沒資格到崑崙山的。其人行為、言行是世俗的，怎麼可能騰增城之上，遊玄圃之中呢？這是不可能的事情。言下之意就是這些縉紳之士，穿這種衣服，行為言談都是如此，要如何接觸莊子呢？這是不可能的。「且燭龍之光，不照一堂之上；鐘山之口，不談曲室之內。今吾將墜崔巍之高，杜衍謾之流，言子之所由，幾其竇而獲及乎」！所謂燭龍之光與鐘山之口，就等於是諷刺這些縉紳好事之徒，只是一曲之士，眼光太窄，只能看到小地方，沒有燭龍之光，不像鐘山之口，所以達莊先生對縉紳之士談論，希望他們可以懂莊子的道理。

　　以下就採用莊子式的描述，鋪衍談論：

　　天地生于自然，萬物生于天地。自然者無外，故天地名焉；天
　　地者有內，故萬物生焉。當其無外，誰謂異乎？當其有內，誰
　　謂殊乎？地流其燥，天抗其濕。月東出，日西入。隨以相從，
　　解而後合。升謂之陽，降謂之陰。在地謂之理，在天謂之文。
　　蒸謂之雨，散謂之風；炎謂之火，凝謂之冰；形謂之石，象謂
　　之星；朔謂之朝，晦謂之冥；通謂之川，迴謂之淵；平謂之
　　土，積謂之山。男女同位，山澤通氣，雷風不相射，水火不相
　　薄。天地合其德，日月順其光，自然一體，則萬物經其常，入
　　謂之幽，出謂之章，一氣盛衰，變化而不傷。是以重陰雷電，
　　非異出也；天地日月，非殊物也。故曰：自其異者視之，則肝
　　膽楚越也；自其同者視之，則萬物一體也。

萬物為一氣所出，散為萬物，則現象分殊，各自不同。但重點不在說
理、不在事物的辯駁，而在於實踐的工夫。這種精神實踐的工夫，要
講一、講齊，是內心去齊，真正意義就是道家的無執。萬物各不相
同，各有其用，於是有價值意識，有爭逐、有競爭、有鬥爭，於是喜
怒哀樂繞在其中。現在要跳脫出來，於是萬物同一視之；同一視之，
並非不知萬物的分別，而是知道，但能不受到傷害。如何能夠知道而
不受到傷害，就要靠去除執著，後面就是無執的工夫：無為、無執、
虛靜、心齋等等。乃至於通到儒家的富貴於我如浮雲，通到佛教的禪
定，通通都是一條路子。

　　底下，阮籍承繼漢代對於人的身體構成的一種講法曰：「人生天
地之中，體自然之形。身者，陰陽之積氣也。性者，五行之正性也；
情者，遊魂之變欲也；神者，天地之所以馭者也。」人的物質身體是
陰陽聚合而成，除了這個以外，還有性，這個性也是模糊的，其言
「五行之正性」，實際上如果用哲學的觀念來說，這個性是講差別原

理。人之所以會差別，是因為各稟五行，各不相同，每一個人的組合出來，可能偏金、偏木、偏水、偏火、偏土，就變成差異的原理。然後是情跟神，有所欲就會產生情，情變成「遊魂之變欲」；神就是精神、心、心智，靠著心靈來控御天地萬物。

又說：「以生言之，則物無不壽；推之以死，則物無不夭。自小視之，則萬物莫不小；由大觀之，則萬物莫不大。殤子為壽，彭祖為夭；秋毫為大，泰山為小，故以死生為一貫，是非為一條也。」這是《莊子》中的觀念。意思是說，人們的價值是相對的，要做一個價值判斷，一定要有個標準，可是這個標準是最終的標準嗎？在另外一個標準的衡定下，也許不成為標準，這就是一個價值的比較。所以，從這個地方，萬物的同跟異，延伸出來到人的學問知識，就是阮籍的時代所接觸的學問知識，就是六經跟《莊子》。

再者：「別而言之，則鬚眉異名；合而說之，則體之一毛也。彼六經之言，分處之教也；莊周之云，致意之辭也。大而臨之，則至極無外；小而理之，則物有其制。夫守什五之數，審左右之名，一曲之說也；循自然，小天地者，寥廓之談也。」「一曲之說」，一方面表事實，一方面又有貶義。表事實是因為「分處之教」，如會計只能處理會計問題，不能處理心理問題；心理只能處理心理問題，不能處理醫療問題。這就是分處之教，也就是講「六經」之學。可是到了「莊周之云」就是「致意之辭」，就是「推天地」、「寥廓之談」，意思就是莊周所要觸及的問題，是人內心終極的一種喜樂、安寧。要喜樂安寧，只有推開一切，把所有的那些差異通通弭平，因為那些差異是人喜怒哀樂無常的原因。道理固然透過言說而闡釋，但最重要的還是在推天地、循自然的工夫。

從學理上談，大部分不會談到工夫部分，如《莊子‧人間世》說：「無聽之以耳而聽之以心，無聽之以心而聽之以氣。」一般從學

術上談，根本講不清楚、無從解釋起。平常用耳朵聽了很多訊息，為什麼不要用耳朵聽？就算懂了，又請問要如何才能夠不用耳朵聽，而用心聽？如何不用心、不用思維去聽，而用氣？這「如何」的問題，莊子都沒有講，這個都是實踐的工夫。就像我常跟大家說的「損之又損」，損的是什麼？開始也不清楚要損什麼？有幾個注解可以清楚說明損的是什麼東西？更進一步的問題，就算說出要損的是什麼，那怎麼損？就是工夫。更深一層的問題，要損到什麼時候為止？到最後是無可損。像這一類的問題，都是屬於修證的工夫，可以先用理去了解，但那只是了解了，一碰到問題就沒有用了。

回到〈達莊論〉，阮籍也指出六經有其功能，莊子的說法也有其作用。在社會生活中，不能沒有社會規範；從自我而言，又有精神逍遙的嚮往。在這兩個層次中，六經重點在名教、禮的部分，莊子所要談的則在透過清靜自然，以內修其心。不同於孔孟講仁義禮智，莊子比較不偏重這部分。

> 凡耳目之任，名分之施，處官不易司，舉奉其身，非以絕手足、裂肢體也。然後世之好異者不顧其本，各言我而已矣，何待旄彼！殘生害性，還為讎敵，斷割肢體，不以為痛。目視色而不顧耳之所聞，耳所聽而不待心之所思，心奔欲而不適性之所安，故疾疢萌則生意盡，禍亂作則萬物殘矣。至人者，恬於生而靜於死。生恬，則情不惑；死靜，則神不離。（案：注意對句，上下語意互相滲透。是神情不惑，神情不離。就是精神情感、心靈情感，不會迷惑、分裂）故能與陰陽化而不易，從天地變而不移。生究其壽，死循其宜，心氣平治，消息不虧。是以廣成子處崆峒之山，以入無窮之門；軒轅登崑崙之阜，而遺玄珠之根。此則潛身者則易以為活，而離本者難與永存也。

種種社會制度的設計、生產技術的發明，其目的是什麼？並不是為了把身體分裂、摧毀掉。所有的手足、身體，皆為一體，但後代的人，分處之教，就變成每一個人都是自我為尊。這個寓意是指「六經」的知識原本是為了照顧好這個整體、集體的生命，現在因為人們運用知識的關係，而彼此斷裂開來了，就好像斷割肢體一樣。此用身體比喻社會中的每個個人。身體是不能分裂的，那社會內的個人為什麼要運用知識，使彼此斷割、鬥爭、對立等等，至人深覺困惑，而一般人卻不知情，這就是至人跟好異者的不同處。

下一段又混雜了一些當時流傳的神話，以與好異者形成對比。好異者是以我為中心，在〈齊物論〉中就是「彼此之辨」，至人並不如此。廣成子與軒轅生恬死靜境界的鋪陳，又用自然界來作一個比況。簡單來說，就是吾喪其自我，不再以我為中心。以我為中心，延伸出來就是對外在事物指指點點，評斷是非對錯，善惡真假等價值分辨，而產生種種苦惱。

淡漠恬靜的工夫

要達到生恬而死靜並不容易，人活著時是喜怒哀樂混雜輪轉，其中雖然有樂，但實屬短暫。面對死亡時，能不能安心？不能。人們對於死亡就是恐懼，一直到迷迷糊糊，昏昏沈沈，迷茫無知覺時，肉體就結束了。所以，現代社區的老人大學，最需要教導學習的，其實是要能夠鍛鍊二個「安」：身安與心安。身體的安就是身體要鍛鍊好，減少病痛，但身體的安只是其中一個基礎，更重要的是心理的安。因為心理不安就像心猿意馬，手足無措，不曉得該怎麼辦。因為退休後，心無掛搭處，過去上班有事做，有人搭理，心有掛搭處；現在沒有人搭理，沒有事做，就心無掛搭處了。所以，真正的老人大學要教

的是什麼？教靜坐，教導回到自己的內心，想想內心的模樣，慢慢平和、寧靜，就是《道德經》講的「損」，不論退休前的社會地位如何，現在什麼都不是了，就回到這個地方來了，要回到內心裏。如果在宗教活動中，第一個步驟是什麼？要謙卑。因為要把過去所有的傲慢言行都結束掉，要能夠謙卑。從懺悔到謙卑，然後心才能夠安，安了以後，心裏才能夠產生一種明亮的愉快感覺。所以養心到了一個階段，內心的那種愉快狀態的時間越多，工夫就越好，心就越安，看什麼都很高興。就如同程顥〈秋日偶成〉所言：「萬物靜觀皆自得，四時佳興與人同。」處在一種很明亮，色彩非常鮮明的樣子，心境是很愉快的。這樣就能夠生恬而死靜，人如過客，來去自然，如此而已，不會一直無掛搭處，一直很不安。

> 馮夷不遇海岩，則不已以為小；雲將不失問于鴻濛，則無以知其少。由斯言之，自是者不章，自建者不立，守其有者有據，持其無者無執。月弦則滿，日朝則襲，咸池不留陽谷之上，而懸車之後將入也。故求得者喪，爭明者失，無欲者自足，空虛者受實。夫山靜而谷深者，自然之道也；得之道而正者，君子之實也。是以作制造巧者害於物，明著是非者危與身，修飾以顯潔者者惑於生，畏死而榮生者失其真。故自然之理不得作，天地不泰而日月爭隨，朝夕失期而晝夜無分，競逐趨利，舛倚橫弛，父子不合，君臣乖離。

以上是用修辭的方式來形容人類失其自然原本的狀態，在人的社會就變成「父子不合，君臣乖離」。種種價值分辨，不是害物就是傷身。但如此說法，會讓人覺得違背常理，因為人類活動總是有價值分辨。且阮籍所談，乃至於莊子、道家的說法中，也有價值分辨。但道家式

的價值不同於一般的分辨，而是超越其上而無執。即是可以知道好惡對錯，但是不執著，這就是超乎其上。其實不執著就是一種修養，跟道德修養一樣，人的工夫有淺深，執著會產生情緒、情感，造成喜怒哀樂等等困擾。執著的時間越長，表示工夫越不足；執著的時間越短，表示工夫越好；在當下就毫無執著，一點都不起困擾，就是工夫到頂了。

> 故復言以求信者，梁下之誠也；克己以為仁者，郭外之仁也；竊其雉經者，亡家之子也；刳腹割肌者，亂國之臣也；曜菁華，被沉瀣者，昏世之士也；履霜露，蒙塵埃者，貪冒之民也；潔己以尤世，修身以明洿者，誹謗之屬也；繁稱是非、背質追文者，迷罔之倫也。成非媚悅，以容求孚，故被珠玉以赴水火者，桀紂之終也；含菽采薇，交餓而死，顏、夷之窮也。是以名利之途開，則忠信之誠薄；是非之辭著，則醇厚之情爍也。

前上半句都是人們所崇尚、追求的價值，下半句講的則是其流弊，等於是發揮《道德經》中「上德不德」的意思。在追求世俗上的正面價值時，有沒有進到最高境界？沒有。因為這些正面價值總是有個對立在，如講信，就是有不信；講克己復禮，就是有壓抑。如果沒有不信作為對比，那無從信起。凡是正面的，符合道義的，吾人都會堅持，就會跟其反面產生一個衝突。對立的衝突就會產生什麼？於是就不仁，流為惡。因為一把持世俗上任何的正面價值、把持正義，就表示還有對立者，於是要導正對立者，要懲戒對立者。但是對立者的力量未必弱，於是最後會與對立者爭打時，那自身也差不多，因為自身最原初的無明欲望，好鬥、好勝，會緣著正義而攀附上來。在西方哲學中，像 Karl Popper《開放社會及其敵人》也談到這一類，在人類的思

想中，凡是越高度的、越堅實的理想主義，往往最後淪為獨裁與殘暴。就是所言的理想都很好，但是在實踐上不超越執著，就會淪落。如標榜絕對的精神，人到了絕對的精神，凡是不符合此正義、道義者，就要摧毀，那就變成殘暴。其實，人類是有此共同的講法，只是在於使用的辭彙有所差異，歐洲文明也是一樣有此種體認。用宗教方式來表達，就是魔鬼可以隱身於正義中，使正義淪落。用個人德性的方式來講，就是《道德經》的「上德不德」、「下德不失德」。當往下一個層次時，一定要堅持，才能避免對立。不是說人的現實世界沒有此種衝突，而是在其中要把精神更提升上去時，必須消除分別，就是莊子所說的「齊物」、儒家的「仁」、佛教的「平等」。

　　關於克己復禮，復禮是實踐禮，克己就是要壓抑自己，如果沒有復禮，就沒有必要克己。所以克己是有種壓抑，以理性、感情去遵守禮，此種以理性去維持，有勉強的意思在。結果有沒有完全消除？沒有。所以當「克」己時，雖然服膺於禮，但那是在理性層面，在人性深層的欲有沒有被消除？沒有，而是壓抑下去。久了以後，就變成潛意識，於是要用樂來消除掉，所以孔子說：「志於道，據於德，依於仁，游於藝。」（《論語‧述而》）此「藝」中，最重要的就是樂，也就是用樂把被壓抑住的東西給銷融掉。這是用外顯的工夫、行為來說，投身於藝術活動，讓內心浸潤其中。如果是用內心的活動，就是心常住在跟樂有關的情境中，就是「觀」。內心常觀跟銷融欲望有關的情境，這種方法就是類似「損之又損」的「損」。將非欲望的對象、神聖的對象，置於心中，其他壓抑的事物自然就無法進入心中。所以克己要回到本心，於此處還做不到，因為禮是要外顯出來，此處的復禮還是外顯的行為。回到本心是在內心去做，不是靠外顯行為，如孟子所說：「反身而誠。」（《孟子‧盡心上》）如何能反身而誠？一定要回到內心，而不是投射到外在外顯的行為。此處基本上是談這個

問題，實際上這也是人的道德精神素養境界過程的中段，服膺這樣的理想，不斷的往上，堅定深信著，但是這種堅定深信，也是要銷融掉，否則會產生對立。放在個人，心神上會困擾煩惱；放在群體，會造成戕害，社會動盪不安，最劇烈則會演變成戰爭。

> 故至道之極，混一不分，同為一體，乃失無聞。（以下舉例）伏羲氏結繩、神農教耕，逆之者死，順之者生，又安知貪洿之為罰，而貞白之為名乎！（超越價值）使至德之要，無外而已。大均淳固，不貳其紀。清靜寂寞，空豁以俟。善惡莫之分，是非無所爭。故萬物反其所而得其情也。

現實世界中，人一定會有價值是非判斷；只是雖加以判斷，卻又要能超越其上。用宗教上的比喻，做到「至道之極，混一不分，同為一體，乃失無聞」。就等於說，精神已經到了天堂，已經證道了；以此證悟回到現實世界，就是無執。在天堂時，無所謂有執、無執；回到現實世界，才會去談無執。就是對既有的價值判斷，通通都在，因為社會人們的生活通通需要依靠價值判斷，但是已不執著了。所以說法不一樣，一個是用學理的方式來講，阮籍用學理的方式，順著《莊子》、《老子》來講。可是在類比時，可以說宗教也是如此，因為已達到最高的境界，已進入天堂，或成為大菩薩，已離開塵世的世界，已無須管有執、無執，那是人間的事情。但是、在宗教中的說法，因為一念之仁，回到現實世界中，衍生出菩薩精神的觀念，隨緣的引導，時間到了，就離開了。

第四講
阮籍〈達莊論〉之二

「同者」與「異者」之辨

回顧〈達莊論〉全文，阮籍所要討論的問題是什麼？他的思路有幾個點，將這幾個點連綴起來，就能清楚全文用意。問題開端在於，達莊先生說「資端冕，服驊驑」的縉紳之士，不能夠「矯騰增城之上，遊玄圃之中」。為什麼不可以？這跟能否齊物很有關係。能齊物，才能騰增城、遊玄圃，而縉紳之士則未達齊物之理。

因此，對天地萬物的認識，有異者與同者兩種觀點。就達莊先生來講，當然是從同者來視之。但事實上，萬物各有不同，怎麼辦？從「異者」與「同者」兩種層次，產生六經之教跟莊子之說的差異。六經之教，面對的是經驗界的千差萬別；達莊之言，則見及超越面的玄同彼我，是以齊物。

可是，這樣馬上接著一個問題，二者各自在不同的領域，就互不干擾，互不衝突，並存就可以了。一定是一個問題，就是好異者，也就是執六經之教，在面對此世界時，會產生流弊，所以就談六經之教最後會導致「忠信之誠薄」而「醇厚之情爍」。

換句話說，阮籍類比的來講，從世間的差異，然後去處理最後會產生的流弊，而要挽救這個流弊，只有靠用齊一、齊物，就是「至道之極，混一不分，同為一體，乃失無聞」。從此條思路來，後面就等於是結尾了，就是說儒墨以後，問題更加嚴重，所以莊子看這種情形，才「述道德之妙，敘無為之本」，以下通通都是結語。

> 莊周見其若此，故述道德之妙，敘無為之本，寓言以廣之，假
> 物以延之，聊以娛無為之心，而逍遙於一世；豈將以希咸陽之
> 門而與稷下爭辯也哉？
> 夫善接人者，導焉而已，無所逆之。故公孟季子衣繡而見，墨
> 子弗攻；中山子牟心在魏闕，而詹子不距。因其所以來，用其
> 所以至，循而泰之，使自居之，發而開之，使自舒之。且莊周
> 之書何足道哉！猶未聞夫太始之論，玄古之微言乎！直能不害
> 於物而形以生，物無所毀而神以清，形神在我而道德成，忠信
> 不離而上下平。茲客今談而同古，齊說而意殊，是心能守其
> 本，而口發不相須也。

縉紳之士從「異者」而觀之，阮籍則從「同者」而視之。自異者視之
的流弊，也就是六經之教的流弊，即《道德經》所謂「忠信之薄而亂
之首」。整體而言，阮籍所要反省的，就是人用什麼方式來建立文
明？過程中產生什麼樣的缺陷與流弊？又如何挽救這樣的缺陷與流
弊？這個問題自古皆然，今天也不例外。對文明的批判，整體濃縮起
來，就像《道德經》所說的：「失道而後德，失德而後仁，失仁而後
義，失義而後禮。夫禮者忠信之薄而亂之首，前識者道之華而愚之
始。」禮就是六經之教，是處理人的差異問題，這是古人的表達方
式。如果用現代人的表達方式，會從社會的起源開始談起。

　　經由對初民的部落社會，甚至舊石器時代人類生活的研究，基本
上肯定人是一種社會性的動物。什麼是社會性？就是生物以群體的方
式來共同生存。生存的過程中，不管是獲取食物，或是延續自己族類
的生命，社會性最主要的特徵就是群（群體），亦即《荀子・富國》、
《荀子・王制》所言「人生而有群」。可是這樣子發展的結果，就變
成這個群之中，一定要既合作，又要有區隔。由於區隔，就會造成許

多流弊；也就是為何六經之教、為何這些好異者，會造成這樣的流弊呢？但這些問題在阮籍文章中不會觸及，這個空缺是我們對阮籍或道家式判批應加以填補的部分。

　　人的社會活動會產生族群區隔，因區隔而有分工，彼此相依又互相鬥爭。加上智力的運用，不只使用武力，更進一步制定規範，即是所謂的禮。所以要掌握正當性、合理性、合法性。合理是指符合當時的風俗習慣、價值觀、倫理觀念，甚至於最高層次的法律。為了爭奪主導權，「正當性」遂轉換成為工具。換句話說，道德可以成為工具，法律、風俗習慣，都可以成為工具。尤其在權威把持之下，人們不敢反抗，這就是一種沈淪。人類歷史文明中，這種例子很多。簡單地說，人類建立社會的過程中，因為人性內在的欲望，會把自己所建立的規則侵蝕掉，使之成為工具。

　　若追問人何以如此？依阮籍的思考，其因在於差別觀，就是異；因自身欲求，把萬物區隔出來，成為不同的對象。當欲求結合了智力，認知外物對象，區分價值，然後追求，就有得失，所以要透過「齊一」來銷融之。異的過程如何？因為認知外物而將其對象化時，已是異的一層；將其區分價值，這又是異的另一層。當人們因區分價值而追逐時，所依賴的不只是力，還有規則（也就是禮），靠著禮而有正當性。人們一開始當然以力為用，但當進入社會性越來越文明了，就靠著禮。這個禮區隔開來，可以是風俗習慣、倫理觀念、道德感、法律等等，這都是大家在爭奪的禮。因為取得正當性，等於有了力量，力量是從社會性群體中得到支持，之後去追求有價值的事物時，得到的機率就比較高。

　　禮本來是吾人理想的表現，具有客觀性，是人類在智力表現後，薈萃經驗而成的理想或理念。然而，為了欲望，把此種理想、理念奪取過來，反倒成為一種工具。如湯武革命的順乎天、應乎人，就是掌

握倫理道德的正當性。孟子講王道，王道也是一種倫理道德的正當性。因此，從古到今，即使是民主的選舉制度，也是在爭奪禮，於是禮淪為一個工具。當禮淪為工具時，所有的理想、理念，就淪為欲望的底層，這個人群、生物群，就回到動物世界。

　　經由上述分析，再來看阮籍為什麼要從同者視之？因為「同者視之」就是人的精神、心態，對於外物，一方面區分價值，但同時要有個更崇高的心——道德心，這個更高的心已經變成個人的精神素養。這時「同」對治的不是要把這個價值或者外物之間的差異給抹平，而是針對欲。尋其齊物也好，真正針對的是欲，而不是針對外在事物的差異性。唯有針對這個欲望，能夠同，對一切事物平等，如此就能有一種恬淡的心態。其心能恬淡，「禮」才能從工具化，再慢慢恢復為理想、理念。所以阮籍承繼莊子的講法也好，《道德經》的講法也好，這種講「同」，實際上都是要針對這個欲來作。可是怎麼做？這才是最難的問題。阮籍並沒有講，而是以類似莊子的文學式手法，描述做到的結果。

　　所以可以知道阮籍〈達莊論〉要談的就是「異化」，西方稱為「alienation」。「異化」本來是宗教上的語言，本來指依循上帝，但是後來離基督越來越遠，成為魔鬼，這就是「alienation」。近代以來，經馬克思運用，就意指本來社會、政治、經濟等各種制度，是要把人帶到一個理想境地，可是在運作過程中，制度卻把人帶到非預期的痛苦，而不是幸福。

　　阮籍的焦點就擺在「異」，因為從異者視之，尋逐之後，禮淪為工具，就忠信薄了。可是人很難做到不異，在現實中，不管是法律、倫理，乃至於政治組織等，免不了會形成制度。當形成一種客觀的制度後，就成為一種工具，但是這個工具在運作的過程中，會不會導致人都無法控制？原來懷抱一個理想，發明一個新事物，可是在利用工

具中，人不免有其欲望，於是理念未必能駕馭所發展出來的工具。這個工具不一定是禮方面，也可能是物方面。物作為工具，可以是一個技術產品如手機，可以是生產的方式，可以是組織結構。這個物如果越來越龐大，是不是就越來越難駕馭，這是另一種文明的批判。關於這一端，《道德經》怎麼講？要回到比較小型的群體，因為大型的群體，制度力量太過龐大，越小型的群體還比較能駕馭得住，所以稱為「小國寡民」。

　　《莊子》對工具的批判，可以見〈胠篋〉。為了讓珍寶不被偷走，就用個箱子裝著，箱子就是一個新的文明，珠寶就是要保藏的東西。可是怕人將箱子打開、把珍寶偷走，又打造一個鎖將箱子鎖住，但後來整個箱子都被搬走了。這裏的象徵意義，是指所運用出來的物本身是中性，但關鍵在於人，在使用的過程中，很容易因使用者的偏差，使這個工具產生負面影響。這就是問題所在。

　　人的歷史不能不推出新的物、新的發明、新的生產方式、新的制度。但是，剛開始推出來時一定是利益大於缺陷，隨著時間遞延，缺陷會逐漸暴露出來，變得越來越大，利益就變得越來越小。而當人們實在無法忍受這些缺陷時，此時就會再推出一個新的物，文明的推衍就是如此。針對禮這個部分的批判，人是可以從道德上著手。可是針對工具性的正常功能的利益跟負面功能的流弊，是擋不住的，其客觀發展就是如此。先是正面功能大於負面功能，然後二者相當，接下來即是負面功能大於正面功能，然後放棄再產生一個新的物，就是這樣因應的狀態。

　　人們把禮轉換成為工具了，用魏晉玄學的話就是名教，名教有其作用，應該存在，不能毀掉；但名教淪為工具後，就壓抑了自然，也就是壓抑了內心本性。

由〈達莊論〉論精神文明與物質文明的異化

　　人類的文明產物可分兩個層次，人所生產的物質工具，為其一。組織中的制度結構，如國家有總統、學校有校長等，從高階到低階這些組織結構，為其二。兩者關係並非分孤立，一個物質工具要生產時，為了配合生產，必須形成不同型態的組織。基本上所謂的物，大抵上就是此二大類，其他都是由此延伸而來。這二大類中，物質最為根源，因為人進入文明社會，不可能像動物用齒牙爪喙、茹毛飲血，必定要發明物質的工具。此一工具產生後，由於工具性的發揮，組織狀態亦隨之有改變。隨著環境變遷，問題就如《孟子‧告子上》所言「物交物，則引之而已矣」，就是不斷地牽引，在互動過程中延伸出許多新的情況。那些新的情況，往往是舊的處境所無法應付，負面功能於是產生。此環境變化的過程中，人主觀上的心性素養，是承受外來物、承受壓力最大的本錢，如抗壓力不夠，就會被壓垮掉。如果素養足、抗壓力夠，儘管環境很不好，一樣能夠優游自在，差別就在此。所以，精神修養若能向上提升，對於物的工具性產生功能缺陷時，人才能自我作主不被宰制，甚至進一步不使禮異化而淪為工具，仍能維持其理想性。

　　現今社會的工作模式、生產模式所造成的異化情形，較之馬克思時所講的更為嚴重。因為馬克思時所講的是資本家與勞工，資產階級與無產階級的對立。但是現在設計出來的制度（此制度不是指組織中的位階，而是生產方式）如同一部絞肉機（借用二十世紀人的稱呼）。無論是大老闆或是員工，通通都塞入此部機器中。這樣一部機器何以發生？這是阮籍的〈達莊論〉可以延伸到當代的環境思考之處。

　　因為科技的進步，使得地球二十四小時都必須運作，已經沒有白天黑夜的分別。由於交通、通訊的發達，讓人幾乎很難得到休息，所

以現代人所面對最大的壓力來自哪裏？來自那個「物」，因為那個物已經無所不在了，深入到生活中。當物產生了，欲求要追逐，於是就二十四小時生產著。不是像過去的社會，交通、通訊的技術沒有那麼發達時，是白天生產，晚上就可以休息；換句話說，當代已經打破了自然的法則，只許有工作的時間，而不允有休息的時間，也就是變成工作的奴隸了。放到現實的情況，就是不斷的加班，可以看到現在絕大多數的生產單位，不管是傳統產業的工廠，科技公司或商業公司，都是要員工不斷的加班。為什麼？第一是業務上的需要，第二個是降低人力成本，這是一個生產方式、一種工作制度所造成的結果。不僅是員工如此，大老闆也是如此，因為被利潤驅迫著，必須不斷的將利潤提升上去，不然則無法生存。因為全球化的關係，很多的工作、產業，是大者恆大，只許少數龐大的企業存在，而不利於中小企業的生存，所以大老闆也被捲入，處於壓力之中。所以這樣的工作方式，或許再過一個世代，物極則反，會起排斥，加以反抗，因為這實在是不符合人性的生產方式。這是由前面的物延伸到此，是以前所沒有的。如果放寬歷史來看，有了電以後，有了電燈，已經是開始此種方式了，人們的休息時間就急遽縮短。從有了電燈，到收音機、電視以及網路，人就役於物，被工具所控制，而不能役物，不能適當的控制工具。

　　這裏最不容易的就是自己的欲望。欲望就是佔有，雖因佔有而滿足，但在佔有時會延伸出爭取，爭取又延伸出好勝，所以好勝跟佔有是欲望兩個最基本的特徵。人很難克服這兩個特徵，因為已經在生命當中成為習性。如果類比為癮，每一個人都已經上癮，傳統就稱為習性，或者習氣。佛教就稱為業習，因為習對我們的生命是種障礙，就稱為業障。

　　綜上所述，對於人類文明可從兩點來反思之。一是禮，禮淪為工

具，也就是阮籍所批判的名教之弊。一是物，做為工具，人必須假物、借重這個物。對這兩方面的面對方法不同，但根源都在於心智、欲望。心智能夠提升上去，從其智力、從其欲望，人能夠把自我提升到「道」的地步，再回到這個世界來，就可以在這個「禮」的方面發揮其理想性。在人的世界，必須假物，就是借重這個物。隨著物的浮沈，而能夠不受傷害，如《莊子‧應帝王》所言「至人之用心若鏡，不將不迎，應而不藏，故能勝物而不傷」，就像一面鏡子，物來就映照而已，所以能夠不受到傷害。如用佛教的譬喻來說，就像鵝游在水面上，但是羽毛不會沾溼，道理就是如此。

用這樣的觀念來看儒、道、釋三家思想，就可以貫通起來。三家思想大部分都是在談如何從智力欲望中向上提升，保任自在。放在今天，這些物大抵是屬於社會科學、自然科學的範圍。其實也就是《尚書》中的「利用」，而「禮」就是「正德」。這個德能正，所有這些「利用」才能導致於「厚生」；如果德不能正，「厚生」就只會厚自己之生；若能面對物的工具性壓力時，乃能避免禮的淪為工具厚，也才能厚群體之生。

第五講
阮籍〈樂論〉

樂以和同

　　阮籍〈樂論〉首先藉劉子來提問，這個質問就是：「『移風易俗，莫善於樂』，其果然乎？」劉子問曰：「孔子云：『安上治民，莫善于禮，移風易俗，莫善于樂。』夫禮者，男女之所以別，父子之所以成，君臣之所以立，百姓之所以平也。」「安上治民，移風易俗，莫善於禮樂」，這是上下對句，互相滲透，並非分別偏禮或偏樂。禮以別異，樂以和同。這是荀子的基礎觀念，包括到親子之間，也是要別異。至於如何別異？問題就大了。時代不同，別異的方式也不同。

　　以現代人為例，父母希望子女長大，還能住在一起，行不行？不行，「禮以別異」，尤其子女成家以後。在農業社會，因為附著於土地，所以常有三代、四代、甚至五代同堂的情形，實際上建築的設計是分開來的，如三合院或者四合院。每一戶都是住在不同的區塊，有其分隔，各自炊飯煮食。如果父母同子女同住一層，是不行的，因為沒有別異。第一個別異，是空間上的別異，此點有深層的心理基礎，因為人應保有獨處、私有的空間。所以很多生活的細節，根源於人最基層的心理，然後禮就根據這個心理而設。除了處於依附階段的小孩，以及年紀老邁需要照顧者，均需有空間上的別異，這就是「禮以別異」的精神。

　　然而，別異以後又變成疏離、孤單，這也是毛病，所以要「樂以和同」。從廣義以上去講，和同的樂不僅止於音樂，只要相聚共語都

是樂。樂者，樂（愉快）也，一起康樂、歡唱，也是樂。所以看禮樂的精神，不要執著在古代，高可到治國的典章制度，而低可以隨著組織結構變化，普遍到一般人生活中的互動，根源在人的心理。

〈樂論〉說：「為政之具靡先于此，故安上治民，莫善于禮也。夫金、石、絲、竹——鐘鼓管弦之音，干、戚、羽、旄——進退俯仰之容，有之無益於政，無之何損于化。而曰移風易俗，莫善於樂乎？」「樂」就狹義講，只是音樂跟舞蹈；擴大來講就是康樂活動，也就是工作以外的休息部分或休閒活動，可以通稱為樂。樂最大的功能，就在紓解人們的壓力，一種無目的歡樂，可以紓解壓力。這一點古代所講不如現代深切，今人感覺更為深刻。

> 阮先生曰：「善哉！子之問也。昔者孔子著其都乎，且未舉其略也。今將為子論其凡，而子自備詳焉。」
> 夫樂者，天地之體，萬物之性也。合其體，得其性，則和；離其體，失其性，則乖。昔者聖人之作樂也，將以順天地之體，成萬物之性也。故定天地八方之音，以迎陰陽八風之聲，均黃鐘中和之律，開群生萬物之情。故律呂協則陰陽和，音聲適而萬物類，男女不易其所，君臣不犯其位，四海同其歡，九州一其節，奏之圜丘而天神下，奏之方丘而地祇上，天地合其德則萬物合其生，刑賞不用而民自安矣。

社會結構有其組織位階，比如君臣；有了位階後，在適當的場合，要有各種不同的音樂，律呂協調。實際上，樂的運用場合很多，如「奏之圜丘」、「奏之方丘」，就是祭祀時的音樂。除了祭祀外，還有節慶、婚禮、喪禮的音樂，日常飲酒作樂、各種不同場合的音樂。民間音樂雖不如王朝的音樂那麼精緻、藝術，但亦因祝壽、婚宴、送葬等

作用有其差別。而在場合中，每個人各居其位，即所謂「男女不易其所，君臣不犯其位」，每一個人坐的位置都不一樣，所以這就是禮跟用樂場合的搭配。以祭祀為例，主禮者、陪禮者以及其他人員，各自有其適當的位置，這就是禮跟樂合一時，就是「天地合其德則萬物合其生」。

這裏講「刑賞不用而民自安」，並不是指一次演奏就能使天下之人皆因此而安，而是分成很多的組織單元，這些組織單元都有共通規則的禮樂，其內容可以不一樣。比如在臺灣跟在廣東、四川的演奏可以不一樣，但基本精神是透過禮跟樂相通的。之所以能夠造成「刑賞不用而民自安」，是因為在這個場合上，大家彼此認識，有感情上的聯繫、顧忌，親友間就得以糾正其錯誤，就不會犯大過。所以一個社會中最重要的是基礎的單位，擴大到很大的團體時，才會非用刑不可，非用法律不可。這種原理，其實就是老子的「小國寡民」。老子為了強調「小國寡民」，所以講各種文明工具都不用，其實不是不用，而是強調那些工具所帶來的流弊。這個概念轉到今天，就是社區主義，今天因為都是大都會，大都會又分隔成很多的小社區，這些社區彼此間就可以形成一個團體。

> 乾坤易簡，故雅樂不煩；道德平淡，故五聲無味。不煩則陰陽自通，無味則百物自樂，日遷善成化而不自知，風俗移易而同于是樂，此自然之道，樂之所始也。故聖人立調適之音，建平和之聲，制便事之節，定順從之容，使天下之為樂者莫不儀焉。自上以下，降殺有等，至于庶人，咸皆聞之。歌謠者詠先王之德，頫仰者習先王之容，器具者象先王之式，度數者應先王之制；入于心，淪于氣，心氣和洽，則風俗齊一。
>
> 聖人之為進退頫仰之容也，將以屈形體，服心意，便所修，安

　　所事也。歌詠詩曲，將以宣平和，著不逮也。鐘鼓所以節耳，
　　羽旄所以制目。聽之者不傾，視之者不衰；耳目不傾不衰，則
　　風俗移易，故移風易俗莫善于樂也。

歌唱、舞蹈，確實是讓人愉快的事情。所以「歌謠」、「頫仰」可以統
合來說，當作互文。「聽之者不傾，視之者不衰，耳目不傾不衰」，最
後都歸到心情快樂。人心情快樂，就不容易生氣、憤怒，也不容易有
暴力衝突，自然就移風易俗。如果人們心情鬱悶，就容易衝突而暴力
相向。但何以有此作用？就需要解釋。

　　故八音有本體，五聲有自然，其同物者以大小相君。有自然，
　　故不可亂；大小相君，故可得而平也。若夫空桑之琴，雲和之
　　瑟，孤竹之管，泗濱之磬，其物皆調和淳均者，聲相宜也，故
　　必有常處；以大小相君，應黃鐘之氣，故必有常數。有常處，
　　故其器貴重；有常數，故其制不妄。貴重，故可得以事神；不
　　妄，故可得以化人。其物係天地之象，故不可妄造；其凡似遠
　　物之音，故不可妄易。雅頌有分，故人神不雜；節會有數，故
　　曲折不亂；周旋有度，故頫仰不惑；歌詠有主，故言語不悖。
　　導之以善，綏之以和，守之以衷，持之以久；散其群，比其
　　文，扶其天，助其壽，使去風俗之偏習，歸聖王之大化。

　　不同場合，有不同的歌曲、音樂、舞蹈內容。如用於宴會與用於
祭祀，其歌樂舞蹈自是不同。音樂、舞蹈、歌唱皆因場合之差別而配
合之，氣乃得以宣散，社會就能和諧。居上位者，不用處下位者的典
禮；下位者也不僭越，不用非自身位階所屬的樂舞。古代比較嚴謹，
現今社會雖未必如此，但仍有其分際在。如富有者與中產者，所要用

的禮，當然也要斟酌，不大肆鋪張，要量力而為。最重要的是，樂、歌、舞的功能在於能和，使人的心情得以宣洩。把握這個原則，於當代為例，可以針對不同的族群、年齡、階層，而去舉辦不同的活動。這些就是樂，要能古今有別。

樂的藝術功能與社會功能

之後講先王、後王，乃至於衰世之樂的現象。主要方向有二，一個是藝術層面，一個是社會層面，這二者很容易起衝突。阮籍是基於藝術面而立論。阮籍說：

> 昔先王制樂，非以縱耳目之觀，崇曲房之嬿也。必通天地之氣，靜萬物之神也；固上下之位，定性命之真也。故清廟之歌詠成功之績，賓響之詩稱禮讓之則，百姓化其善，異俗服其德。此淫聲之所以薄，正樂之所以貴也。

明白的推崇雅頌之音，對於十五國風之音，就較為鄙薄。這就透露出藝術型的音樂，跟社會功能型的音樂是不一樣的。藝術型的音樂，是朝向心靈精神的提升；社會功能型的音樂，則要顧及一般人的水平，能夠把情緒、情感宣洩出來就足夠了。

> 舜命夔龍典樂，教胄子以中和之德。「詩言志，歌詠言，聲依詠，律和聲。八音克諧，無相奪倫，神人以和。」又曰：「予欲聞六律、五聲、八音，在治忽以出納五言。女聽！」夫煩奏淫聲，汩湮心耳，乃忘平和，君子弗聽。

「煩奏淫聲」就是鄭衛之音，也就是俗樂。通常表現各式各樣的情感，更等而下之者，就變成表現情緒。

> 然禮與變俱，樂與時化，故五帝不同制，三王各異造，非其相反，應時變也。夫百姓安服淫亂之聲，殘壞先王之正，故後王必更作樂，各宣其功德于天下，通其變使民不倦。然但改其名目，變造歌詠，至于樂聲，平和自若。故黃帝詠雲門之神，少昊歌鳳鳥之跡，〈咸池〉、〈六英〉之名既變，而黃鐘之宮不改易。故達道之化者可與審樂，好音之聲者不足與論律也。

禮樂跟著時勢、社會環境而改變。後王承繼先王，並非是對前期的否定，而是因應時變，原則都是本於和諧。

> 樂者，使人精神平和，衰氣不入，天地交泰，遠物來集，故謂之樂也。今則流涕感動，噓唏傷氣，寒暑不適，庶物不遂，雖出絲竹，宜謂之哀。奈何俛仰歎息以此稱樂乎！昔季流子向風而鼓琴，聽之者泣下沾襟。弟子曰：「善哉鼓琴！亦已妙矣。」季流子曰：「樂謂之善，哀為之傷；吾為哀傷，非為善樂也。」以此言之，絲竹不必為樂，歌詠不必為善也；故墨子之非樂也。悲夫！以哀為樂也，胡亥耽哀不變，故願為黔首；李斯隨哀不返，故思逐狡兔。嗚呼！君子可不鑒之哉！

這段是結論。樂應該讓人高興，怎麼反倒讓人痛哭流涕呢？人應該避開哀傷，阮籍所言不誤。音樂有二重功能，一是社會功能，一是提升人的精神功能。這兩種也可以說是菁英與大眾的分別，亦即雅樂與俗樂之別。而精緻藝術跟通俗文化的分別，至今都仍然存在。畢竟人生

下來，就是肉體，有著原始的生命力，跟動物一樣需要宣洩，碰到所有的事情都需要抒發。抒發的方式，就是把氣宣洩出來，宣洩出來就平和了。樂、舞在這個層次，跟運動類似。當人在樂、舞的活動中，暫時忘記了那些讓人生氣、悲傷、憂鬱的事情，而把情感宣洩出來。這種是屬於社會功能。

阮籍所談的屬於精神上的功能，就是一個好的樂，能讓人心境從情緒到情感，提升到情操的階段，讓人處於純粹和諧。因為在純粹和諧中沒有對象，不會由音樂帶來對象，也不會產生感情。普通的樂是配合著歌，歌中有內容，而去追憶、回想種種事情，去誘發情感，所以有共鳴。但是純粹的音樂，就是樂，即使配合歌詞，其內容也不會誘發感情，而是頌讚，所以阮籍會談雅頌。頌是頌讚天地自然，或是神靈，雖也是一種感情，卻是純粹的虔敬之情，不是因追求事物，因其得失所發生的感情。處在此種樂中就是和，處在和之中，其心境就發生變化，走向愉快、恬澹。

阮籍〈樂論〉雖有此認知，問題是沒有區分此兩層境界，只是承襲傳統對鄭聲、鄭衛之音的批評，所以認為不該從事這些俗樂。但是俗樂對一般人而言卻是必要的，除非這些一般人，對這些俗樂也厭倦了，不想流轉在那種環境中，想提升自身精神，才可以對其談雅樂。所以這兩個方面，要區隔開來。

平和的雅樂，就如《中庸》所言「喜怒哀樂之未發」，聽到純粹的音樂時，沒有喜怒哀樂，只是覺其優美、愉悅。因為情緣事而生，情無所緣，就無所得失；所以純粹的音樂，只是愉快、平和。

純粹音樂若低一層，就有了分別。有些樂，雖沒有歌詞去描述樂的背景，但是其旋律可能會讓人感傷或是引發其他的情感。此類的樂所帶出來情的變化，就比愉快的中和之音往下一層。

一般我們會以為恬淡會使生命愉快，其實未必，當中還會有一個

階段。因為恬淡就等於是失去目標，失去目標後，過去的習性帶過來，而使人好像沒有了對象、沒有目標了，因此產生一種悵然若失的感覺而引起感傷。在此階段內，習氣若再消除掉，就是無執，只是觀照，當中產生一種愉快。在這個領域中，就是樂，就是和。阮籍所要談的樂，就在最後這一個階段，只是阮籍沒有講得很清楚。

所以這個境界的感情，常常是一些藝術型的音樂。再更高一層，就是宗教型的音樂，或沒有宗教之名，但有宗教境界之音樂。藝術型的音樂，已經比較高了，但還殘留欲望的習氣，就是當對象都沒有時，最後剩下萬物生命的過往消逝，而產生一種惆悵感。藝術往下降，即是一般較感官式的樂曲。現實生命因種種情事，使人輾轉其中，情感流轉亦藉節奏以表現之。一般所看到的通俗音樂，都在這個層次。因為輪轉在底下，永遠在喜怒哀樂中不斷的輪轉，人當然希望能夠一層一層的往上提升。其實，樂跟修身養性有非常密切的關係。

最高的境界，就是樂之和。為什麼頌讚宗教的樂曲，也是最高的境界？因為平和愉快會傾向仁心、慈愛，讓人感動。所謂樂由心生，因為心駐在平和、美的境地，出來的聲音自然如此。嵇康跟阮籍都會音樂，對於音樂的造詣也很高，因此可以講得出來最高境界的音樂。可是人畢竟是人，音樂雖有其境地，個人的心性素養上，是否也臻此境？就不一定了。有時候，還是回到最底層。所以，有時候通俗的音樂也是需要的，人有時是透過此通俗音樂，宣洩其情緒、情感。以上，大抵是阮籍在〈樂論〉所談的內容。

第六講
嵇康生平傳略及〈聲無哀樂論〉之一

嵇康生平

我課堂所講授的跟一般學者最大的差別，在於強調實踐工夫。一般的學術討論，不管是儒家、道家、玄學等類，大抵當作知識來談。但有些精微之處，不能只當客觀知識來研究，必須由自身做工夫，才能得其門而入。否則，知識歸知識，自身卻無法受用。所以為什麼《中庸》會說「博學之，審問之，慎思之，明辨之，篤行之」，如果沒有篤行，前面四個全部都是空話。而篤行又是另外一套實踐的過程，裏面的曲折很多，一般傳統文獻，也不見得會講那麼多，這是大家要注意之處。

依《晉書・嵇康傳》，嵇康的背景大略如下：

> 嵇康字叔夜，譙國銍人也。其先姓奚，會稽上虞人，以避怨，徙焉。銍有嵇山，家于其側，因而命氏。兄喜，有當世才，歷太僕、宗正。

先人姓奚，是會稽人，因為有仇家，所以逃到銍，因為旁有嵇山，所以易姓為嵇。兄長嵇喜，曾擔任太僕、宗正等管理典禮的官職。

康早孤，有奇才，遠邁不群。身長七尺八寸，美詞氣，有風儀，而土木形骸，不自藻飾，人以為龍章鳳姿，天質自然。恬靜寡欲，含垢匿瑕，寬簡有大量。學不師受，博覽無不該通，長好老莊。與魏宗室婚，拜中散大夫。常修養性服食之事，彈琴詠詩，自足於懷。

嵇康因其家世，有機會博覽群書。又因與曹魏宗室有婚姻關係，於是任官職中散大夫。性格使然，服食、養生、彈琴、詠詩亦多有涉獵。

以為神仙稟之自然，非積學所得，至於導養得理，則安期、彭祖之倫可及，乃著〈養生論〉。又以為君子無私，其論曰：「夫稱君子者，心不措乎是非，而行不違乎道者也。何以言之？夫氣靜神虛者，心不存於矜尚；體亮心達者，情不繫於所欲。矜尚不存乎心，故能越名教而任自然；情不繫於所欲，故能審貴賤而通物情。物情順通，故大道無違；越名任心，故是非無措也。是故言君子則以無措為主，以通物為美；言小人則以匿情為非，以違道為闕。何者？匿情矜吝，小人之至惡；虛心無措，君子之篤行也。是以大道言『及吾無身，吾又何患』。無以生為貴者，是賢於貴生也。由斯而言，夫至人之用心，固不存有措矣。故曰：『君子行道，忘其為身』，斯言是矣。君子之行賢也，不察於有度而後行也；任心無邪，不議於善而後正也；顯情無措，不論於是而後為也。是故傲然忘賢，而賢與度會；忽然任心，而心與善遇；儻然無措，而事與是俱也。」其略如此。蓋其胸懷所寄，以高契難期，每思郢質。所與神交者惟陳留阮籍、河內山濤，豫其流者河內向秀、沛國劉伶、籍兄子咸、琅邪王戎，遂為竹林之游，世所謂「竹林七賢」也。戎自言與康居山陽二十年，未嘗見其喜慍之色。

嵇康文論如〈養生論〉、〈君子無私論〉等，往往為史傳所稱述，所謂的「竹林七賢」之名亦見於此。

> 康嘗采藥游山澤，會其得意，忽焉忘反。時有樵蘇者遇之，咸謂為神。至汲郡山中見孫登，康遂從之遊。登沈默自守，無所言說。康臨去，登曰：「君性烈而才雋，其能免乎！」康又遇王烈，共入山，烈嘗得石髓如飴，即自服半，餘半與康，皆凝而為石。又於石室中見一卷素書，遽呼康往取，輒不復見。烈乃歎曰：「叔夜志趣非常而輒不遇，命也！」其神心所感，每遇幽逸如此。

曾經去遊山玩水與採藥，遇過孫登。

> 山濤將去選官，舉康自代。康乃與濤書告絕，曰：「聞足下欲以吾自代，雖事不行，知足下故不知之也。恐足下羞庖人之獨割，引尸祝以自助，故為足下陳其可否。」

嵇康性格過於亢烈，當山濤要找他當任選官（相當現在的考試院銓敘部之類的職務），嵇康加以拒絕，甚至寫絕交書一文。其好惡心太強，容易引起仇家。

> 初，康居貧，嘗與向秀共鍛於大樹之下，以自贍給。潁川鍾會，貴公子也，精練有才辯，故往造焉。康不為之禮，而鍛不輟。良久會去，康謂曰：「何所聞而來？何所見而去？」會曰：「聞所聞而來，見所見而去。」會以此憾之。及是，言於文帝曰：「嵇康，臥龍也，不可起。公無憂天下，顧以康為慮

耳。」因譖「康欲助毌丘儉，賴山濤不聽。昔齊戮華士，魯誅
少正卯，誠以害時亂教，故聖賢去之。康、安等言論放蕩，非
毀典謨，帝王者所不宜容。宜因釁除之，以淳風俗」。帝既昵
聽信會，遂并害之。

在跟向秀一起鍛鐵時，遇到鍾會來拜訪，嵇康對鍾會不予理睬，鍾會
心裏很不高興，之後就找機會將嵇康除掉。所以從古到今可以看到，
性格跟禍福有相當關係。嵇康的性格太過亢烈，若是遇到會記恨、心
地狹窄者，就會罹禍。這種性格每個時代都有，如蘇東坡也是常因性
格而罹禍，經過一番波折，藉由老莊，接觸佛教，經由修養將性格淡
化些。古今人大抵如此，所以多看些歷史，禍福大致可見、可知，因
積怨多則禍至，積善多則福來，所以要避免去積怨。嵇康也可以說其
命不好，碰到了鍾會，如果命好沒有碰到鍾會，頂多是被說一說，發
發脾氣，不給嵇康好臉色看，但嵇康還是可以終老一生。由嵇康的文
章，可知他儘管思想上能見之，但行為上卻未必能之；如果做得到，
就不會如此對待鍾會這樣的人。

〈聲無哀樂論〉述旨

「聲無哀樂」最後達到的「和」，是精神境界上的和，如真達此
境地，對於這些事情，就沒有執著。也可以說，嵇康是對什麼東西執
著？對「義」，所以對鍾會就看不起、不理他，因為執著於此，就跳
脫不出。執著於義，堅持道義，看起來是好的，但更上一層的境界
是，是堅持而又不執著（但並非拋棄義）。之後再回過頭來面對問
題，要秉義而行時，不容易偏，不會讓義淪為工具化。所以假設嵇康
對義很堅持，後來又很順遂，能獲得高位，當其行事時，有沒有可能

淪為殘暴，對於不服者全部都強硬對付？但是嵇康沒有此種性格，常秉義而性格恬退，就還好。如是秉義又性格剛強、霸氣，就容易流為殘暴，這是屬於道德上的陷阱。

　　這就是何以對治「執著」的工夫如此之重要。離開執著，可以讓自己的精神素養往上提升，避免掉入一個陷阱。如果不能無執，就容易不知不覺掉入陷阱，也就是標榜善、實行善的過程中，一定有對立者。為了消除這個對立者，達到所謂的善，對此對立者往往不假辭色，不惜用盡各種手段，甚至於殘暴的除掉此對立者。如此，對於所追求的善，就有很嚴重的缺陷。其實這種思想，並不只在中國才有，西方人也是如此，表現出來的就是絕對的理想主義。如果個人的影響力小一點，就還好；如果已是領袖人物時，最後導致的是現實世界很多不如意，都用自身的絕對理想方式，把現實中不如意的事物一概抽除掉。這個從歷史上，都可以看得到。

　　以上簡單介紹了嵇康的背景。關於嵇康的〈聲無哀樂論〉，我曾寫過一篇〈論嵇康〈聲無哀樂論〉的兩重意義〉[1]，同學可以取之參看，對〈聲無哀樂論〉會有釐清的助益。〈聲無哀樂論〉由秦客與東野主人的問答組成。秦客認為，情感受到環境刺激，藉由音樂表現出來；從結果來看，故謂音樂呈現情感，甚至，「詩可以興、觀、群、怨」。從詩學傳統來說，音樂可以辨識風俗，因此得到「音樂有情感」的結論。但是東野主人卻持相反意見，認為音樂沒有情感，為什麼？我們先看秦客的提問：

　　　　有秦客問於東野主人曰：「聞之前論曰：治世之音安以樂，亡
　　　　國之音哀以思。夫治亂在政，而音聲應之。故哀思之情，表於

1　編者案：本文曾刊登於《輔仁國文學報》，第19期（2003.10），頁65-88。

金石；安樂之象，形於管絃也。(1) 又仲尼聞〈韶〉，識虞舜之德；季札聽絃，知眾國之風。斯已然之事，先賢所不疑也。(2) 今子獨以為聲無哀樂，其理何居？若有嘉訊，今請聞其說。(3)」

秦客的問題如下：

(1) 政治上的治亂反映在樂歌，而樂歌是哀思或安樂之情的表現。

(2) 再者，人們可以從樂歌辨識政治的治亂和各地風俗的良窳。上述兩件事是確實的，先賢也不懷疑，所以樂歌有情感。

(3) 但是東野主人卻認為樂歌沒有感情，理由何在？

「治世之音安以樂，亡國之音哀以思」，是說因環境的刺激，所以產生某種情感，這個情感表現在音聲，所以「治亂在政，而音聲應之」。反過來說，音聲是內在情感的呈現，也就是「哀思之情表於金石，安樂之象形於管絃」。接著講「仲尼聞〈韶〉」跟「季札聽絃」，我們可以從表現出來的音樂去認知其感情。因此，秦客提的論點，大抵意謂人的感情受到環境刺激而表現在聲音，故而從音樂也可以知道風俗，但是這裏有分別，後邊會談到。

如果照秦客所講「仲尼聞〈韶〉」跟「季札聽絃」，聽的是詩和歌，也就不是純粹的音樂，是歌曲。當聽歌曲時，是從歌詞知道其意義，從旋律、節奏、音色受到感動。如果把歌詞抽離，能聽到什麼？頂多是感情，因為沒有歌詞，就不知道其內容的意義了。此時，純粹音樂不與特定事情聯繫，所以音樂中誘發的感情是很特殊的，是無事。情緣事而生，任何感情都是針對一件事情所激發起來，但是音樂不然。既不緣事而發，又有這種感情，這是很特殊的一點。這樣的感情是什麼樣的感情呢？是不是到純粹的美感？又不是，因為有感情，

不是純粹的美感。其感情可以歡樂、憂傷、感傷、悲哀、愉快、輕鬆，跟所謂的美感不一樣。美感是純粹的喜樂，不會有悲哀、感傷、憂鬱的等等此些感情，所以有分別。

那麼，這樣的音樂所帶來的感情，是什麼東西呢？是緣事而發後的更上一層。最底層的情是因為事所產生，這又可以分為最底層的本能反應的情緒，以及事後回想、思維、淡化後、更上一層的情，文學的情大抵屬於此類。再往上，還有一種無事無心，所產生出來的情，比如音樂、純粹的音樂，並不知道那是什麼情。

而由情感再上一層時，也還是情感，不過這個部分的情感是什麼情感？當人能夠恬淡時，當欲望慢慢淡下來，沒有事來激起欲望，可是過去那個情仍然像慣性，過去的習氣仍然殘留下來時，所產生的情感就是沒事，卻又不知為什麼就突然產生，這樣的情是屬於比較細膩的，比文學中因為有事可以推尋的情又不一樣。只有到純粹的，才是一種讓人輕鬆、安寧、寧靜，這樣的一種美感。那種寧靜不會讓人覺得寂寞、無聊、孤獨，覺得輕鬆而愉快。這個是人的精神發展上不同的一個差別。所以從這裏可以去分判，為什麼講雅樂、俗樂，這些有等級的劃分。近代以來，所謂群眾的時代、民主的時代，有時過度推崇的俗樂，為什麼？因為境界上處在底下。越往上時，會走到更高層次的精神，但是越往上，人就越少。對流俗、大眾來講，情緒、情感的宣洩是需要的，所以也要靠俗樂。

針對秦客提出來的第一個問題，嵇康如何回答呢？首先是引言：「主人應之曰：『斯義久滯，莫肯拯救，故令歷世濫於名實，今蒙啟導，將言其一隅焉。』」東野主人接著說：

夫天地合德，萬物貴生；寒暑代往，五行以成。故章為五色，發為五音。(1) 音聲之作，其猶臭味在於天地之間。其善與不

善，雖遭遇濁亂，其體自若而不變也。豈以愛憎易操、哀樂改
度哉？（2）

案：

（1）從萬物的產生論聲音是自然現象。

（2）音聲猶如臭味，只是感覺對象。感官功能在正常情況下，
一般人的感覺是相同的，只是敏銳程度不同而已。一個社會因生活習
慣之故，會偏好某些感覺對象，而認為另一些感覺對象怪異，甚至厭
惡。這已經滲入了文化的成分。即使滲入文化成分，感覺對象本身及
其性質不會因人們的好惡和評價而改變。嵇康所謂音聲「善與不善」，
是就人們對感覺對象的好惡和評價而言。至於「雖遭遇濁亂」一語，
意義不明，尋繹前後語意，應是以濁亂喻人們對感覺對象的認知與好
惡，而感覺對象本身則清潔自如，音聲的意義在此只是存在而已。

音聲是個客觀的存在物。嵇康這個論點很不容易，在那麼早的時
代，就有一種純粹客觀的存有這樣的觀念。第一，就音聲發生的角度
來看，一個音聲在該處，不會因為人的主觀情緒，就改變其旋律。第
二，情感雖藉音樂而呈現，但是音樂跟感情不是同一層次的存在，音
樂是音樂，感情是感情。

及宮商集比，聲音克諧。此人心至願，情欲之所鍾。（1）故人
知情不可恣，欲不可極故，因其所用，每為之節。使哀不至
傷，樂不至淫。（2）因事與名，物有其號。哭謂之哀，歌謂之
樂，斯其大較也。（3）然樂云樂云，鍾鼓云乎哉？哀云哀云，
哭泣云乎哉？因茲而言，玉帛非禮敬之實，歌舞非悲哀之主
也。（4）

案：

（1）樂歌是感情的自然表現。

（2）感情不能過度放縱，於是在表現為音樂而作曲時，稍加歛抑，使哀樂不至於過度。

（3）在音樂表現為感情的現象中，從符號的角度來看，約定俗成的把樂歌符號的意義確定下來，於是以哭表哀傷，以歌表歡樂，以某種樂曲表哀傷，而以另一種樂曲表歡樂。

（4）由此而觀，樂器及其所演奏出來的樂曲是符號，而哀樂是感情，猶如禮儀上的玉帛是表達禮意的符號，歌舞是表現哀樂感情的符號。符號和感情是不同的事物、不同的存在物。

此節論旨是：符號與所指涉的對象不是同一。玉帛本身跟內心的禮敬，是二種存在。如送東西與他人，內心有種誠意，但玉帛有沒有誠意？沒有，玉帛是表達誠意的一個表徵。尤其樂，純粹只是聲音，跟人的感情，是兩個獨立的東西。

下面又說：

> 何以明之？夫殊方異俗，歌哭不同；使錯而用之，或聞哭而歡，或聽歌而慼。然而哀樂之情均也。（1）今用一之情，而發萬殊之聲，斯非音聲之無常哉？（2）。（從符號論感情與音樂符號的關係是約定俗成的，因此音樂符號不繫屬於感情，音樂符號相對於感情而言是不定的，是獨立的客觀存在物。）

案：

（1）如何證明符號和感情是不同的事物？不同的存在物？不同的社會有不同的風俗，可能使用不同的符號表達相同的感情。當甲社會以歌的符號表歡樂，以哭的符號表悲哀的情感；而乙社會相反時，

如果讓他們聽對方的歌哭符號，那麼，可能乙社會的人聽到哭的符號時覺得歡樂，聽到歌的符號時覺得悲哀，然而他卻有同樣的歡樂或悲哀感情。

（2）這說明樂歌符號對感情而言是「無常」的，不固定的。

嵇康論斷音聲符號的「無常」，是為了駁斥秦客在第一次提問中所說的「仲尼聞〈韶〉，識虞舜之德；季札聽絃，知眾國之風」，亦即駁斥人們可從音樂聽出可理解的意義。可理解和可感知不同，前者的認識對象主要是概念的，後者則沒有概念可知。如語文的理解是概念的，音樂的感知則無概念可言。嵇康所謂「殊方異俗，歌哭不同。使錯而用之，或聞哭而歡，或聽歌而感」，這是指誤解。誤解只是理解錯誤，而不是不可理解，如果變更方式，誤解可能成為理解。

雖然如此，嵇康所謂「音聲之無常」，如果不從他所舉的例子索解，「音聲無常」應指音聲符號對所指涉的感情而言是不固定的、任意的。從經驗認識來看，在符號約定俗成之前，甲符號可以指涉 A 感情，也可以指涉 B 感情。符號對所指涉的感情而言是不固定的、任意的。既然如此，音樂符號和感情是兩個不同的存在物，屬於人類本性之一的感情當然不能作為音樂符號的性質。所以嵇康主張「聲無哀樂」，即音樂沒有感情。

嵇康說音聲符號（樂歌）無常，意義模糊。根據前段的旨趣，嵇康要說明的是樂歌符號和感情是不同的事物、不同的存在物，此處卻只說樂歌符號對所指涉的感情是不固定的。如果從這兩個答案逆推其提問，則前者的提問為：「樂歌符號和感情是同一個存在物嗎？」後者的提問則為：「對感情（所指涉的對象）而言，樂歌符號是固定的嗎？」後者是論關係，關係預設了兩個存在物。有兩個存在物才有關係可言。因此，不論樂歌符號對所指涉的感情是否在語用上是固定的，它們就是兩個存在物，所以嵇康只要說明樂歌是感情的符號就夠

了，不必再論樂歌符號的「無常」。嵇康論樂歌符號的「無常」，其實是為了反駁秦客所提到「仲尼聞〈韶〉，識虞舜之德」。

不過，嵇康論樂歌符號的「無常」也甚有意義，可以和 Ferdinand de Saussure 的語言學觀念相提並論，只是嵇康沒有由此而發展出現代式的語言學而已。

嵇康在第一次對話中的答覆要義如下，其中第五、六項要義與第四項要義相同：

a 天地間的音聲是自然的。

b 音樂是人類感情的表現。感情不能放縱，於是以樂歌節制。音樂不是感情。

c 從符號來看，同樣的感情在不同的社會以不同的樂歌表達。

d 音樂沒有可理解的意義，其感人是因為「和」，歌詞則有可理解的意義，能引發各種感情。所以樂曲儘管變化，感情則是緣於歌詞而自生的。

e 感情是人的本性之一，音樂自有其性質，從認識來看，不能將感情視為音樂的性質。

f 人們不是從音樂辨識其可理解的意義。

自 c 項要義以下，嵇康從各種層面反駁「人們可以理解音樂的意義」（「仲尼聞〈韶〉，識虞舜之德；季札聽絃，知眾國之風。」），而導出音樂沒有感情的主張。

嵇康更進一步從符號來作解析：不管是語言或者音聲，有人藉此表達高興，但是聽起來可能是像是在哭。這是因為不同的文化，用來表達感情所使用的符號，跟別的文化可能截然相反。比如白色，在中國的傳統中，是表示喪事，但西方人卻是很喜歡白色，如白紗禮服。感情跟音樂的符號關係，是約定俗成，並不是先天就決定的。所以符號並不屬於感情，音樂符號相對感情而言是不定的，是獨立存在的。

然聲音和比，感人之最深者也。勞者歌其事，樂者舞其功。夫內有悲痛之心，則激切哀言。言比成詩，聲比成音，雜而詠之，聚而聽之。心動於和聲，情感於苦言，嗟歎未絕，而泣涕流漣矣。(1)夫哀心藏於苦心（凌案：「苦心」二字疑應作「苦言之」）內，遇和聲而後發；和聲無象，而哀心有主。夫以有主之哀心，因乎無象之和聲，其所覺悟，唯哀而已。豈復知吹萬不同，而使其自已哉。(2)風俗之流，遂成其政。是故國史明政教之得失，審國風之盛衰，吟詠情性以諷其上。故曰：亡國之音哀以思也。(3)

案：

（1）雖然音樂和情感是兩種不容的存在物，音樂本身沒有情感，但是音樂是最能感盪情感的。人們在日常生活有所感發，就藉歌舞表現出來。如果內心悲痛，聲音就激切，言語也悲哀。言語組合成了詩，音聲組合成了歌，歌和詩結合起來詠唱，相聚而聽時，人心被樂歌感動，而樂詞就激盪了情感。感盪不止，則泣涕流漣。

（2）悲哀的情感含藏在悲苦的言詞之中，聽了樂聲而發露出來。樂聲的「和」沒有可以具體把捉的意義，悲哀的情感則可以感受得到。可以感受得到的情感依附著無法具體把捉的樂聲，這時，人們感受到的只是悲哀的情感而已。換句話說，人們是從樂詞，而不是從樂聲感受到情感。一般人哪知樂聲的各種不同是它自身如此，而不是樂聲含有情感而激盪人們生起感情。

（3）這些樂歌流傳為風俗，反映了政事，全靠其中的樂詞。所以國史為了揭露政事的得失，便審度一國風俗的興衰，於是吟詠起樂歌，藉其中樂詞所表露情感，諷諫君上，所以才說「亡國之音哀以思」。

　　嵇康在本段說明了「亡國之音哀以思」，卻不說明秦客所提到的「治世之音安以樂」，其中原因須在第八次對話才能知悉。治世之音不是移風易俗的對象，而是精神之和體現為音樂之和。而秦客的提問焦點是移風易俗，所以嵇康在本段略過不談。

　　又嵇康雖然能夠說明音樂本身沒有情感，可是不能無視於樂歌激盪起人們的情感這樁事實，所以必須針對這樁事實進一步說明。嵇康的答案是：激盪起情感的不是樂聲，而是樂詞。這個答案具有隱而未發的涵意，即不同類別的符號在認知上的功能有所不同，從語言可以獲得概念的認識，從音樂則可以引起情感的感應。就認識而言，概念組合成判斷，在語言上以語句的方式呈現，它指涉一事態，即使描述情感，它也是讓人認知引起情感的事態，進而融入事態，在事態中因得失而生情感。所以情感是緣事而生。在音樂則不然，人們無法從中認知事態，只能引生情感。從言語引生的情感，可知其所緣何事；從音樂引生的情感，則無法知其所緣何事。當音樂與語言結合而成為樂歌時，樂聲強化了樂詞所引生的情感。

　　再進一步來看，如果符號是客觀的存在，則跟我的感情如何聯繫起來？或者如何引發我的感情呢？亦即音樂是音樂，我是我，音樂如何能引發我的感情呢？嵇康認為靠的是「聲音和比」，外在的樂要誘發內在的感情，第一個條件必須和，所以講「心動於和聲，情感於苦言」，也就是心情受到和聲跟歌詞的感動。雖有心境，但若是個噪音，也就無從感動。凡是能夠稱為樂，必然要具備有和的條件。再進一步就從存在物的屬性來說，感情是心理的屬性，音樂的性質要素則是物理的屬性，二者宜別。

第七講
嵇康〈聲無哀樂論〉之二

音樂與情感的關係

接下來，秦客與東野主人之爭，則主要來自傳統上「化名成俗」的觀念：

> 夫喜怒哀樂，愛憎慙懼，凡此八者，生民所以接物傳情，區別有屬，而不可溢者也。（1）夫味以甘苦為稱，今以甲賢而心愛，以乙愚而情憎。（凌案：兩句宜作「甲愛而乙憎」，賢愚二字害義，為多餘）則愛憎宜屬我，而賢愚（凌案：應作「甘苦」）宜屬彼也。可以我愛而謂之愛人（凌案：「人」應作「味」），我憎而謂之憎人？（凌案：「人」應作「味」）所喜則謂之喜味，所怒則謂之怒味哉？（2）由此言之，則外內殊用，彼我異名。（3）聲音自當以善惡為主，則無關於哀樂。哀樂自當以情感（原鈔本有「而後發」三字），則無係於聲音。名實俱去，則盡然可見矣。（4）

案：

（1）感情是緣物而生，它屬於人的心理，不能移置於物。

（2）以味道為喻，食物有其味道，或稱甘，或稱苦，今甲愛某味而乙憎某味，則不能稱某味為愛味、憎味、喜味、怒味。

（3）由此可知，外物與內心為不同的存在物，功能不同，名稱也不同。否則不但混淆名稱而無法溝通，也混淆兩個不同的存在物。

（4）所以聲音屬於外物，自有其性質，而與內心的感情無關。感情屬於內心，緣物而生，與聲音無關。名和實分離，則兩者的不同清晰可見。

當語用規則已立，名稱必須切合所指涉的對象。不能將指涉主體狀態的名稱用在客體狀態上。反之亦然。

底下又云：

> 且季子在魯，採詩觀禮，以別〈風〉、〈雅〉。豈徒任聲以決臧否哉？又仲尼聞〈韶〉，歎其一致，是以咨嗟，何必因聲以知虞舜之德，然後歎美耶？今麤明其一端，亦可思過半矣。

季子從語言知風俗，不從音聲知臧否，孔子亦然。人們不是從音樂辨識其中的意義，而是從樂歌中的文詞。此節論旨與前文「和聲無象，而哀心有主。夫以有主之哀心，因乎無象之和聲，其所覺悟，唯哀而已」，所含的意義相同，指音聲符號和語言符號在認知功能上的差異。

東野主人的回答包含了下列論旨：

1 音樂本身不因人的好惡和感情而改變。

2 符號與所指涉的對象不是同一。

3 音樂符號和語言符號的功能不同。人們從樂歌中的歌詞引生情感，而不是從樂聲引生情感。

4 當語用規則已立，名稱必須切合所指涉的對象。不能將指涉主體狀態的名稱用在客體狀態上。反之亦然。

上列四個論旨中，1 是從發生上說明聲無哀樂。2 與 3 是討論符號和指涉對象之間的關係。4 是從存在論情感和音樂是不同的存在物。

若以嵇康「聲無哀樂」的論旨來看，他所提出的說明可重組如下：

A　從符號論音樂本身沒有情感。

　　a　音樂是符號，情感是音樂符號所指涉的對象。

　　b　符號與所指涉的對象如果不是同一，就是不同一。

　　c　假設符號與所指涉的對象同一，則一個符號只能指涉一個
　　　　對象。

　　d　但是不同的符號可以指涉同一個對象，如……。

　　e　所以一個符號只能指涉一個對象是錯的，符號與所指涉的
　　　　對象同一是錯的。

　　f　因此，符號與所指涉的對象不是同一，音樂與情感不是同
　　　　一。

　　g　所以音樂本身沒有情感。

B　從經驗認識論音樂本身沒有情感。

　　a　經驗認識上，情感由我心而發。從音樂我聽到的是各種聲
　　　　音，有些我喜歡，有些我厭惡。

　　b　我會把經驗用語言表達出來。語言描述一事實。

　　c　我只能說某音樂發出某聲音這個事實。我不能說音樂發出
　　　　悲哀的情感，因為這不是事實。

C　從存在論音樂本身沒有情感。

　　a　就存在而言，個體有其附質。

　　b　生命的附質和無生命的附質不同，且不可混淆。若混淆，
　　　　則個體的存在不可能。

　　c　情感是生命的附質。音高、音色、旋律、節奏是無生命之
　　　　音樂的附質。

　　d　如果音樂有情感這種附質，則音樂的存在不可能。

　　e　音樂存在。

　　f　所以音樂沒有情感這種附質。

　　此處說得很有道理，就是二者是不同的存在，一個是客觀的，一個是內心的。而這二者如何聯繫，就是問題所在。這二者的聯繫，從嵇康對語言的看法，就是約定俗成。純粹音樂跟帶有歌詞的樂歌，二者是不同的。純粹音樂，只有善惡之別。有了歌詞以後，此時的焦點就在歌詞的意義，音樂反而變成輔助。這個背景使歌詞的感情更加強化。這也是為何季札與孔子可以從《詩》中別〈風〉、〈雅〉，靠的也是歌詞。

　　秦客又質疑曰：

> 秦客難曰：「八方異俗，歌哭萬殊，然其哀樂之情，不得不見也。夫心動於中，而聲出於心。雖託之於他音，寄之於餘聲，善聽察者，要自覺之不使得過也。昔伯牙理琴，而鍾子知其所志；隸人擊磬，而子產〔期〕識其心哀；魯人晨哭，而顏淵審其生離。夫數子者，豈復假智於常音，借驗於度曲哉？心戚者則形為之動，情悲者則聲為之哀，此自然相應，不可得逃，唯神明者能精之耳。夫能者不以聲眾為難，不能者不以聲寡為易。今不可以未遇善聽，而謂之聲無可察之理；見方俗之多變，而謂聲音無哀樂也。（雖然音樂是客觀存在物，但是感情藉音樂而呈現，人們也能從音樂辨識感情，不能因此而說音樂無感情）

　　嵇康既然認為符號是任意的，又認為音樂符號和語言符號的功能不同，人們從樂歌中的歌詞引生情感，而不是從樂聲引生情感。秦客便質疑：符號即使是任意的，情感仍然是透過符號表現出來，善聽者也能夠從符號辨識它所表現的情感。所以音樂有情感。

　　秦客的質疑並沒有注意嵇康所說「人們從樂詞引生情感，而不是從樂聲引生情感」一語的意義。

　　東野主人從「存在」的角度，認為音樂與情感是二種不同的存在。秦客則以為，若不列入歌詞，純粹從聲音來講，聲音固然只是客觀存在；但是感情藉著音樂而呈現，也可以從音樂去辨識感情，不能因此而說音樂沒有感情。亦即是說，秦客認為存在之間一定有聯繫，而不僅是各自獨立的存在，可以說是站在「發生」的角度來看。從發生論的話，一個事情的發生有其原因，感情之生，有其原因，其因就在於音聲，所以這二者並沒有衝突，而是從二個不同層次的問題而論之。從基礎的層次，是嵇康的角度，是獨立的存在物；但是如果進一步從活動的層次來看，二個以上的存在物，當它們互動時，就會有連結，所以秦客是從活動的角度來看。我是藉著存有論中，存在、活動和目的，這三個概念來講聲。從存在來講，是各自獨立的；從活動來講，開始有了聯繫，有個因果的關係。簡言之，依秦客說法，感情藉著音樂而呈現，則音樂當中也存在感情，只不過音樂不是精確的感情符號，唯善聽者能察之。嵇康則以為，音樂雖能引發情感，但音樂與情感是兩種不同的存在物。

　　　　又云：賢不宜言愛，愚不宜言憎。然則有賢然後愛生，有愚然
　　　　後憎成，但不當共其名耳。哀樂之作，亦有由而然，此為聲使
　　　　我哀，音使我樂也。苟哀樂由聲，更為有實，何得名實俱去
　　　　耶？（雖然不宜將心理屬性移置於客觀存在物，但是客觀存在物確實
　　　　引發感情。不能無視於這項事實）

秦客所謂的名實與東野主人不同。東野主人說「名實俱去（離）」，意謂語言和所指涉的對象是不同的存在物，各自獨立，因而語言與所指涉的對象不是固定的對應關係。秦客所謂的名實，指音樂使我產生情感這一事實，而有「哀樂」、「音聲」等名指稱之。

秦客所說的名實是指，音樂讓我產生感情，「聲使我哀、音使我樂」，這樣的事實是存在的。所以這些辯論，一分清楚，就各得其所。東野主人有其角度，談的是存在；秦客講的是活動。釐清二種角度，雙方所辯就會比較清楚。

> 又云：季子採詩觀禮，以別〈風〉、〈雅〉，仲尼歎〈韶〉音之一致，是以咨嗟。是何言與？且師襄奏操，而仲尼覩文王之容；師涓進曲，而子野識亡國之音，寧復講詩而後下言，習禮然後立評哉？斯皆神妙獨見，不待留聞積日，而已綜其吉凶矣！是以前史以為美談。今子以區區之近知，齊所見而為限，無乃誣前賢之識微，負夫子之妙察耶？」（人們不是透過言行而辨識音樂的意義，而是直接從音樂知其意義）

嵇康主張「人們從樂詞引生情感，而不是從樂聲引生情感」，從而認為季子、孔子是從歌詞知列國之風和文王之德。秦客則認為嵇康質疑歷史記錄是不對的。

底下辯論稍有繁瑣，因此我們先看本文結論。傳統的「論」，包括嵇康以前到先秦，討論問題時有一個缺點，就是喜歡用比喻穿插在其中，其中思路發展容易為之模糊。從結論上倒回去，嵇康其實要表達什麼東西？就是精神上的「和」。這部分，可以參見我〈論嵇康〈聲無哀樂論〉的兩重意義〉的第8頁。

音樂移風易俗的可能

在談精神上的和時，秦客順著嵇康說音樂沒有情感，提出一個疑問：

仲尼有言：移風易俗，莫善於樂。即如所論，凡百哀樂，皆不
在聲，則移風易俗，果以何物耶？又古人慎靡靡之風，抑惱耳
之聲。故曰：放鄭聲，遠佞人。然則鄭衛之音，擊鳴球以協神
人，敢問鄭雅之體，隆弊所極，風俗移易，奚由而濟？幸重聞
之，以悟所疑。

孔子說：「移風易俗，莫善於樂。」這是真實的。如果音樂本身沒有情
感（如果音樂只有和），那麼拿什麼來移風易俗？古人對靡靡之風、抑
惱耳之聲特別謹慎而予以抑制，所以說：「放鄭聲，遠佞人。」那麼
既有鄭、衛之音，也有鳴球以祀神靈，以使神與人和諧的雅樂，二者
的體性是什麼？二者何以有興衰？風俗改善如何才能完成？

　　移風易俗是嵇康〈聲無哀樂論〉的宗趣。聲有哀樂或無哀樂則是
移風易俗所以可能的兩種依據，而嵇康以此文辨其是非。

　　若依嵇康所言，聲無哀樂，則移風易俗這個說法就有問題了，那
要如何解釋「移風易俗，莫善於樂」？如果把秦客「樂歌有情感」的
主張和東野主人「樂歌沒有情感」的主張對比，則秦客為什麼會提出
上述質疑就很清楚。

秦客	東野主人
1. 樂歌有情感。	1. 樂歌沒有情感。
2. 有些樂歌的情感會引發人們溫和的情感，有些則引發人們放縱的情感。 如果樂歌沒有情感，如何引發人們溫和的或放縱的情感？ 　　假設樂歌沒有情感，也能引發人們溫和的或放縱的情感，那麼如何分別不同樂歌的差異，如雅樂和鄭聲？	2. 有些樂歌引發人們溫和的情感，有些則引發人們放縱的情感。

秦客	東野主人
3. 引發溫和的情感會使人的言行合於社會規範，若形成集體行為模式，則形成良好的風俗。這種樂歌稱為雅樂。引發放縱的情感會使人的言行踰越社會規範，若形成集體行為模式，則形成窳劣的風俗。這種樂歌稱為鄭聲。 　　假設樂歌沒有情感也能引發人們溫和的或放縱的情感，也能分別不同樂歌如雅樂和鄭聲的差異，那麼，個人溫和或放縱的情感如何變成風俗（集體行為模式）？	3. 引發溫和的情感會使人的言行合於社會規範，若形成集體行為模式，則形成良好的風俗。這種樂歌稱為雅樂。引發放縱的情感會使人的言行踰越社會規範，若形成集體行為模式，則形成窳劣的風俗，這種樂歌稱為鄭聲。
4. 良好的風俗有益於群體利益，窳劣的風俗則反之。	4. 良好的風俗有益於群體利益，窳劣的風俗則反之。
5. 有時人們好雅樂而惡鄭聲，於是雅樂興而鄭聲衰。有時則反之。 　　為什麼有時人們好雅樂而惡鄭聲，於是雅樂興而鄭聲衰。有時則反之？	5. 有時人們好雅樂而惡鄭聲，於是雅樂興而鄭聲衰。有時則反之。
6. 為了群體的利益，人們應該提倡雅樂，禁止鄭聲。這是移風易俗的方法。 　　假設樂歌沒有情感，也能引發人們溫和的或放縱的情感，進而造成風俗的良窳，為了群體的利益，必須禁止鄭聲，那麼將憑藉什麼來移風易俗？	6. 為了群體的利益，人們應該提倡雅樂，禁止鄭聲。這是移風易俗的方法。

　　排列之後，就顯出了一個爭議焦點：如果樂歌沒有情感，那麼樂歌中有什麼？秦客所提的質疑都因這個問題才產生出來。東野主人主張樂歌有「和」。於是秦客的質疑應是從這裏開始。如果樂歌只有

「和」，則無分別，（1）將如何引發人們溫和或放縱這種有分別的情感？（2）如果樂歌只有「和」，又如何衍生雅樂、鄭聲等不同樂歌的差異？這些問題是秦客只從音樂經驗而未溯至存在原理，至於其餘的質疑都在這兩個問題有答案之後才有意義，才需要提出來。

接著看上述秦客的兩項質疑，也可以反過來質疑秦客的主張。秦客主張「樂歌有感情」，於是人們可以質疑：「如果樂歌只有感情，則無分別，將如何分別不同樂歌的差異，如雅樂和鄭聲？將如何辨識所引發的情感是溫和或放縱？」而這項質疑勢必使秦客的主張從「樂歌有情感」改為「樂歌有引發情感的性質」。

這就是我們常討論美感跟美感性質的差別。美感是一種感情，但是引發感情要有外在的美的媒介，不管文學、藝術、音樂等等。那些東西具有一些性質，與人的情感可以相應。所以，雙方所爭可以視為語言表達的問題，一個說聲有情感，只要加幾個字，改為有引發情感的性質，就可以解決爭議。就好像這水有渴或不渴的性質？都沒有。渴或不渴，在我的感覺。但水有一種解除我口渴的性質在其中，畢竟跟我的感覺是二回事，一個是物理的，一個是我生理上的感覺。

嵇康回答：

> 夫言移風易俗者，必承衰弊之後也。

風俗需要改善必起於風俗衰弊之後，如果風清俗美，何需改善？風俗既然需要改善，將改善成什麼境地？要改善至此境地，則需是什麼音樂才能發揮如是作用？

> 古之王者，承天理物，必崇簡易之教，御無為之治。……羣生安逸，自求多福，默然從道。懷忠抱義，而不覺其所以然也。

> 和心足於內，和氣見於外；故歌以敘志，儛以宣情，然後文之
> 以采章，照之以風雅，播之以八音，感之以太和；導其神氣，
> 養而就之；迎其情性，致而明之；使心與理相順，氣與聲相
> 應。合乎會通，以濟其美。……故曰：移風易俗，莫善於樂。

嵇康認為：風清俗美的社會，在政治措施上，是「崇簡易之教，御無
為之治」；在個人心境上，是「和心足於內，和氣見於外」；在行為舉
止上，是「不期而信，不謀而誠，穆然相愛，猶舒錦綵，而粲炳可觀
也」；在音聲的表現上，是「歌以敘志，儛以宣情，然後文之以采
章，照之以風雅，播之以八音，感之以太和，導其神氣，養而就之，
迎其情性，致而明之」。

> 樂之為體，以心為主。故無聲之樂，民之父母也。至八音會
> 諧，人之所悅，亦總謂之樂。然風俗移易，不在此也。

　　風清俗美的社會既然和心和氣，表現在音聲上是太和之音，則音
樂之和本於人心之和。如果人心能和，即使無聲，也是音樂之境。這
就是「樂之為體，以心為主。故無聲之樂，民之父母」的意義。至於
激盪各種哀樂情感的樂曲，也是心之所好，也總稱為音樂，但是卻不
能作為移風易俗的音樂。什麼緣故？

> 夫音聲和比，人情所不能已者也。是以古人知情之不可放，故
> 抑其所遁；知欲之不可絕，故因其所自。為可奉之禮，制可導
> 之樂。口不盡味，樂不極音，揆終始之宜，度賢愚之中，為之
> 檢則，使遠近同風，用而不竭，亦所以結忠信，著不遷也。

能夠引生各種哀樂情感的樂曲，其樂聲之美對人心的吸引是無法抗拒的。另一方面，各種情感莫不生於欲望的失得。失得之欲深結於心，則顯於言行，將無所不用其極。既無所不用極，又將流轉於失得之域，而強化各種哀樂情感。已強化的各種哀樂情感又將增其失得之感。於是情和欲交互強化，無窮無盡。因此樂曲所帶來的情感感應既不能遏止，又不能放縱，於是不能不稍加克制。克制的方法是「為可奉之禮，制可導之樂」，亦即以理性節制情欲，將情欲納於可行的規範中，以建立人際的忠信。

　　嵇康強調的和，就是人的精神之和。風清俗美必是人群互動之際，感情溫良，人際和諧。而溫良、和諧，在於依循倫理而不覺倫理的存在，不因倫理規範而有壓力。倫理和欲望之間有其張力，「克己復禮」意味要壓抑自己。所以嵇康說：「自求多福，默然從道。懷忠抱義，而不覺其所以然也」。儒家所謂「人倫日用」，就是每天自然的這樣做，不會去思考為什麼？這就是「默然從道」。

　　如果覺其之所以然，覺其忠義之合於道德價值，就同時有判斷，也必定同時覺其所以不然，覺其不忠不義之違背道德價值。於是以其所以然而對抗其所以不然。如此相爭相鬥，則失其溫良與和諧。本求溫良與和諧，卻淪於相爭相鬥，這的確是始料所未及。因此，如果要避免這個後果，唯有不覺其所以然。就是說人們要求善，但是要不覺其為善。如果覺其為善，而標示出來成為一個價值標準去排斥、壓抑那個惡，那這個善跟惡就變成相對的了，這個善就會變成很緊張。

　　然而當人們懷抱義之時，已知忠義的價值，而且立以為規範，必同時知不忠不義之為非，則懷忠抱義是不可能不覺其所以然的。由此上推，風清俗美是「古之王者，承天理物，崇簡易之教，御無為之治」的結果，既知崇簡易之教，御無為之治，也必定知繁雜、有為不可取，則王者也不可能不覺簡易、無為之所以然，因此，嵇康從現實

社會求懷忠抱義而不覺其所以然是不可能的。然而嵇康並不愚矇,他會以懷忠抱義而不覺其所以然為鵠的,應是有見於懷忠抱義而覺其所以然的流弊。這樣一個流弊,就是其有了對抗。當已知忠義的價值,又知不忠不義之為非時,很容易以忠義之姿文飾其不忠不義之行,這就是懷忠抱義而覺其所以然的流弊,也是魏晉名士抨擊名教的緣故。幾乎所有的道德問題,都有這種問題。就是說要通過一個階段,通過不做價值判斷,就是莊子講的「齊物」。通過不做價值判斷上去以後,知道其間的價值是非,但是不執著了,也就無為了。

這樣的工夫素養很難用一般的理性知識去解答。一般的理性知識,忠義就是忠義,不忠義就是不忠義,二者一定是並在,然後以忠義去克制不忠義。但是在工夫的階段中,難就難在這裏,以忠義去克制不忠不義時,此時的忠義很容易因為要壓抑不忠不義,其本身就是一種欲望。當這樣的欲望強化以後,會變成一個負面,這就是《道德經》講過的「禮者,忠信之薄而亂之首」,為什麼?因為執著,所以對道德的執著仍然可以淪為反面,這只有在做工夫時才能夠察覺,不做工夫時就察覺不到。所以好人會不會生氣?正義之士會不會生氣?會生氣,生氣到最後發狂了,就把不正義全部摧毀掉,摧毀時就違背其原本的仁心。基本上整個觀念繞著這個在轉,而這個是非常重要的一個關鍵點,所以關於精神提升的學說過程,都一定會談到此點,在莊子稱為「齊物」,在《道德經》就是「禮者,忠信之薄而亂之首」,所以需要「無為」,不要對其作價值判斷。在西方哲學也是,Karl Raimund Popper 在《開放社會及其敵人》中,舉出極端的理想主義後來反而會淪為暴怒。這些都是同樣的思考模式。

基本上嵇康為什麼強調「默然從道」,關鍵在「默然」,已經「從道」了,也不以此來褒貶是非,如此才能夠提到更高的境地,叫作「和」。這個「和」就用音樂來做比況,所以說〈聲無哀樂論〉重

點在第二個層次的和，精神的和，音樂之和是達到精神之和的一個中介。

下次再進一步補充嵇康的資料，嵇康的思考方式，〈明膽〉與〈釋私〉，私就談公私，〈釋私〉等於談公私。基本上都是這樣的思考方式，就是存有論的思考方式是獨立的存在，其設想的反對方都是屬於發生論的思考方式，即事情有一個連結，二個孤立的個體一定要有互動，活動有互動會產生關係。這樣的一個結果，嵇康去論辯時，這樣的一個結果為什麼會走到存在論的孤立角度？就是要超越出那種相對，因為相對中去做一種評價，去做批評會導致一種淪落。所以嵇康才強調那種塊然獨存的一種存在論，這個是其背景。

綜上所述，〈聲無哀樂論〉討論的問題在於，感情跟聲音是兩回事，這兩件事情如何能產生關聯？這種討論方式，同樣見於〈明膽論〉。可以說，嵇康的思考模式是，首先，把握住二個各自獨立不同的功能，這是第一個層次。其次，這二個東西的功能，在完成一件事情的時候，會形成一種關係。〈明膽論〉所涉問題亦相類。從存有論來看，聲音是聲音，感情是感情，這是二個獨立的存在物。當其有活動，有目的，進入第二個層次時，就會牽涉到別的事物而非各自孤立。於是，聲音跟人接觸時，某些性質引發特定的感情，二者就有關聯性。

若進一步討論，為什麼要移風易俗？就進入第二個問題。要移風易俗就表示風俗不好，好跟不好是比較的概念，應該知道當風俗良好時是什麼樣子？這就遇到人們感情最高的境地，一個和諧、中和之道的和。既然如此，如何才能達到這樣的和諧？或者什麼樣的音樂能夠讓人感受到哪樣的和諧？這個音樂本身一定要具有和的性質，才能引發和的感情。

人的感情要達到和，如何可能？可分內、外二個方式，嵇康由音

樂來講，是屬於外。就內而言，當然是自我鍛鍊，精神的提升。但是
就外來講，有那樣和的音樂，聽了之後不會引發人的喜怒哀樂，而是
提升到和。用現代的話來講可以說就是美，喜怒哀樂之未發，未有喜
怒哀樂就是美，也就是嵇康所謂和。這二者是交互的，音樂是和，要
演奏出音樂的和，一定是要心境能和。所以必須先有人能夠達到這樣
的精神境界，然後顯現出和的音聲。影響所及，和的音聲也把其他人
暫時帶到一個和的心理境地。但要長期處此境地，必經長期的鍛鍊乃
能做得到，所以這是一個循環的過程。在這個循環的過程中，嵇康講
出來的是當一個人精神是和時，其外顯為音聲，這音聲就是和。和的
音聲宣揚出去，就能達到多數人的心境之和，當多數人心境平和，即
是移風易俗。這是他論理的過程。

　　再進一步問，有和心乃能有和聲，能夠創造出和聲，其內心之和
又如何達到？這是最後一層的問題。其內心之和，必須透過內在的自
我鍛鍊。〈聲無哀樂論〉的內在思路可以分這三層，但第三層嵇康並
未言之。

　　嵇康〈聲無哀樂論〉所論大抵如此，可以看到兩層的區分。從存
在來看，是聲無哀樂；從活動、動態來看，是聲有引發哀樂的性質。
這是把握其思路最關鍵的兩部分。這樣的思維亦見於魏晉許多論辯
中，比如「才性論」。「才性論」中有合、離，同、異，就是才性四本
論，這四本中衝不衝突？不衝突。這個才性看要從什麼角度來看，如
果從同來看，因為才性都本於氣，所以是同的；如果從每一個各自的
存在來講，已經分離開來了，所以是異。才、性各是不同的東西，從
活動上去看，就有二個可能，有的人在活動中，其才跟性可以適度的
結合，就產生了合；有的人在活動中，其才跟性沒有辦法結合，就產
生了離。尤其才性中的性，除個性以外，將其講成德性，就碰到〈明
膽論〉中的問題。其人有那個才，當跟德性要往善的地方走時，才跟

德是合的，就是才性合；但當德走向惡的方向時，這個性就離開才了，就是才性離。

所以可以看到古代人表達這個東西用同、異、合、離等等，但是如果借重西方哲學的概念來說，會幫助其說得更清楚。「同」就是存在的根源，萬物就是存在物。存在物有很多、是多數的，但所有存在物之所以能夠存在，從邏輯思考，一定是來自於一個共同的根源。就是後來王弼所講，甲之所以存在，不是依賴另外一個乙的存在。例如粉筆跟黑板的關係，粉筆之所以存在，並不是黑板的關係。粉筆跟黑板之所以皆能存在，必然要有一個更高層次的存有，這個存有如果用玄學中的辭彙，相對於萬物而言就是同，但是如果就存在物各自顯現出來的樣態來講，就變成異。所有的存在物它們自己也都不同，也就是存在物通通都異時，為什麼會不一樣？所以不一樣最後還有共同的原理，那就是來自於本質。如果都不一樣，那它們的理由應該都歸於一，現在還有二，所以就歸到絕對存有，也就是所謂的道。用漢代的觀念來看，則是以所有的存在物來自於氣，本於陰陽而化生。

嵇康的思辨方式，在魏晉玄學中具有代表性。從存在的角度，及活動的角度，把概念分得很清楚。那麼早的時代，連西洋哲學都還未有這種說法，更顯其不易。但是他們不用以探討專門、客觀的知識，也就不會發展出來像西洋哲學的知識論。早期西洋哲學的存在論跟宇宙論也是不分的，會去區隔也是近代的事，在中國思想中那麼早就有這種認知，是非常不容易的。這是因為他們興趣不在這裏，不在建立客觀的知識論。其興趣在於生活的實踐，或內在心性的實踐。近代學者藉由西方客觀知識思辨的角度，往往也指責中國思想或者文學失之模糊。實際上並非如此，古人對於客觀知識仍有其理性解析，只不過關心處不在此。

第八講
嵇康〈明膽論〉與〈釋私論〉

〈明膽論〉析義

接下來討論嵇康的〈明膽論〉與〈釋私論〉。

嵇康的思考有其一致性，基本想法即任何存在物、存在個體，都是獨立的不能混淆。〈聲無哀樂論〉所表現的即為聲音與感情各自獨立。「明」是人的智力，跟勇氣「膽」亦各自獨立，各有其功能。如同〈釋私論〉所謂的公私與是非，公未必是，私未必非，這是二件不同的事情。這種思考方式，已類於近代西洋哲學的思維，則嵇康在魏晉玄學之中可謂先進。從漢代的經學談經國大業，轉移到純粹的思辨，固為其優點。但要說缺點，轉移到思辨就只是口說，容易不往前跨一步，留在概念的遊戲。嵇康、王弼在這方面表現尤為明顯。

用西方哲學的概念來比對，嵇康的想法可以更清楚。第一個觀念就是存在，任何的存在物都是獨立的，跟另一個存在物相比都是絕對不一樣。存在物可分為物質與精神兩類。物質的存在物如粉筆、黑板、桌子、椅子等等。思想的存在如思維、情感，此種存在的基礎在認知，凡是被認知者都是一個存在，即便所認知的屬神怪、虛幻或想像的，都是一個存在。每一個存在的東西都有其活動。至於附屬的存在則不能夠活動，如一個事物的性質，堅硬這樣的性質並不獨立存在，是依附的存在，需要依附在瓶子、桌子、牆壁、土地、石頭上，才能顯出其堅硬的性質。附帶談本質，本質跟性質不能亂用的，本質是一個非常抽象的概念，是種原理，稱作實現原理。本質不是一個具

體可說的事物，而是表現出之所以與別的事物不一樣的原理。

　　從存在的角度來看，嵇康以為聲音是個存在物，感情是另一個存在物，二者不同。所以聲音本身的性質中，當然沒有感情，感情中的性質也沒有聲音。但再往下一層，此二者（聲音、感情）相交時會產生什麼結果？明跟膽之間的問題亦是如此。明代表智力，膽代表勇氣。智力的特性是思慮，勇氣的特性是行動，所以嵇康於〈明膽論〉提出明不是膽，膽也不是明，「以為明、膽殊用，不能相生」，這個思考方式跟那個（聲、感情）一樣。所以可以看到嵇康把握非常得清晰而且嚴謹。

　　〈釋私論〉也是如此，「公私」是一個概念，但是「是非」或者「善惡」是另外一個概念。公私這個概念指行為是否用符號顯現出來；至於善惡或是非，則是另外一個問題。善惡是屬於德性的問題，是非涉及事情的對錯。事情對不一定合乎道德，錯也不一定不道德。表現出來的言行是公，但不一定道德；私，也不一定不道德。所以用排列組合，有四種結果：公＋是、公＋非、私＋是、私＋非。

　　至於明跟膽，智力和勇氣，也有四種組合：有明有膽，有明無膽，有膽無明，無膽無明。四種排列組合，實際上是個光譜，明跟膽是在如光譜之中交錯，而區隔之後，最好的地方是在有明、有膽的區塊，最差之處是在無明、無膽的區塊，其次則是有膽、無明或有明、無膽的區塊。而這樣的分布只是在概念的辨析上有意義，當明膽要落實到行為，要真正的實踐時，就碰到一個問題，就是如何培養明跟膽？

　　〈明膽論〉中提出「明」與「膽」的兩種觀點。一種是呂安主張的「有膽不可無明，有明便有膽」，另一種是嵇康主張的「明膽異氣，不能相生。明以見物，膽以決斷」。前者是嵇康假設其友呂安的觀點，而嵇康駁之。呂安的論題起於下列提問：「明和膽之間有什麼

關係？」而嵇康的論題緣於下列提問：「明和膽的功能是什麼？」這兩種主張分屬兩個層次的論題，並不衝突，而呂安的論題可以包含嵇康的論題。

　　嵇康從論理上說明了明和膽的功能：「明以見物，膽以決斷。」意謂：明是智力的發揮，而膽是行動果敢，在行事上，二者功能不同。智力在魏晉玄學中稱為「才」。「決斷」、「果敢」的反面是優柔、荏弱，因此，「膽」屬於性格，在魏晉玄學中稱為「性」。嵇康論明膽實為才性論，而主張「才性離」，即「才」與「性」各有功能。在論理上，嵇康是正確的，而呂安的論題也預設了嵇康的觀點。

　　但是明和膽不可能止於論理，而必然會見諸言行，顯於「認知－行動」的過程中。於是，明與膽可以放在「認知－行動」的模式中討論。呂安的論題是在認可「明」、「膽」功能不同的基礎上，進一步討論二者在言行上的關係。

　　在經驗上，言行總是針對某個對象。對於這個對象和自身的言行，可能自知認知不足，但是迫於情勢而不得不鼓起勇膽行事，也可能認知不足卻自以為明智而果敢行事，這就是呂安所說的「有膽不可無明」。當認知付諸行動時，充分的認知（明）可能會使人勇膽的行動。（呂安：「見與不見，故行之有果否也。」）而呂安所說的「有膽無明」偏重在認知不足卻自以為明智，而果敢行事。當認知付諸行動時，不充分或錯誤的認知（明）也可能會使人勇膽的行動。（呂安：「思弊之倫，……暴虎憑河，愚敢之類，則能有之」）由於這種情況的「有膽無明」會造成負面的結果，這就是愚勇。因此，必須改變「無明」而成為「有明」，才能造成正面的結果，所以呂安說「有明便有膽」。如果不設定「認知不足卻自以為明智」的條件，則「有明」未必「有膽」，因為。性格的荏弱、猶疑者，可能認知清明，卻赿赿不前而顯得「無膽」。易言之，「有明」是否隨之而「有膽」會受

到性格剛斷或優柔的影響。

要而言之，呂安的論題是針對經驗而說，明與膽沒有必然的關係，但是在無明而有膽的情況下，應濟之以明。嵇康的論題則就論理而言明與膽功能不同。二者並不衝突。至於人在充分認知（明）情況下，如何必然能勇膽的付諸行動？人在不充分或錯誤的認知（明）而勇膽的付諸行動時，又如何使其認知變為充分？則是呂安論點的後續問題。

明與膽相當於才性論中的才與性。才性論在魏代有鍾會的《四本論》。《世說新語・文學》：「鍾會撰《四本論》。」劉孝標注：「四本者，言才性同，才性異，才性合，才性離也。傅嘏論同，李豐論異，鍾會論合，王廣論離。」《四本論》其實是從不同層面論才性。「同」指二者本一，就其本而言為同。才、性俱本於氣而為一氣之所化，因此可以說「才性同」；「異」指二者為兩物，各自獨立，因此為異。才、性各有其功能而言，各具獨立性，因此可以說「才性異」。「合」指二者為異，但是在活動中可以聯合相濟。既然二者須在活動中始能相濟，才與性是人的特質，人的活動見於言行，則才與性之合見於言行之中。但是才與性的相濟是可能的，而非必然的。就其可能而言，可以說「才性合」；就其不是必然而言，可以說「才性離」。

〈釋私論〉析義

〈明膽論〉嵇康講的比較單純些，〈釋私論〉則較為繳繞，有時不容易把握其意。〈釋私論〉的焦點就在第一個段落，可是唸讀時，必須從最後面，必須從最後面第五倫開始看起，從第五倫的事蹟去分解。現在就扣緊〈釋私論〉來看。

嵇康講什麼叫作君子？

> 夫稱君子者，心無措乎是非，而行不違乎道者也。何以言之？
> 夫氣靜神虛者，心不存於矜尚；體亮心達者，情不繫於所欲。
> 矜尚不存乎心，故能越名教而任自然；情不繫於所欲，故能審
> 貴賤而通物情。物情順通，故大道無違；越名任心，故是非無
> 措也。

這段等於是總說。嵇康〈釋私論〉要旨在首句，其餘是對首句的申
說。首句「心無措乎是非」，可以從表層意義和深層意義解釋。從表
層意義來說，人的言行必須明辨是非，而後付諸行為。但是嵇康卻說
「對是非無所措意」，顯然不合常理。因此，嵇康意在深層意義，而
須從「行不違乎道」索解。

　　人以實現所欲的目標為本性。因受到道德、風俗、法律的制約，
在實現欲望時，會考慮是非的價值。一般而言，「是」則付諸言行，
「非」則克制欲望。但若不能克制欲望，則以隱匿的方式遂行其非。
於是，人的言行可以分為兩層，第一層是實現欲望者，姑且稱為「目
標言行」；第二層是克服實現欲望之阻礙者，姑且稱為「工具（或手
段）言行」。「工具言行」可能合於道德、風俗、法律，也可能違背。
一旦違背，就造成矛盾的處境：以違背道德、風俗、法律的手段（工
具），來實現合於道德、風俗、法律的目標。

　　這個矛盾處境是如何發生的？欲望在實現的過程中，其對象從
「合於道德、風俗、法律的目標」（是）潛移至「欲望的實現」，以實
現欲望為一切時，手段、工具就無所不用其極，而陷於不合道德、風
俗、法律。那麼如何防止陷於這種矛盾的處境？在理性上是自我提醒
「行不違乎道」，亦即「工具（或手段）言行」不使違背道德、風
俗、法律。但是理性的自我提醒，有時未必能克制強烈執著的欲望，
一旦如此，又當如何？

　　嵇康的看法是「心無措乎是非」。意謂對於合於道德、風俗、法律的目標不須執著是否能夠實現。這個說法具有「盡人事，聽天命」的意味，但是嵇康的思想趨向不在此，而在「如何始能不執著合於『是』的目標」。「合於道德、風俗、法律的目標」也是欲望的對象，要能夠不執著，唯一的方法就是「無欲」。於是嵇康論釋私就必須進入恬淡的工夫，〈釋私論〉全篇就環繞「心措乎是非」和「心無措乎是非」的各種言行鋪陳。

　　「是非」、「貴賤」是價值判斷，「矜尚」則是對事物作價值判斷之後，從而矜崇、欲求價值高者，而卑視、捨棄價值低者。價值高者是欲望的對象，這是人之常情。而整個名教世界就是個價值體系。它在生活中有其必要和作用，但是也有其流弊。

　　針對流弊，嵇康認為能夠處在名教世界而免於流弊之害者為君子。君子是「氣靜神虛」、「體亮心達」的人，他能夠不受欲望的驅使，包括對價值（矜尚）的欲望。正因不受欲望的驅使，所以，一方面能夠洞澈貴賤（價值）只是欲望加在外物之上的附屬，不是外物真實的本貌。（魏晉人所謂「自然」有二義，一在心，一在物。此處指物之「自然」。）正因不受外物驅使，君子能超越名教價值世界，而讓自己的精神處於「自然」的狀態，也讓外物復其「自然」的本貌。所以，君子不再受價值（是非）的驅使，而變得在價值考量時費盡心機（措乎是非），可是他言行自然合於大道。

　　嵇康的這個觀念就是莊子的「齊物」，嵇康謂之「心不存於矜尚」、「情不繫於所欲」。有所矜尚是因為心有所欲；「矜」原有驕矜之意，因為價值較高，獲得了以後產生驕慢之心，故謂之「矜尚」。內心要能齊物，不存價值高下的概念，一切平等，其條件是什麼？就在於「氣靜神虛」、「體亮心達」。當能「氣靜神虛」、「體亮心達」時，處理任何事情，就順著自然之心去做，不會去考慮是非、價值的問

題。開頭謂「君子者，心無措乎是非」，儘管不論是非，但是最後的結果、行為並不會違背道，不會違背至高的原理。這個是在實踐過程中一個弔詭的方式，越在意時就越糟，越不在意反而合乎道。因此，〈釋私論〉如果通到《莊子》就是「齊物」；通到儒家，就是無私、至公。能夠齊物，能夠無私、至公的根源在哪裏？根源在於無欲，沒有欲求，所以叫「情不繫於所欲」，因為當沒有欲求時，一切都非常清朗，徹底清晰地了解認識，這樣就能夠超越名教。名教是一個價值世界，超越名教而任乎自然反而合乎大道，因此最後才會講說當「物情順通」，這是就現象世界來講。因為在本體上大道無違，對於所面對的事物，人世間種種的事物，根本不考慮其是非，叫作「是非無措」，原因在於能夠「越名任心」。能夠超越名教世界的價值判斷，而任自然之心，所以整段就是〈釋私論〉標舉的宗旨。

　　這當然有異於一般觀念。一般觀念中，做任何事情當然要考慮是非、善惡、美醜等價值。因認知，進而選擇，分別就在此。經過追求可以有得失，可是嵇康所要的是對於價值的認知暫時的中止。

　　為什麼要對於價值的認知暫時的終止？因為這個認知的背後是個欲望，而欲望本身無公、私之分。欲望如果存私，在追求中會碰到衝突，因衝突就需要競爭，在衝突競爭中，為了滿足欲望，善的、是的、美的，會全部變成工具。所有的價值建立起來的這些東西就是名教世界，所以當暫時中止時，這個欲望、強烈的追求佔有，轉換成為無欲。而轉換成為無欲，並不是通通都沒有，而是一種類似陶練過程，就好像披沙揀金一樣，把沙子都濾掉了，剩下了黃金，或者把髒的水全部都過濾成淨水。欲望在這種地方過濾，把所有佔有的性質全部都過濾以後，這個（欲望）還在不在？欲望還在，但已經非常純淨。純淨的時候，就顯現出來（無欲），因此這種就稱之為自然。之所以「越名教而任自然」，採用「自然」，就是取於世界原本的樣子，

日月經天，江河行地，現實世界原本的樣子沒有佔有，這就是自然。

回到現實世界，回到名教世界中，儘管思想知識、價值判斷都還在，追求依然，競爭依然，衝突依然，得失也依然，但一切已無所妨礙，因為無所得了。這時候很像遊戲，回到現實世界中，一樣工作領薪水，雖有喜悅，但是不會執著。這樣的生命境界提升上去，莊子稱為「至人之用心若鏡」（《莊子·應帝王》）。於名教世界用心，像鏡子一樣，事情來了就做，事情完成了就沒事了，就是在喜悅當中。所以有句話「遊戲人間」，什麼是遊戲人間？不是亂來沒有是非價值，而是講內心能夠超越欲望，成為純粹的存在，回到現實世界中，因任現實世界該如何即如何，而無所傷。

嵇康講「越名教而任自然」，這個是總論，第五倫就是很鮮明的例子。在最後一個段落中提到：

> 或問曰：第五倫有私乎哉？曰：昔吾兄子有疾，吾一夕十往省，而反寐自安。吾子有疾，終朝不往視，而通夜不得眠。若是可謂私乎？非也？答曰：「是非也，非私也。夫私以不言為名，公以盡言為稱，善以無名為體，非以有措為負〔質〕。今第五倫顯情，是無私也；矜往不眠，是有非也。無私而有非者，無措之志也。夫言無措者，不齊於必盡也；言多吝者，不具於不言而已〔也〕。故多吝有非，無措有是。然無措之所以有是，以志無所尚，心無所欲，達乎大道之情，動以自然，則無道以至非也。抱一而無措則無私無非。兼有二義，乃為絕美耳。若非而能言者，是賢於不言之私，有非無情〔措〕，〔亦非之小者也〕。今第五倫有非而能顯，不可謂不公也；所顯是非，不可謂有措也；有非而謂私，不可謂不惑公私之理也。」

所謂公私，在於是否用語言、行為顯現出來。但是好或不好，善或者非，是在於內心，則是動機。這個例子的重點是「往」，一個晚上去看了十次，表示出很關心其姪兒，對得起其兄長，以這個作為自己驕矜的一個依據。此驕矜背後隱藏的是好名。但回來就安睡，是否為真關心，還是應付世俗的倫理觀念而已，所以是有非。講了出來雖是無私，但內心其實有矯情的可能。

　　從第五倫這個例子，可知公、私、是、非之間，最好的是「公而是」，最差的是「私而非」。公而是，就是都能夠盡言而且內心沒有曲折。非而公者，雖然坦白，但是其中隱藏有不良的動機，只是想用坦白的方式去掩飾掉不良的動機。最差的就是私而非者，言辭不坦白且掩飾不良的動機、陰謀。

　　所以嵇康〈釋私論〉所講的內容，就是人的內心很隱微之處，會考慮世俗的觀感、輿論；於是經過考慮，再決定這樣子做是合乎社會的價值判斷，以期不受到非議，甚至會得到讚美。但是實際上，內心一點都不想去做，就變得很勉強，這就是不自然。如此不自然，當然會痛苦。最好的方式是從根源處做起，就是認為應該去做就去做，不管他人的評價，不管社會的價值判斷，大部分都是會受到外在的社會價值判斷的影響。但能有這樣的影響，總說是好的，因為能夠有著警惕的作用。最怕的就是連警惕都沒有用了，就是完全不管他人如何評價，而在起心動念處又是壞的。

　　基本上，嵇康的〈釋私論〉所談的問題要分二個層次，第一、嵇康講的是屬於心性中最高的要求。第二層，我們要在現實中談，不能要求人人都做到這個地步，也就是公而無私，太困難了。能夠遵循社會的一般價值、倫理，然後外顯出來，至少這已經不錯了。至於內在的動機是好是壞，較不易要求。對一般人而言，斯可以矣。從最後一段倒過來看，對於〈釋私論〉的主旨，就較能把握得住。

　　這個時候，回過頭來看第二段。

是故言君子，則以無措為主，以通物為美。言小人，則以匿情為非，以違道為闕。何者？匿情矜吝，小人之至惡；虛心無措，君子之篤行也。是以大道言及吾無身，吾又何患。無以生為貴者，是賢於貴生也。由斯而言：夫至人之用心，固不存有措矣。是故伊尹不惜賢於殷湯，故世濟而名顯；周旦不顧嫌而隱行，故假攝而化隆；夷吾不匿情於齊桓，故國霸而主尊。其用心，豈為身而系乎私哉？故《管子》曰：「君子行道，忘其為身。」斯言是矣。

既然「無措」是不受價值（是非）的驅使，而在價值考量時費盡心機，那麼，「匿情」就是隱匿情欲而表現得合於倫理、合於道德價值。「匿情」是為了投合對象，於是會就心的各種狀態和差異，以便選擇適合對象的方式。當對象是名教世界的倫理價值時，比較單純。當對象是個人或特定群體時，除了符合其倫理價值觀之外，還必須顧及對象的個別性，例如情緒、好惡、個性、知識、言行習慣。一旦遭遇的外物越多，其個別性的變化越複雜，甚至各種個別性之間是衝突的或矛盾的，此時，為了投合對象的「匿情」就會左支右絀，即使費盡心機，也窮於應付而困於其中。

推溯本始，人為什麼會如此「匿情」，那是因為有個「自我」的執著。「自我」包含生物的、社會的、精神的自我，外物的價值都是由自我來建立，於是自我是最高的價值。可是在名教世界中，為了群體共存，又標榜無私、無我的價值。為了符合名教世界無我、無私的價值，只好隱匿自我、自私，而表現出合於名教世界無我、無私的精神。於是以無我、無私的道德之名為工具，而遂其自我、自私的情欲。即使自我、自私的情欲是為了行善亦然。這就是「匿情」的緣由。從名教世界無我、無私的價值推而廣之，而至於個人或各種群體

的個別性，所匿之情更曲折，更隱微、更複雜，也更容易遭遇衝突或矛盾而觸途成滯。為了迴避衝突、矛盾、觸途成滯，又求之於「匿情」。如此周流不息，陷於越來越深、越來越密的網羅。此時，離開坦蕩的真我越來越遠。溯其根由，全因執著自我使然。所以嵇康引《道德經》之言：「及吾無身，吾又何患？」

與物順通，指隨順外物的自然本性，順對象的特質而行。「因乎自然」，就是認識其本性，比如面對一個人，無論他是剛性或者柔性、知識水平、言談習慣等等，都是其特性，順其自然就容易溝通，互動就順利，違逆其自然就不順利。因其自然，沒有太多個人的主觀意見，這就是無為。沒有個人私欲的目的，這就是「不存乎有措」。「措」就是要想盡各式各樣的方式去處理，背後是因為有不純然的動機。因此嵇康所舉的例子，就是行事並無所謂存心，或是動機，而是該做就做；如果存心有動機，得失就重，事情就處理不好，所以是「忘其為身」。因此，嵇康在此談君子跟小人，最重要第一個總論要「越名教而任自然」時，首要是無私，也就是無欲，無私、無欲時就能夠越名教。小人是有私，所以匿情，匿情以後，處理對外事物就要費盡心機，曲曲折折。

> 君子之行賢也。不察於有度而後行也。任心無邪，不議於善而後正也。顯情無措，不論於是而後為也。傲然忘賢，而賢與度會；忽然任心，而心與善遇；儻然無措，而事與是俱也。故論公私者，雖云志道存善，心無凶邪，無所懷而不匿者，不可謂無私。雖欲之伐善，情之違道，無所抱而不顯者，不可謂不公。今執必公之理，以繩不公之情，使夫雖為善者，不離於有私；雖欲之伐善，不陷於不公。重其名而貴其心，則是非之情，不得不顯矣。是非必顯，有善者無匿情之不是，有非者不

加不公之大非。無不是則善莫不得，無大非則莫過其非，乃所
以救其非也。非徒盡善，亦所以屬不善也。夫善以盡善，非以
救非；而況乎以是非之至者。故善之與不善，物之至者也。若
處二物之間，所往者，必以公成而私敗。同用一器，而有成有
敗，夫公私者，成敗之徒而吉凶之門乎。

嵇康所謂公、私係特就是否匿情而言，其判斷標準是：對即將外發的
言行是否符合名教世界的價值予以衡量。心裏有此衡量就是私，無此
衡量就是公。它和動機善惡是二事。動機是個意向，公私則是呈現這
個意向的方式。因此，動機善，可能公，也可能私，動機惡，也可能
公、可能私。「志道存善，心無凶邪」指動機善，可是「無所懷而不
匿」的呈現方式卻是私。「欲之伐善，情之違道」指動機惡，而「無
所抱而不顯」的呈現方式則是公。所以，以公私為判斷準則時，不論
動機善惡，人們對即將外發的言行都有可能衡量它是否符合對象（包
括名教世界的價值和個體的個別性），而成為公、私判斷的對象。

　　嵇康為什麼要在動機善惡和思慮公私之間作分別？首先，起心動
念及其後續的思慮、言行並非一事，所以必辨明動機、思慮、乃至言
行三者是不同的事，各有不同的價值判斷準則。如此始能洞悉對中有
錯（雖為善者，不離於有私），錯中有對（雖欲之伐善，不陷於不
公），如此始不至於因匿情之私的呈現方式而否定其動機之善（無不
是，則善莫不得），因動機不善而否定其顯情之公的呈現方式（無大
非，則莫過其非）。如此清晰分辨，是為了改正動機中旳「惡」和思
慮中的「私」（乃所以救其非也）。於是動機的善和思慮的公得以彰
顯，動機的惡和思慮的私也得到激勵而改正（非徒盡善，亦所以屬不
善也）。倘若如此，動機善而思慮公和動機不善而思慮私這二種極端
的情況都可以分別得到彰顯和改正。（夫善以盡善，非以救非，而況

乎以是非之至者？）在這二種極端之間，事務必因公而成，因私而敗。（故善之與不善，物之至者也，若處二物之間，所往者，必以公成而私敗。）為什麼？為什麼呈現動機的方式會影響成敗？因為以工具為目的，而無所不用其極，於是不免流於惡。

外顯的言行有一過程，這個過程朝向目標的完成，因此必須有若干措施。這些措施合於義理，則心懷坦蕩，故能「無所抱而不顯」，如是則為「公」。如果悖於義理，則唯恐為人察覺，因此「無所懷而不匿」。如是則為「私」。在法律的脈絡中，謂之「程序正義」。人是否「值心」、「觸情」不可知，可知者「所措」。秉公者有措，懷私者亦有措，二者在實現目標時不能不有所籌謀，則如何分別公私？將求之於程序正義。

極少數人處於極端，即處於「志道存善，心無凶邪」又「無所抱而不顯」或「欲之伐善，情之違道」又「無所懷而不匿」。（即意向善而遇物誠，或意向惡而遇物偽。）絕大多數人是介於二者之間。即處於「志道存善，心無凶邪」又「無所懷而不匿」，或「欲之伐善，情之違道」又「無所抱而不顯」。既然多數人介乎二者之間，只要修正偏頗，即能臻於至善。所謂偏頗，嵇康在此偏重「意向善而遇物偽」者。

第九講
名教與自然之衝突

制度與情理

　　從夏侯玄、何晏一直到阮籍、嵇康的基本問題，傳統上概括為「名教與自然」。先秦的名教跟自然，表現在禮和樂的衝突。本來禮和樂同樣都是作為周文的表徵，是不互相衝突的。禮和樂用於祭祀，祭祀又是封建權力分配的象徵，這是禮、樂的原本意義。但宗法封建在運作過程中，會產生人心跟制度的衝突。這種衝突經常造成的是：要服膺制度，但有時候情理與人心又有其扞格；要服膺情理，沒有制度，整體社會則又有失規範。制度、權力對情理，甚至道德的本心不免有所扭曲，就成為制度傷害人性。這種情況，在先秦儒家的思想討論過，在道家的思想也討論過，所以孔子才會一直想回歸禮，禮又歸本於仁。於是，以名為教，一定要回到根本，亦即發乎本心之仁。《道德經》也如是講：「失道然後德，失德然後仁，失仁然後義，失義然後禮」。

　　嵇康〈釋私論〉談到第五倫的情況即然，雖服膺社會的倫理規範，內心是否真正那樣想，如此，發乎誠，就變成很重要的問題。魏晉就用名教跟自然來討論此問題。宋代以後講究理學，強調本心的誠之問題，隱隱然就相對的有人所遵循的外在客觀制度要回到人的道德性。但制度是人所設計出來，人也不完全能夠控制住。人不只有道德性，還有求生的欲望，人往往為了求生的欲望，這個制度就將人牽引過來，造成當初料想不到的結果。

十九世紀末期到二十世紀初期，乃至於到現代，西方學者對此也有所討論，所謂工具理性跟道德理性之間的衝突。工具理性跟道德理性，相當於中國傳統所說的名教與自然。只不過，工具理性的基礎從科學技術發生。人們為了運用科學技術，必須利用群體的力量，於是規範制度，包括組織、法規、法律，一直膨脹到國家。因為人們都必須遵循著名教，人心受到許多的壓抑，於是人被物化掉。更嚴重的是獨裁者，或者高度的理想主義者，利用制度去實踐其理想。獨裁者不是沒有理想，而是很有理想，結果反而戕害人性，造成戰爭，大家所看到二十世紀的戰爭就是典型。追溯其思想本源大致如此。

但是批判工具理性有沒有用呢？沒有用。為什麼？因為不能放掉工具理性，比如近代世界最典型的技術，要製造產品時，需要原料、市場，向外推展，成為殖民主義。對內部而言，推翻歐洲的傳統封建王國，形成君主立憲，再從君主立憲跨一步，變成民主制度。對外就是殖民主義。到二十世紀中葉，殖民主義消失了。這整個過程中，背後稱之為資本主義，這種經濟制度，跟過去人們利用政治制度是不一樣的。轉變為一種經濟制度時，有技術作為基礎，而這樣的一個工具理性，中國傳統稱為名教。所謂工具理性，指人透過非常理性的思維方式，去運用技術創造出來的制度，而這個制度只是一種工具，工具相對於目的。原來設計這些制度的原因，是希望帶給人們更多的富裕和幸福，結果雖然是比起以往的時代更加富裕，但卻是不幸的。這樣的一個表現一直到今天，就是工具理性太強，往往出現後續無法預料到的後果，戕害了自然。

在現代的變形中，傷害的不只是心靈的純真，還包括客觀環境上的自然，這是古代所沒有的。比如現在所看到的生態問題，這就是客觀世界的受到破壞。工具理性所弄出來的制度，名教，開發得太多，遠遠超過人的需要，消耗過度，變成浪費。

　　人性中的自然也在這個地方受到戕害，二十世紀上半葉跟後期全球化以後的形態又不一樣。二十世紀上半葉，最主要是獨裁，特別是軍國主義造成的傷害。全球化之後則是整個生產制度對個人、自然環境的傷害，此時的自然有現代意義，不同於傳統如阮籍、嵇康所說專指個人的純真或德性上的誠。現在的自然，指生活的自然，被客觀的工具理性、生產制度所破壞。人自然的生活，是白天活動，夜晚休息，雖然人也可以違抗此種規律，但是後果必然得自身承受。所有的產業體系都要生存，因產業間的競爭，必須加倍的生產，生產出更好的東西，於是人的生命都投入生產之中，就無所謂日作夜息。工作超時、違背自然，後果就是身心的壓力及衰敗。這是自然與名教在當代的衝突，表象雖因環境不同而變形，但其骨子內是一樣的。這種制度上的問題，是人的文明所創造出來的，人必須能控制住，若不能控制住，就會被吞噬。但我們今天是役於物，而不能役物。

人際關係的功利化

　　現代很強調人際關係，人際關係也是框在名教內，古代亦然。古代的名教不是作用於普通老百姓，而在官僚體系。官僚體系內的人際關係是為了政治運作中可以趨利避害，所以人的互動變成一種工具。轉移到今天，人際關係不只是在官場中，更在商業機制中。在商業、經濟互動中，人際關係就變成所謂廣義的銷售服務、互動。這種銷售服務中，無法要求真實誠信，只能停留在法律的層面內。但訴諸法律時，會碰到一個問題，強勢者有足夠的財力跟弱勢者進行法律訴訟，弱勢者撐不住。法律的訴訟制度，遂變成強勢者的工具。此時所強調的人際關係，就不再是儒家講的發乎誠，止乎禮義；而是發乎利，而止乎理，止乎現實的規則規範。

所以現在人講的人際關係，是在功利的脈絡下，而非傳統是倫理的、道德的脈絡下。換句話說，當合乎功利，人際關係就要保持好；否則，就棄之如敝屣。於是在人際關係中，彼此都將對方當作一個物；「敝屣」就是個東西，用玩就扔了。所以這稱為「物化」，非莊子說的物化，而是馬克思所講的把人當作工具，人不成其為目的，利用玩就丟了，物化的後果就是現代人講的疏離、異化。

這種情況有沒有辦法改變？幾乎沒辦法改變。為什麼？因為生活是靠這樣的方式支撐起來。人所能做的就是在這樣的名教制度內，盡量依人性注入「誠」。但一涉入群體互動，就真的很難。在程度上只能放入到一個親密的小群體，而很難放到一個交易制度，在交易制度沒辦法放入道德，只能放得進去功利。從較寬廣的視野來看這個問題，可以了解到人類社會本來就陷於一個衝突處境中，而在化解這種衝突時，幾乎很難達到百分之百，只能盡量往光譜的一端，降低衝突的嚴重性。

名教的利與弊

傳統談名教自然，比較不偏重集體，而是偏重在個人。我個人可以投身到名教中，但是透過自我的鍛鍊，可以超越乎內在的衝突。阮籍、嵇康講了自然與名教的衝突，但是沒有辦法把名教廢除掉，當時的人樂廣也是講「名教中自有樂地」，名教也是有好處。名教中有利於人的生活之處，也有戕害人性的部分。此時能做的，就是用個人的素養去超越名教中的壞處，超越名教中戕害人性的部分，使自身不受到名教的傷害。這就是莊子所言「至人之用心若鏡，不將不迎，應物而不傷」。

如同處在現代，能否說不要資本主義制度？不可能。因為不能放

棄這種制度（生產方式、經濟制度、技術運用……等等），放棄之後會退回三百年前的生活方式。最後發現只有從個人的素養上去超越，因為隨著時代而來的文明進展不能毀掉，但是又有缺陷，這就是人的世界中的一個困難。於是，唯一能解決人在現實世界當中的困境，就是個人的鍛鍊。透過鍛鍊，可以把精神往上提升，使之應物而不傷。可以在惡劣的環境中，仍然怡然自得。這點很難，要花上相當的工夫。

現代人多半長壽，碰到的問題就很多。任何人到了老年，都應費心在精神修養的提升與陶練。可以觀察臺灣老年人的憂鬱症的問題。為什麼老人有這樣的問題，基本原因歸納有三。

第一是失去，失去親人，或者從職場退休，失去工作。

第二是孤獨，因為失去親人了所以孤獨，又因為從職場退下，失去了聯繫。即使有聯繫也僅是聊聊過去的回憶，只是暫時的消遣。

第三是不受尊重。傳統社會習慣尊老敬賢，因傳統世界的知識來源是上一代傳與下一代。現代社會的知識來源則不然，因為傳輸媒介非常豐富，知識的壽命期、半衰期很短，有時候老人不接觸新知，反會跟不上。再加上失去了社會的身分（工作就是身分地位），乃至於失去了權力，相對的就不再受到重視。不像傳統社會，因為知識來源在於年長者，經驗傳承很重要，所以後輩會請教年長者。

由於這三個原因，很容易使心情失落、孤獨、鬱悶，嚴重者甚至於憂鬱症。尤其壽命期比較長的先進國家越容易如此，較傳統的國家則不會。別看落後國家很傳統，經濟發展也不好，但有些壽命也很長，卻不見得會得這種毛病（憂鬱）。為什麼？因為都跟家人住在一起，兒孫都在身旁，成為一種很自然的事情，所以不會覺得孤獨。現在越先進、現代化的國家則越孤獨，因為這三個原因都是連鎖性質，交互影響。其實都是單一因素，就是退休下來，兒孫也不在身旁。人在碰到這個問題時，最終解決的方法還是要靠個人的精神鍛鍊。嵇

康、阮籍也是如此，只是古人不像現代長壽，碰不到此問題。今天即使沒有受到名教的壓力，但現在的生產模式、產業形態，就是一種名教，此種壓力慢慢擴散過來，即使沒有對個人發生影響，但是個人還是會碰到。因為要退出（退休，退出職場），一旦退出了，又不像傳統農業社會，可以彼此聚集在一起。形成一種習慣，人需要依賴，但是長久成為慣性之後，已經不會，或者不願意、不好意思去跟別人一起共同生活，而已經習慣於孤獨了。

剛提到問題的癥結，不管名教與自然衝不衝突的問題，從古到今都是一樣，只是在嚴重程度不同，像剛才提到的三個原因：失去、孤獨、不受尊重，其中失去跟孤獨是最主要的。因為這裏面的根源在於沒有了目標，失去了目標，因為其生命已經退休，或已進入老年，而碰到失落、孤獨的感受。

衝突的超越

為什麼《道德經》講「損之又損」，損什麼東西？損意識之流當中，剎那之中意識內的欲望對象，因為欲望結合智力的認知，就會找到一個對象，這個剎那就填滿，下個剎那再填滿，之後再填滿一個延續性。一個對象也許可以持續一段時間，之後再換一個對象，意識之流就是這個樣子。如果去內省、內觀自身的意識之流，就是這個樣子。所以這種意識的流動，必須讓其終止，終止的方法就是使其成為單純的意識，沒有價值判斷。

比如一個人不用鍛鍊的方法，一般的休閒娛樂如唱歌也會有幫助，心情會很愉快。但是到最後還是會碰到一個問題——臨終，因為要結束了，布幕要降下了，那個時候人會很慌亂與恐懼，而那已經到宗教的範圍內了。但是有一個最簡單，讓人覺得即使沒有科學的驗

證，但是是有益的，就是讓人安心，這是一種方法。當然練習靜坐，而從禪定入手，也是一種方法。因為法門、方法很多，用各種宗教的方法也可以，主要是看個人的接受度，習慣適合的方法就可以。

我要講的重點是，在還沒有退休之前，從年輕到中、壯年這段時間，所謂的養心的方法，是超越自然與名教衝突的一個方法。在這個時候，回到名教世界，就比較不受傷害。因為畢竟不能夠脫離開名教世界，跟名教世界當然可以有深淺不同的接觸。想比較脫離開來時，就不到核心的位置上去，就像陶淵明一樣，不進入到那個圈子，距離得遠，就不受到名教的戕害。在現代世界就更容易，因為在現代世界中，能讓人維生的方式很多。現代人有知識，依傳統的方式一定要進入官僚體系，但是其中充滿險惡，現代人可以不進去，可以有其他各式各樣的職業，其知識是供養自己生命的一種深度的內省，工作是另外供養自己的身體、生活，所以現代人在這方面比較幸運。

第十講
王弼生平概略

書籍傳授與思考模式

透過對阮籍、嵇康等人的討論，大家對玄學問題大抵有所了解。這些問題基本上根源在人性，在不同的時代產生不同的變形，未必稱為自然與名教，但是這個問題始終存在，只不過魏晉是用自然與名教來指稱討論之。

依王弼的背景資料，可以知道他輾轉獲得蔡邕的書。〈鍾會傳〉的注中引用了《博物志》，提到蔡邕的書後來都留給王粲，王粲的書之後就留給其子。但是其子因罪被殺，王粲有一個同宗的族兄王凱，王凱娶了劉表之女，生了王業，粲子被殺後，書就全部留與王業。王業有子王弘、王弼，所以王弼就可以接觸到蔡邕所留下的這些書籍。這算是王弼學問很重要的基礎。談這些書籍的傳授，有什麼意思？因為現代取得書籍很容易，不會感受到書籍取得困難時的問題。傳統社會中，比如唐、宋人，到哪裏去讀書？到寺廟中，因為寺廟中有藏書。宋濂在〈送東陽馬生序〉提到，要看一本書是很難得的事，大部分都要跟人借來抄讀，抄寫完成後，再將書送還。由此可知，有書可讀，還要有人教授，在當時並非尋常之事。

其次要注意的是，王弼那麼年輕，二十三歲就身故，可是能寫出這些東西，他的特性是什麼？我常說王弼應該生活在現代比較好，活在現代當數學家。因為他的思考方式，寫的東西不管是《易注》、《老子注》等等這些，基本上都是比較偏重形式思考，而欠缺經驗內容，

因為經驗內容要年紀、要體認，而數學不用，這是王弼典籍上的特性。所以王弼所講的大部分都是形式上的觀念，具體內容則有待填補。這個是我們看王弼時，可以注意到的地方。

王弼與時人的衝突

至於王弼的生平跟當時的人之間的一些衝突，稍微講幾段。王弼在歷史上的重要性在於學術表現。〈王弼傳〉提到：

> 正始中，黃門侍郎累缺（經常出缺），晏既用賈充、裴秀、朱整，又議用弼（何晏掌權，打算用王弼）。時丁謐與晏爭衡，致高邑王黎於曹爽（推薦高邑人王黎）。爽用黎，於是以弼補臺郎（此些郎官，都是權力中心周邊的秘書人員，不須經由正式選拔人員的管道）。初除，覲爽，請閒，爽為屏左右，而弼與論道，移時無所他及，爽以此嗤之。

王弼跟曹爽論道，玄之又玄，沒有論及曹爽所關切的政務，遂不受重用。可見王弼此人年輕、自我，認為自身所懂曉的是最重要，卻忽略了於大環境之下，「論道」該於何時才是適合的。是否應向父執輩探詢「覲爽」時，言行當如何？應該因人立言，對曹爽應論及當前的興革事宜，但王弼畢竟世俗歷練少，也就話不投機了。

> 時爽專朝政，黨與共相進用，弼通儻不治名高。尋黎無幾時病亡，爽用王沈代黎，弼遂不得在門下，晏為之歎恨。弼在臺既淺，事功亦雅非所長，益不留意焉。

何晏看重王弼，見曹爽未重用王弼，頗以為憾。但王弼只是高談闊論，對現實的問題，並未措意。如用劉劭的《人物志》來講，王弼就是適合去圖書館，到研究機構去做研究就好，不要進入實際的政治、政務。

政治場域對於士人，可用則用，不能用的就放在類似現代圖書館的地方，從博學鴻詞到翰林等等。因為這些士人，或許性格上，或者能力上不適合。但是這些士人又會批評（時政），尤其又具有些背景、群眾勢力時，要如何處理？就是找個研究機構安置。所以看歷史，有傳統到現代，有很多類似點，弄清楚後，就知道其中的癥結。

王弼的學術事蹟

王弼的學術事蹟主要在《道德經》跟《周易》的解釋。文獻的解釋，常會隨著時代的不同而不斷推衍。《易》本來只是占筮吉凶而已，春秋時代雖然習慣上還用占筮，但是因為準確度的因素，已經不太相信了。從甲骨占卜，到殷商結束，周人還是延續使用占卜。能夠做占卜者，幾乎都在王室中。在占卜中可以看到符號的改變。比如在西周初期，已經有出現有一些占卜的卜辭旁邊寫著數目、數字，像六、七、八、九這一類的數目。顯然那個時候，對於占卜可能有新的想法，從兆文中慢慢加入早期的算術的觀念，用算術來代表，此種後來稱為數字卦。那些數字將其排列下來，然後將奇偶數轉換成陰陽，奇數為陽，偶數為陰，就變成所見《周易》的「爻」，結合起來就成為「卦」，但是還沒有太多的內容，沒有後來的卦辭、爻辭。所以這是一個轉變的時期，基本上還是以占卜為重，而此皆在《周易》出現以前。

其實《周易》真正的出現應該在西周晚期，《國語》中可以看到

用陰陽來解釋地震，地震的原因是陽氣在底下被壓著，最後就迸發出來。有陰陽觀念後，套進數字，就變成陰爻、陽爻，這種算數很容易推出來。其實，早期的數學沒有發展很高，但是排列組合可以排列出來，一個陰、一個陽，選擇六個爻，排列組合後，就形成六十四個爻。但是六十四個爻只有純粹符號，沒有經驗內容，就跟兆文一樣。在火上一燒，龜殼的裂痕往何處裂，誰能知道？裂了之後，貞人才看了裂痕，細想之後才在旁邊寫下卜辭，再將龜殼收藏起來，這就是後來發現的甲骨文。

這些人如何想出那些卜辭？過程可以推論如下。第一個，王一定要確定問卜何事？貞人（巫卜）就燒龜甲，看燒痕來貞卜事宜。負責這種工作的人，精神狀態應該非常專一，常處於冥想狀態，而能有所感應，再將其感應記錄下來。這樣記錄下來，累積這麼多條，於是這些符號底下都繫上一些文辭。但並非一開始就是卦、爻辭並列，而是先有卦辭（如元、亨、利、貞），卦名（如乾）是後來才有的。光只有卦辭，其實跟卜時的甲骨（卜辭）一般，看不出所以然。

所以卜人或者巫祝本身也是史官，慢慢走向理性的思維。根據歷史經驗，生活事件、情境可以歸納出形式，把這樣的形式安排出來，跟六十四個卦配合，所以爻辭就系統化了。一組組的六爻，六十四卦的爻辭，就編配上去。早在西周時代，已觀察得知任何的事物由發生，到達頂峰，之後慢慢衰落，盛極而衰，衰而復始，無一例外。以〈乾〉卦為例，龍作為一個象徵，以現代的話講就是個體，一個函數觀念，可以指個人，也可以指一個組織：家、國、天下。等於是說出一個基本原則，從開始、發展、到頂峰、最後衰落。有了這些觀念後，慢慢在從裡面抽取關鍵辭彙作為代表，成為卦的名稱，這樣《周易》就形成了。

要知道自己現在處於何種形式，於是用蓍草占筮，之後得出一個

卦，然後去看這個形式如何？這個發展就到春秋時代，而且還視之為一個不可隨便流傳的知識，通常只有周王室跟魯國有。因為時代衰落，春秋時代周王室與魯國越來越衰落（太史出走），於是新的知識就慢慢流傳到諸侯國。這樣還是在占筮中，用蓍草占出某一個卦，要解釋現在的一個現象，結果按推論過去，接下來該怎麼辦，會碰到什麼事？經常會不準確，於是就談到不準確的原因在哪裏？

　　不準確的原因，除了客觀的變遷因素外，很重要的是主觀的個人，或者團體的條件。如條件不足，即使客觀形式有利發展，但結果仍屬不佳，這就形成「卦卜有德」的觀念。即是當卦要占筮時，是占筮主問的人，本身要有德。如果無德，遇到好的形勢，還是凶；如果有德，遇到不好的形勢，還是可以轉換成吉。於是這個時候，就慢慢形成對於占筮不容易相信，進一個轉移就是出來「象辭」，變成看形勢時，既然要在這樣的形勢之下，人主觀的力量在何處？應該怎麼做？比如〈乾〉：「天行健，君子以自強不息。」每一個卦辭都有一則類似的形式，就變成「象辭」。「象辭」已經不是《周易》本經中的卦畫、卦辭、爻辭的內容。一般如果將「十翼」當成孔子以後所編，就已經到春秋晚期以後。

　　因此，從「卦卜有德」的情況來講，到了後代「傳」的階段，也就是春秋晚期到戰國，就分流出來，有一批人已經不相信占筮的準確度，就如同《易‧繫辭》所看到的「善為《易》者不占」，擅長解《易》者，不從占筮的角度切入。但是占筮還是存在的，也就是在天子乃至於諸侯王的身邊，都同樣會有這樣的一批人（占筮者）。不只古代存在，到現代都存在，因為人性需要，人當陷入低潮挫折時，常需要占筮此種事物，希望從中得到安慰。這種東西是屬於奧祕的，有時確實有其準確性，但是不容易找到能判斷那麼精準的人。有很多只是依稀、模糊而大略的，可是其背後的原理很難說明，所以就人的事

務上，不能以此作為主要的依賴。所有談論這些問題的，就是占筮、命理的人，都有最基本的原則，就是「卦卜有德」與「命由心轉」，即內心、從意志、從品德、性情、修養，各方面可以轉變命運，這種是沒辦法算的。這條路子自然有其生存之道，有時雖然會講得很神妙，但事實上對於正規的事情，並不適合，還是要依靠理性。

因此，孔子之後就講德，到了《易傳》後，就新增加戰國時代的知識來解釋。原來的符號，數理的符號——卦爻，本來是一個形式，就好像數字，很容易套進不同的經驗內容，現在把宇宙誕生的狀況用數字來套入。這就是戰國時代，我們看到《易傳》這樣的內容，變成用陰陽來討論宇宙的誕生，這是其中的一部分。現在就是需要把不同套的宇宙知識，一個觀人德性的知識，一個觀人命運的知識，要將其組合起來成為一個比較好的系統，這是有相當的難度。所以我們看到《易傳》在戰國時代的形成，大抵是如此。

漢代以後當然又有轉變，轉向數術，用數學去推演，像京房、孟喜等人，就是用算式去推演。其中如卦氣等等，已經將天文、曆法等東西又組合了進去。不過那是個客觀法則，要用其去測定人的行為後面的吉凶，又回到了早期，於是就有困難。

所以《周易》始終在二條路上走。一條路是走人文，人的德性、知識，主觀條件的培養；一條就是走客觀法則，基礎在數理符號，透過符號推演出形勢的圖形。但是形勢的圖形並不能作為處理經驗內容所用，於是就走到一條不通的路徑。基本上，《周易》就是這二種途徑，以今日的話來講，一個是從人文的，一個是從客觀法則的。

第十一講
欲望、工具、組織

人文科學的目的

　　當今學人研究一門獨立學科、甚至一個系的課程，到後來往往有所迷失，不知這個課程用途究竟何在。因此，討論王弼的思想之前，我還是先談一些學科之間，比較共同的基本問題，可以避免見樹不見林。人類活動並沒有所謂理所當然的，有時會有一些從傳統承襲下來的觀念，認為說唸書的人比較高尚。其實並不盡然，唸書不過是個求知而已。當然，知識可以改善人的生活。

　　人有求知的本能與欲望，透過知識去認知對象，然後進行價值判斷。我們尋求的知識，焦點大部分都擺在對象跟工具。所以此時我們可以聚焦到所使用的工具和對象。其實人們追逐最重要的對象是什麼？跟他的身體有關係。對象開始是食物，以及跟身體有關係的衣、食、住、行，就這四個東西；尤其前面三個：衣、食、住。在追逐食物時，開始的工具基本上是自身身體，就像早期社會用手足獵捕動物。然後慢慢進步到利用器物，開始是石頭，後來發展出較精緻的工具。第三個工具則是組織。

　　所以，人有了器物後，其追逐的對象慢慢轉移到以器物、組織為主。器物跟組織，哪一個效果比較好？又分二個階段。當器物使用手工時，效果比組織差；當器物使用機械以後，效果就跟組織具有同等地位，甚至超過組織之上。用機械是工業革命以後的事情，也是二百五十年而已，在人類的歷史上算很短。那二百五十年以前，人們使用

的器物是手工的，效果不高，所以大部分都是追求組織方面的知識作為其工具，以獲取對象。

如果這樣講，覺得離現實經驗太遠，可以回想在歷史上，誰可以獲取組織的知識？第一個要識字。誰能夠識字？在一個社會中，推想不會超過一成五，其他多不識字，都是用體力，以及簡單的手工器物的勞力者，如農夫、工匠之輩。在上面掌握知識的就是少數的貴族，中國傳統稱為士大夫以上，王侯、帝王等等，在西方社會也是如此。所以可以看到，因為掌握工具的優越性，就將社會劃分成不同的等級。在社會上掌握的工具越差，就會處在社會的越低層；掌握的工具越好，就容易處在社會的越上層。這就是傳統社會，為什麼父母常要子女一定要唸書！

工業革命以後，尤其發展到十九世紀末、特別是二十世紀時，人的器械由於科學技術的進步，使得物質文明得以高速發展。物質文明轉換成財富，就需要靠資本。有了資本後，市場才能隨之做大。如果沒有龐大的資本，就不能為之。而資本的運用，又仰賴背後的組織工具。這樣一個組織工具，當然跟傳統帝王時代的組織會有不同。但是此種不同，只是表象上的不同，組織內層的結構在本質上還是有很多雷同之處。

所以，我們所追逐的對象，從食、衣、住、行相關的實物，到使用器物、把實物轉換成貨幣（財富），大部分都在組織內，變成財、權、名、位，因為擁有財、權、名、位後，實物一定有保障。所以人們就轉換所追逐的對象。可是上帝真的很公平，因為身體的關係，人只能擁有或享用一定數量的實物，其他的終究要拋下。因此，人雖然追求財、權、名、位，但最後所追求的，其實還是實物。

現代人學習關於器物方面的知識者多，而學習組織知識者少。器物方面的知識，就是學習工具與使用工具的知識，從傳統的農、工、

畜牧、手工藝等等，到電工、機械、生物、科技等等，其性質是一樣的。學習關於組織的知識，就是第一層關於組織內的人、事、規範制度；然後下一層就是這些人、事，會轉換成跟財、權、名、位有關係，涉及到去計算的統計、會計、數學等等。第一層次的部分，怎麼樣處理人的問題，避免鬥爭，使彼此力量能夠協調；怎麼樣處理事的問題，事情發展到什麼狀態，當如何對付。這些都是關於組織的知識。

如果從這樣看，我們跳回到實際所讀的書，比如《周易》是關於什麼事情的知識？是關於事情的形勢發展。《老子》談的大部分有關於事情，也有關於人如何把自身的素質提升，使處理事情時能非常順達，歸結起來就是人能「虛靜」、「因其自然」。《論語》大部分也是談人，另外就是談事，比如「足食，足兵，民信之矣」（《論語‧顏淵》），什麼事重要？人民有飯吃最重要，沒有飯吃就造反了，第二要有防衛力量，所以孔子優先重視經濟問題，經濟有問題、出狀況了，後面動盪就來了，這就是事。〈大學〉的「物有本末，事有終始」，就是講事，而「在明明德，在親民，在止於至善。知止而后有定，定而后能靜，靜而后能安，安而后能慮，慮而后能得」，就是在提升人的素質。從這些都可以看得到。

轉換過來到現代的政治系，讀政治學、組織、制度等等，比較接近韓非講的法和制度。我們講制度是廣義的，可以涉及到法律。又如管理系的課程，關於管理的一些觀念、方法、理論等等，都是關於到人跟事。

因此，從知識的分類來講，今日所分類的自然科學，大部分都跟器物有關，從醫療、電子、到太空……，通通都跟器物有關。因為這些器物轉換成為技術，技術量產轉換成為經濟效益。而社會科學跟人文都是環繞在組織，社會系談的是關於人、集體的人，這個集體的人怎樣去處理好？於是就涉及到事。諸如經濟的問題涉及到事，法律的

問題涉及到事，管理的涉及到事，通通都是「事」。

轉換到文科，文科內的文、史、哲，涉及到什麼？主要是人。因為人在追逐對象時，為獲得對象，必須強化自己的工具，於是就把注意力、焦點轉移到工具。轉移到工具後，就忘掉了原本要追求的對象，於是追求著工具。而因為工具也能夠轉換成實物，於是就以工具為業，這個工具又延伸出來新的工具，這樣一直分枝出去，最後人們就靠著關於工具的知識而獲得實物。

文科所關注的原初目的，主要是人，文學、哲學尤然。歷史主要是關於事，但是也有關於人，所以歷史中可以分出許多社會科學，只不過因為社會科學是晚近一、二百年才產生。但是我們常常遺忘了，人文所強調的是人的問題，結果將其當成一個工具來看待，也就是當成一種知識來獲取實物。如此一來，反而背道而馳。人文科學所探討的，是唯一能夠讓人有機會跳脫出這個圈圈的一種知識。因為我們處在這個圈圈內，用工具去追求對象，就永遠在這個圈圈內繞著，糾結在情緒、情感之中。只有人文的東西，是唯一有機會可以讓人跳開，而不受其控制。

組織分合的週期性

跳脫的情形有二，一是即於組織，二是離於組織。其一是就人回歸到組織而言，人的素質、素養的提升可以強化組織的功能。否則，組織中的工具，包括制度，一旦被特定私心所操控、利用，組織就開始衰敗了。

其二，雖然人的素質、素養提高，有助於組織，但是沒有辦法徹底，因為組織本身內具有自我毀滅的因素。所以人雖然暫時去依附著組織而使其趨向於好，但是人最終還是要跳開，就是把人帶離開組

織，就是人的精神能夠怡然自得，如陶淵明〈神釋〉所言「縱浪大化中，不喜亦不懼」。

前面提到，組織有其自我毀滅的內部因子。人不得已必須有組織，就像命運註定一樣，沒有受到強迫，就是很自然的發生。因為個人不能生存，所以聚集為組織。個人不能生存的原因，是因為不可能獨立完成所有的工作，以滿足欲望所需，所以人必須分工，必須聚集起來。分工以後，就彼此合作，互通有無，共同生活。但是分工之後，有個問題，各做各的，一定要有個聯繫使其組合起來，故而必然要有第三者以統攝之。當第三者在聯繫時，一定要跟這二個不樣，同時要高於這二個，否則前二者不受其指揮聯繫而有爭吵，這就形成一個三角形，就變成金字塔狀。所以組織的原型是金字塔形，隨著越來越繁複，組織越趨龐大，堆積之後就成為一個龐大的金字塔。

現代為了工作上的需要，在管理學會談到扁平形的組織，但這並非常態，而是作為特殊任務，任務完成就解散了。這是因為扁平形的組織，可縮減中間的流程，而提高其效率。

於是，組織中產生二個觀念，一是分工，一是權力。A與B分工，但是要聯繫時，需要靠著C。C相對於A與B二者，就具備有權力。但C的權力，也必須得到A與B二者的認可，所以A、B、C可以說都是一個分工的系聯。但是A、B分工的內容跟C分工的內容不一樣，就好像領導者的工作，跟被領導的工作是不同的，但是他們都是分工的一環。但是這樣不斷發展，成為一個龐大的組織時，組織中的位置與報酬，就會產生矛盾與衝突。一般來說，居上位者，數量少而報酬多；處下位者，數量多而報酬少。這個約定俗成的機制，鼓舞著大家往組織的上層走。

於是，所有人之間，彼此既合作又競爭，這二者卻有著潛在的衝突。組織之內，如有約定俗成的規則，則競爭是合理的，輸了就輸

了，如同比賽一樣。但若根本不遵守規則，或者利用規則，暗中破壞，這就變成鬥爭。人的組織中是不是很容易從開始的競爭，然後因為好勝而走向鬥爭，就不擇手段了？因為不願意輸，輸了就會居於下層，故而總是希望向上層攀升。尤其在形成既定組織以後，最上面的人（權力者）甚至會操控組織內的規範以利自己，無權力者也莫可奈何。

所以人類的組織內，就有一種自我摧毀的基因。此種自我摧毀的基因，來自組織的週期性。組織剛成立，鼓舞大家彼此良性競爭，於是使組織壯大。發展到後來，為了爭取組織內的財、權、名、位，開始有人違背規則。一旦有人違反，其他人就被激盪帶動而擴散，不再是競爭而走向鬥爭，正如孟子所言「物交物，引之而已」。當走到鬥爭此階段時，到了極點，這個組織就瓦解重新來過，所以《三國演義》會說：「天下大勢，分久必合，合久必分」，就是這個因素。過去人不會去分析天下這樣的組織，為什麼會合？之所以造成分，如其所言是個必然的趨勢，而只是從經驗中去看到，周、秦、漢、魏、晉，不斷的循環。組織的「分久必合，合久必分」，原理在哪裏？原理就在組織內部就是分工與權力，這是一體的二面，而當分工與權力在活動運作時，插進了一個東西，就是鼓勵每一個成員在這個金字塔組織往上走，因此變成既分工合作，卻又從競爭到鬥爭。

而之所以會從競爭慢慢走向鬥爭，還是根源於人性，因為有了欲望對象，總不能輸，平常的輸贏只是得到多或少，而在組織內的輸贏，是失去地位，更甚者會失去性命，為了存活只能往上走。於是所有的忌妒、陰謀、詭譎、鬥爭、陷害，通通都會發生，這些都根源於人的組織內。因此，要強化這個組織，能有長治久安之道，只有讓成員盡量走向競爭，而不是帶往鬥爭。這個能做的只有二條路，一條是將其制度、規範變成合理公正，而且對於違背者能嚴厲制裁。但是畢

竟這些制度規範最後都是由人來做，如果人心是歪偏的，這些公正合理的制度就無法發揮作用了。

於是，第二條路就走到人，要降低人的好鬥心，使欲望淺化、淡化，這就是一種道德，包含自律與他律二種道德。人走到自律與他律道德時，組織就靠道德倫理去強化其功能。但是，人未必就能完全遵守道德，內心還是有蠢蠢欲動的強烈欲望，因此會陷入掙扎中。在掙扎的過程中，如果道德意識強過個人的貪欲、私欲，個人的私欲就能轉換成為公共的、集體的欲望的滿足。

但要如何靠降低其無明對於欲望強烈的執著？只有一個辦法。就是讓他有相當的一段時間，注意力處在一個不會激發欲望的對象，或者即使激發起來，欲望也是很淺。那是什麼東西呢？是人的遊戲、藝術到宗教等活動。人在遊戲時，焦點主要是活動所帶來的愉快，欲望這個部分就比較淺。在藝術時，其欲望面對的是從藝術中的美以得到愉快，欲望很清楚不會將之佔為己有。宗教亦然，所帶來的是和諧、寧靜。

所以可以看到，從遊戲、藝術到宗教，這種人文的活動，可以輔助道德意識。這就是孔子所講：「志於道，據於德，依於仁，游於藝。」(《論語・述而》)人要有一種紓解的活動。其實這個根源在哪裏？就是工作與休息。工作是一種欲望，始終處在繃緊的狀態，越繃越緊，越強烈。現在讓欲望休息一下，於是就慢慢淡下來。這種淡下來之後，發揮的作用，回饋到組織內，人在組織中不論其所居的位置為何，欲望恬淡之後，遵守道德的可能性更高。因遵守道德之後，而去遵守制度規範，就產生良好的作用，這個組織的運作，就比較正常。這就是傳統上為什麼強調修身的重要，尤其是在上位者的修身。

但即使如此，仍有一個困難，就是很難保證組織內的每一個人都是聖人，都是道德完備者，總是有好、有壞，總是有君子，也有小

人。到了某一個時期，小人道長，君子道消時，這個組織就慢慢的要瓦解了。因此組織內的成員，很難做到每一個都是聖人，每一個人都非常圓滿，總是有缺陷，這個缺陷到了臨界點之後就爆發，然後走到崩潰。於是就開始分，分了之後，過了一段時間，然後就合。這就是合久必分，分久必合。在這個時候，由於個人的素養，從用道德意識，延伸到藝術，這樣的一個素養，對於個人有怎麼樣的幫助？其幫助就是儘管組織已經瓦解，因為自身的欲望已經淡化、不在乎，個人的生命於此就比較自在，不會因此而強烈翻騰，這就是其前面有提到的「縱浪大化中，不喜亦不懼」。「大化」就是整個歷史文明的遷化，其已經超然物外，這個時候，其所產生的素養是對個人，但也可以回饋到組織，使組織更良好。這個是探索組織知識時，傳統上所著重的層面。

至於組織的知識層面，其功能需求因時而異，每一個時代都不一樣。例如錢糧幣制以及稅收制度等，有時代上的差異。我們今日所學的各類科，不論是會計、統計、財稅，乃至於法律、經濟、貿易、金融……等，這些都是關於組織方面的知識。如果古代的人轉移至現代，還是一樣要學這些現代的知識技術，而不是停留在古代的知識技術。但是前面的大原則仍然適用，要知道我們自己所學的東西，定位在哪裏。這是關於組織內的知識所延伸出來的。

回到王弼所談的問題，基本上都是人在組織活動時，因為欲望過度強烈，想操控制度而產生的弊病。對於制度的操控，用《老子》或是王弼的話來說，就是有為、就是末。要無為、要本，就要回到內在的修養。

第十二講
王弼《老子指略》之一

《老子》要旨：崇本息末

今天要講王弼《老子指略》的讀法。王弼寫《老子指略》時，可能是分段寫成，之後再匯集起來，兼以今日所見乃是輯佚而得，所以讀之不易覺其系統。但後人如何將一堆零碎的材料貫串起來呢？

通常在閱讀文獻時有幾個要領。借用陳澧的反切系聯，聯繫關鍵的辭彙彼此的關係，系聯之後再解讀。第二是提問，就三個問題：What？Why？How？針對所講的內容去質問，看哪些文辭是相應的回答，再將其併合。第三是主詞要把握住，古代人寫文章，常常沒有主詞，所以要將主詞把握住。

給大家的〈老子指略研讀方法〉講義，是我將《老子指略》重組好以後，再用現代的語言來解釋其中問題，並標有編號。[1]關於《老子》一書的旨趣，《老子指略》5.1曰：

> 《老子》之書，其幾乎可一言以蔽之。噫！崇本息末而已矣。
> 觀其所由，尋其所歸（由、歸，互文），言不遠宗，事不失主
> （所有的話，所舉的事例，都有一個宗主、旨趣）。文雖五千，貫之
> 者一；義雖廣瞻，眾則同類（意義很廣大，而所有的意義都歸到一
> 類）。解其一言而蔽之，則無幽而不識（如把握整體旨要，則細部

1　編者案：詳見本書附錄三。

隱微也都能看得出來）；每事各為意，則雖辯而愈惑（相反的，如
果每一句都分離開來，再怎麼去分析、分辨，都是會越加迷惑，找不到
指歸）。

所以從「觀其所由」到「雖辯而愈惑」，此段所言都是「崇本息末」。
《老子》這部書就是「崇本息末」。其實王弼要講的話就是第一句，
五千言的這部書，一句話就講完了，就是「崇本息末」，後面這些都
是說明。但只講「崇本息末」仍屬空泛，必須進一步分析。

　　對此，我們可以從二個層面提問。其一、所謂的本是什麼？所謂
的末又是什麼？其二、王弼以為《老子》旨趣，越加的分辨，就越把
握不住其根本、越加的困惑，原因何在？古今那麼多人，那麼多學
者，難道都是愚者嗎？所以可以看到王弼用了 2.5、2.7、2.9、2.6 四
段話來解釋「雖辯而愈惑」。2.5 曰：

> 然則，《老子》之文，欲辯而詰者，則失其旨也；欲名而責
> 者，則違其義也。故其大歸也，論太始之原以名自然之性，演
> 幽冥之極以定惑罔之迷。因而不為，損而不施；崇本以息末，
> 守母以存子；賤夫巧術，為在未有；無責於人，必求諸己；此
> 其大要也。

若加以分析，將把握不住旨趣；欲循名責實，也無法從字面意義去推
求其旨意。然則所謂大歸（根本旨趣）何在？在於「太始之原」、「自
然之性」。

　　2.7 又講：

> 然致同塗異，至合趣乖，而學者惑其所致，迷其所趣。觀其齊

> 同，則謂之法；睹其定真，則謂之名；察其純愛，則謂之儒；
> 鑒其儉嗇，則謂之墨；見其不係，則謂之雜。隨其所鑒而正名
> 焉，順其所好而執意焉。故使有紛紜憒錯之論，殊趣辯析之
> 爭，蓋由斯矣。

宗趣雖一，途徑卻分歧，所以學者才會「惑其所致，迷其所趣」，著
意於個別層面，卻忽略根本，只在末節作文章，才有法、名、儒、
墨、雜等諸家之說。

　　《老子》之旨，一言以蔽之曰「崇本息末」。但如何了解「崇本
息末」？其方法就是：

> 又其為文也，舉終以證始，本始以盡終；開而弗達，導而弗
> 牽。尋而後既其義，推而後盡其理。善發事始以首其論，明夫
> 會歸以終其文。故使同趣而感發者，莫不美其興言之始，因而
> 演焉；異旨而獨構者，莫不說其會歸之微，以為證焉。

「崇本息末」的方法在於「舉終以證始，本始以進終」，但如何舉
終、本始，很可惜的是，王弼並未舉例。在王弼《老子指略》，就可
以看到其討論所有這些不同的說法，都劃分為萬物。

　　至於「萬物之宗」用現在的說法，就是萬物所以存在之因，亦即
萬物的存在原理。王弼說：「夫物之所以生，功之所以成，必生乎無
形，由乎無名。無形無名者，萬物之宗也。」王弼舉一例以概其語。
「物」表一切存在物，「功」則表存在物的行為活動。這些都是有形
的，最後有形一定來自於無形。為什麼？借西洋哲學存有論的說法，
是「部分預設全體」。也許會問為什麼「物」或者「功」，萬物都一定
是有形？有名？這由人的經驗開始。在說這一句話時，請問是誰在

說？是人。又問這個人是誰？這個人到底是什麼？人的存在，有其身體，所以是有形；進而有想法、有思想，思想是無形。然後有思想去認識所有外在的事物，給與每一個外在事物一個名稱，所以就有名。所以古代人用「形」跟「名」這二個辭彙來代表我們所存在的東西。

王弼又說：

> 不溫不涼，不宮不商。聽之不可得而聞，視之不可得而彰，體之不可得而知，味之不可得而嘗。故其為物也則混成，為象也則無形，為音也則希聲，為味也則無呈。故能為品物之宗主，苞通天地，靡使不經也。若溫也則不能涼矣，宮也則不能商矣。形必有所分，聲必有所屬。故象而形者，非大象也；音而聲者，非大音也。

一個東西是Ａ，就不能同時是別的。如果還有另外一個東西使其存在，應該是什麼？用思辨推論到最後，就是無形。那無形到底是什麼東西？

下面又說：

> 然則，四象不形，則大象無以暢；五音不聲，則大音無以至。四象形而物無所主焉，則大象暢矣；五音聲而心無所適焉，則大音至矣。故執大象則天下往，用大音則風俗移也。無形暢，天下雖往，往而不能釋也；希聲至，風俗雖移，移而不能辯也。是故天生五物，無物為用。聖行五教，不言為化。

「大象」、「四象」的關係相當於「體」、「用」，現代的哲學用語則是本體與現象。本體透過人的感官知覺（音、形）來呈現。從感官知覺

推到人群、天下、風俗。看起來是跳躍的，實際上是講「體」跟「用」。於是人法天，天是最高的標準。

> 是以「道可道，非常道；名可名，非常名」也。五物之母，不炎不寒，不柔不剛；五教之母，不皦不昧，不恩不傷。雖古今不同，時移俗易，此不變也，所謂「自古及今，其名不去」者也。天不以此，則物不生，治不以此，則功不成。故古今通，終始同；執古可以御今，證今可以知古始；此所謂「常」者也。無皦昧之狀，溫涼之象，故「知常曰明」也。物生功成，莫不由乎此，故「以閱眾甫」也。

從無形、無名來說，「萬物之宗」就在於「無」。就此觀之，跟《老子》似乎有點距離。因為《老子》講「有，名萬物之始；無，名萬物之母」，「有」跟「無」並列，屬同一層次。因此，王弼的「無」有二層意思。第一個層次中，是跟「有」相對，平列在一個層次。第二是狀詞，狀「道」之無形、無名。所以一個當名詞，一個當形容詞。萬物都有生滅，萬物生之前、滅之後，那個領域就是無。藉西方哲學的概念來說明，就等於是亞里斯多德所謂的潛能，潛在而尚未顯現。

抽象思辨與真實生命感受

像這種有、無，本體與現象，這都是屬於思辨上的問題，因此會跟人的生活、生命的這種感觸，覺得距離太遠。距離太遠，所以變得有點像數學，思辨數學時，不會去想到跟生命有特別的東西，沒有感性上的問題。一旦填補進生活經驗，人的生命感受就出現了。所有生命中，到最後面對的是什麼？萬物因為有限，所以相互定位而依存。

現在所有的東西都撤掉了，都沒有了定位，於是人會慌。為什麼會慌？人從生命開始以來，永遠有個對象，所有的那些對象就跟人形成一個定位，無論那些對象帶來的是喜悅或痛苦。

我寫過一篇文章談原始的恐懼。想像位處一片無垠，四周無憑，上不著天，下不著地，左右東西南北，方位全都沒了。完全沒有定位，無可依賴，無可依靠，那就是虛無。此時人就會產生恐懼，這就是最原始的恐懼。人進入生命之後，欲望是很重要的，因為欲望認了對象，這些對象與人之間有一個相對關係，形成了定位，於是人可以很安心、安住在這個地方。比如一個嬰兒，與其相定位的就是母親，之後慢慢定位的就是周邊的親人。有很多定位的東西，人們平常不知不覺，但是存在著。比如說貓、狗、草地、樹木……等等，平常未必用到，或以為其無用，但終究與人有個定位。因為人是生命，所以其定位中會需要其他的生命，會產生交感。交感就是用語言互相感通，人當然喜歡友好而充滿喜悅，但有時會是敵對而讓人緊張。這種（交感）成為人們生命的慣性，因為已經滲入生命內的全部，每一個位置通通有互相定位。這種定位，從外在有形的物，然後慢慢內化到內心成為意識。人的思想、想像中，有外邊的事物，使自身心裏安心。

所以在生命的過程，人很害怕的是什麼東西？比虛無稍微前面一點就是孤寂，因為內心希望有人能夠對話、能夠互動、能夠往來。孤寂時，雖然知道有人，但是不認識，沒有交往，所以《莊子·徐無鬼》說：「夫逃虛空者，藜藋柱乎鼪鼬之逕，踉位其空，聞人足音跫然而喜矣，又況乎昆弟親戚之謦欬其側者乎！久矣夫莫以真人之言謦欬吾君之側乎」。

所以生命最重要的就是定位，而這個定位無限延伸出去。人將會面臨死亡，但人不曉得死亡之後是什麼？孔子說：「未知生，焉知死」（《論語·先進》），所談的是很根本的問題。為什麼要如此說？因為

人唯一能夠知道的事，是不喜歡恐懼，而喜歡快樂，喜歡幸福、和諧的感受。那麼是要等到未來、等到死後才去找幸福、和諧的感受？還是現在就有幸福感、和諧感，愉快而不是掉在恐懼。當然是現在，也就是生前。因此生前去尋求快樂跟幸福，這是目標，所有尋求快樂跟幸福的方法，就是充滿在整個生命的過程中。因為始終處在愉快當中，所以結束以後是什麼？就不管了。但是宗教的說法會告訴人們，不管生命是什麼樣的形式，因為有好的因，於是結束時還是有好的果，還是愉快的。

這樣從無到有，以至於未來，無窮無盡時，那是一個總體，所以是無，是道，是一個本體。中間短暫的這一段，就是從本體湧現出來的一個現象，從「無」往前、往後，無窮無盡的時空中，是所有萬物存在的基礎。我們去談這個問題時，是用思辨、理性的方式來談論，但也可以看出從理性的思辨來談論，有時會變成戲論，而無真實的感受。真實的感受需要到真實的生活的實踐當來獲得。

每一個體，都是喜歡快樂，不喜歡痛苦，這是再明白不過的事實。可是既是個體，那極大最圓滿的快樂在哪裏？個體是從無窮出來的，也就是在無、在道、在本體中，所以最圓滿的快樂，在於所以存在的基礎上。順著所以存在的基礎，生命才會感到愉快。這樣討論，只是數學式、思辨式的談，要透入深一層次的意義，就要從實踐、從工夫，或者從宗教方面去談，才能夠清晰。前者是理性思辨，後者則是由生命中真切的感性入手。

但在真實的生命中，未必能永遠愉快，為什麼？因為生命中的欲望始終驅使人去追逐一個對象，而追逐本身就有二個可能性，一是帶來愉快，一是帶來痛苦，並不純然是愉快的。這二個可能性，放在時間之流中，即使是讓人愉快的，後來也消失了；而讓人痛苦的，後來也是消失了。為什麼？因為經過時間後，愉快或痛苦都是依人而存

在，不能永遠保持。人是有限的，隨著時間過往，最後回觀，就像回憶一樣。這樣的回憶，得到的不會是快樂，而是一種悵惘。如同李商隱的〈錦瑟〉：「錦瑟無端五十弦，一弦一柱思華年。莊生曉夢迷蝴蝶，望帝春心托杜鵑。滄海月明珠有淚，藍田日暖玉生煙。此情可待成追憶，只是當時已惘然。」所有的事情過了後，只感到一種悵惘。

悵惘的感覺，不像喜、怒、哀、樂，那麼明白的有一個對象存在。過去的歡樂、悲哀，喜、怒、哀、樂，時間過去了，自身意識當中面對的這個對象，過去自身的行為、際遇，所有的對象通通都過去了，而產生這樣一種悵惘。所以悵惘是一種曾經存在，對其有種依戀，但是又一去不返，這種不捨的感覺。這種感覺其實產生在執著，依戀就是一種執著。這個是換另外一面來對照，可以看到不管是中國的、西方的哲學，基本上是從理性的角度談這個問題。如果從一個人最終追尋生命的意義來講，會認為這是戲論。但是這樣的思辨也有其意義，把人情感的、定位的依賴性，暫時抽離出來，以非常冷靜、無情，不帶情感的方式說出來。

而後，王弼講論名形者失其常真。這個問題就是，無形、無名是整體，語言則屬有限，要用語言來說他，如何可能？用語言來說，也只是說出一部分而已，如何能以部分來顯現整體？王弼解釋曰：

> 奔電之疾猶不足以一時周，御風之行猶不足以一息期。善速在不疾，善至在不行。故可道之盛，未足以官天地；有形之極，未足以府萬物。是故歎之者不能盡乎斯美，詠之者不能暢乎斯弘。名之不能當，稱之不能既。名必有所分，稱必有所由。有分則有不兼，有由則有不盡；不兼則大殊其真，不盡則不可以名，此可演而明也。

所有的言說就算像奔電、御風那樣的快，仍不足以涵蓋一時周、一息期，即不能涵蓋全體。然而，能不能捨棄「可道之盛」、「有形之極」不用？不能，因為需要符號。「可道」、「有形」了解其是一個象徵（Symbol）。不要認為「可道」、「有形」就是全部，即如以指指月，但所指非月。這說明為何不能用言語、用任何符號來說其就是無形、道的本身。因為任何的符號只是有限的。

接著王弼又言：

> 名也者，定彼者也；稱也者，從謂者也。名生乎彼，稱出乎我。故涉之乎無物而不由，則稱之曰道；求之乎無妙而不出，則謂之曰玄。妙出乎玄，眾由乎道。故「生之畜之」，不壅不塞，通物之性，道之謂也。「生而不有，為而不恃，長而不宰」，有德而無主，玄之德也。「玄」，謂之深者也；「道」，稱之大者也。名號生乎形狀，稱謂出乎涉求。名號不虛生，稱謂不虛出。故名號則大失其旨，稱謂則未盡其極。是以謂玄則「玄之又玄」，稱道則「域中有四大」也。

「道」是從無限來講，「玄」是從對其認知來講。認識一定是用一個名稱，使用名稱時，名稱不等於是道，因此每用一個名稱，就要將其放掉，以深入一層；再放掉，再深入一層。這樣不就是無窮後退嗎？所以關鍵就是，所有的放掉歸結起來就是無執，沒有執著。所以「玄之又玄」就類似「損之又損」，是個工夫。這個工夫就是沒有執著，隨所遇而皆可。名稱只是暫時的表述功能，不等同於事物本身。如果要體認「道」，並不是抓住這個名稱，而是對其所代表的對象無所執著。執著又有深淺層次之分：強烈的佔有，是執著；不佔有而欣賞時，執著就淺少了；因其美而不斷的依戀，是一種執著；因其善、好

而不斷的依戀，也是一種執著。這個執著可以一直執著到道，因為最終的目標是道，於是不斷的想著道，這又是一種執著，所以「道法自然」。「玄之又玄」，實際上就是無執，就是一種工夫。

於 2.3 王弼又說：

> 夫「道」也者，取乎萬物之所由也；「玄」也者，取乎幽冥之所出也；「深」也者，取乎探賾而不可究也；「大」也者，取乎彌綸而不可極也（指空間）；「遠」也者，取乎綿邈而不可及也（指時間）；「微」也者，取乎幽微而不可睹也。
>
> 然則，「道」、「玄」、「深」、「大」、「微」、「遠」之言，各有其義，未盡其極者也。然彌綸無極，不可名細；微妙無形，不可名大。是以篇云：「字之曰道」，「謂之曰玄」，而不名也。
>
> 然則，言之者失其常，名之者離其真，為之者則敗其性，執之者則失其原矣。是以聖人不以言為主，則不違其常；不以名為常，則不離其真；不以為為事，則不敗其性；不以執為制，則不失其原。

所以，從名、從形去找「道」的本身，是錯誤的路。放在世間知識中，這種說法有其意義，比如語言哲學，對事物的定義一定要清楚地講出來，所以就掉在有的領域內；若講不出來，就沒有意義了，因為無法溝通。可是「道」卻是無形。所以只能用這些言辭來表示，用某一層次的經驗內容去反襯。其實儒家又何嘗不是如此，儒家講仁、誠、義……等等，也講道，也是用人既有的知識，從不同的層面去反襯出來。

第十三講
王弼《老子指略》之二

《老子指略》重點略舉

　　上一回談到王弼《老子指略》裏的「崇本息末」，「本」是什麼？「末」是什麼？「末」要改變為「本」，要什麼工夫？改變為「本」以後再運用出來，會是什麼結果？基本上、循著這樣的思考方向，就容易把握住「崇本息末」的問題。

　　關於王弼對萬物之宗的討論，我也跟大家講過，任何存在都預設一個無限，論萬物之宗是存有論的一種思考、思辨，是用認識的方式。我們認識一個東西，還有別的東西存在，我們轉移到認識別的東西，又還有別的東西存在，這樣會無窮無盡的後退，最後形成一個基本的法則——部分預設整體。所以存在的東西都不是整體，都是部分、有限的，因此預設有一個無限的整體。

　　因此，看到講義分類的第 C 論，「論名形者失其常、失其真」這幾段話，基本上是這個思想的延伸。所談論的對象，用王弼的語言來說就是「形」；王弼的語言是從先秦過來的，就叫作「形／刑」。任何的對象物，我一定會給它一個名稱，就是名。但，討論這個名、形，是不是就接觸到了道？不是。因為所有的形都是有限的，名也是有限的。即使用來討論道的名或者形，它本身還是有限的。於是，從名、用形來了解這個道，就會失去真意。其實就是《道德經》第一章所說：「道可道，非常道。名可名，非常名。」

　　如何論說此一無限者？用各式各樣的名稱去說它，是「玄」、是

「深」、是「大」、是「遠」、是「微」。「玄」跟「深」是從我們對它的體認來說，因為體認永遠不能定著在那裏，若說我把握、了解到了「道」，而當把握、了解「道」時，就失去了，所以說是「玄」或者「深」。因此、我們上一回用另外一個概念叫作「無執」，從根源處來講是一種無執。說「大」或「遠」是從普遍、無限來講，而這個無限就是「大」，是偏重在空間上來說，而「遠」是偏重在時間，就是綿渺不可及。說「微」是因為無形，從形上來說是幾乎「微」到無，是把握不住的，但是它實質上是有。用不同的名稱來稱呼、來說明「道」，站在經驗的背景上來談，就是如此。既然這樣子，在《老子指略》的內容裏，要跳到「絕聖棄智」，就要有一個轉折才能跳得下來。因為前面談的都是萬物，當中也包括了人的事務，現在一下子要跳到聖智，也就是跳到社會、跳到人的組織，而人的組織再經過強化就變成天下國家，在這裏邊才有聖、才有智。如果沒有這些人群組織，有沒有聖、有沒有智？沒有。一個原始部落，沒有聖、沒有智。換句話說，中間的關鍵就是如何把對道的體認運用在社會、群體的生活裏，特別是涉及到統治。

　　古代的領導人稱為治者，在政治背後有個強大的武力層面。近代可以說是行政政治，因為擴充到商業的範圍很大，所以變成管理。管理裏邊沒有什麼？沒有武力。一般的社會組織，社會上各個私人事業的部門，有的是類似政治的模式，存在的基礎在於財、資本。而國家、諸侯國、天下存在的基礎在哪裏？在武力。談到這個地方，說要樸素無為、要絕聖棄智，就要運用在組織裏邊的居上位者，居下位者沒有必要這樣子做。這個聖智本來就跟地位和權力綁在一起，在整個組織裏，地位跟權力是在上位的。因此必須要用德、用才，而德的極致就是聖，才的極致就是智。這樣子運作的時候，順著老子的說法，將會產生流弊，所以就回過頭來去談要絕聖棄智。

　　所以王弼在 3.2 說：「欲定物之本者，則雖近而必自遠以證其始。夫欲名物之所由者，則雖顯而必自幽以敘其本。」這是對句，這兩句話的基本原理是什麼？是本末一體，遠近一體，所有的物都是一體的。既為一體，為什麼要從末端、從遠來看呢？而不從根本、從近處來看？所以這個地方就會限縮到特定領域，所謂的遠、所謂的幽，指的是什麼？不是指我們這些事物，一體的事物裏邊內部結構的關係。它的幽、遠，指的是道，從「天地之外，以明形骸之內」，用形骸之內來比況，每個形骸連綴起來就是所謂的群體，這個社會的群體一定在天地之外，其根源、所以存在的基礎在天地之外。所以說取天地之外，就是取道。「取天地之外，以明形骸之內」意思是要法道；「明侯王孤寡之義，而從道一以宣其始。」這個侯王就法道，從道開始；「故使察近而不及流統之原者，莫不誕其言以為虛焉」，就是說眼光只注意到近處、切近的、環境的、人群關係裏邊的，而不去追溯整個淵源，就會認為道之言是荒謬虛誕的，結果「是以云云者，各申其說。人美奇亂，或迂其言，或譏其論，若曉而昧，若分而亂，斯之由矣」。由於這個緣故，因此各家的思想就都講自己的了，或者講得很曲折，認為自己的好，於是認為道之言是非常迂曲的，或者是不通的，或者非常模糊的。關鍵詞就在「侯王孤寡之義」、「從道一以宣其始」，就是要法道這樣的意思。

　　王弼又說：「凡物之所以存，乃反其形；功之所以剋，乃反其名。」這是用類比的方式，說明萬物或者任何的存在，來自一個無形的存在根源，所以叫作「反其形」。物一定有形，功一定是表現出來，因此是有限的；有限的功之所以能夠成立、能夠存在，是因為無限的功。這等於是一種價值，價值的根源也在於道，就叫作道之德，西洋哲學叫作絕對存有的屬性。所以「存者不以存為存，以其不忘亡也；安者不以安為安，以其不忘危也。故保其存者亡，不忘亡者存；

安其位者危,不忘危者安」,也就是他不是從反面去看,「善力舉秋
毫,善聽聞雷霆,此道之與形反也」,就是要從道的根本上去做。「安
者實安,而曰非安之所安;存者實存,而曰非存之所存;侯王實尊,
而曰非尊之所為;天地實大,而曰非大之所能;聖功實存,而曰絕聖
之所立;仁德實著,而曰棄仁之所存。故使見形而不及道者,莫不忿
其言焉」,也就是一般人只看得到有形的,只知道經驗內的,而根本不
懂道,就覺得最前面這段話很迂遠。實際上前面這些話,都是從形而
上類比到形而下,但這個類比會變得很模糊。它的類比是這樣,最高
的是道,是「所以存」;萬物是「存在」。這個對應關係類比到侯王與
群臣、臣民。侯王追求的是安定,類比到道的話就是「不」字。這個
「不」並非對安的否定,而是超越、是遮兩邊,也就是非安、非不安。
但從超越的道,如何因應安危、存亡,關鍵在於侯王如何體認道,然
後再能有個別的具體的措施。但王弼在此並未涉及於此,他只是形式
上的去這樣子講,「善力舉秋毫,善聽聞雷霆」都是同樣的模式。

而後 5.2 曰:

> 嘗試論之曰:夫邪之興也,豈邪者之所為乎?淫之所起,豈淫
> 者之所造乎?故閑邪在乎存誠,不在善察;息淫在乎去華,不
> 在滋章;絕盜在乎去欲,不在嚴刑;止訟存乎不尚,不在善
> 聽。故不攻其為也,使其無心於為也;不害其欲也,使其無心
> 於欲也。謀之於未兆,為之於未始,如斯而已矣。

整段大抵是對於《道德經》「為之於未有,治之於未亂」這句話的解
釋。人類社會,不免有邪、淫、盜、訟等負面活動。如何停止這些負
面的活動?在於不求。所以講「謀之於未兆,為之於未始」在於「無
心於欲」、「無心於為」。這個問題的關鍵還是在於怎麼做?「無心於

欲」、「無心於為」，又誰來做？從文字表面來看就知道，不可能到社會上每一個人都要「無心於欲」、「無心於為」，那不可能。最後只好限縮到聖王，也就是為君者。為君者無心於欲就太難了，無心於欲是一個程度上的問題，而不是一刀切，有欲、無欲兩邊。那要到什麼程度，才能夠「無心於欲」、「無心於為」？「絕聖棄智」是對統治者、為政者、高位者素養的期許。這種素養可以作為勸說，但很難做到，這就是為什麼會有法家的原因。因為用勸說的方式時，古今有多少個堯舜？很難。於是退而求其次，盡可能無為，不能十分，起碼七分、八分、六分，少干預。無為、無欲的結果變成什麼樣子？就變成公正，使其他人能各得其所欲。所以為什麼說《道德經》講無為、無執，很容易走到法的至公？因為無為、無欲，故能不以私心來看待事情，故能認識事物的客觀本性，這就是因其自然。先名其自然，然後接著因其自然。

因其自然的層次還是很高，具體落實到我們人所面對的各種事物，不外是人、事、物三種。物質不因其自然？不行。如電視要這樣開，硬是要那樣開，那就爆掉，所以人對物很乖，手機不要插電使用，硬是要插電使用，就會有危險，可能受傷，對物很容易了解其客觀性。但是對人、對事，就不容易，人跟事有時候沒有立即的反應，而且要了解它的一種客觀性，對事情客觀性的認知就是分析事情的形勢，就是它的結構，一路這樣落下來以後，是不是發現跟儒家〈大學〉相涌，「物有本末，事有始終，知所先後，則近道矣」，所以他這邊講「無心於為，不害其欲」是訴諸於諸侯王，但是當一個王很難做到這一點，只能求其程度盡量接近的時候，要用什麼辦法去補救。用法、可是法還是要人去定、去執行，於是就走到另一面，用遏止人欲裏邊的一種傾向，負面傾向，那就是變成集體的，不是一個人決定的。還有就是不只是集體的，集體裏邊如果還是有欲，那怎麼辦？內

鬥起來了，那就亂了。於是再退而求其次，你們就是有亂，也不能長久，我給你任期，那就走到民主。所以民主是不得已、是沒辦法的。所以《道德經》所言，就思想本身來說，是很嚴謹的，而且個人也可以達到這個境界，但是就人群整體來講，是有困難的，不只道家如此，儒家也是如此。

崇本息末與文明發展

王弼要發揮聖王崇本息末、絕聖棄智，在文明的發展上是不可能的，而應回到個人的自我節制上。個人的靜名欲、棄巧用，是可行的。為什麼？因為它帶來了太多的傷害了。可是困難點在於，因為名欲巧用已經成為一個習慣，成為一個習慣後，就很難去克服它。很多新的技術、工具，在古代看不到，可是對現代人而言，它把我們整個人都捲進去了，最後將發現自己已失去了自我而成為工具。這時候才發現要寡欲，要減損點巧用，人們才會感覺到這一點（靜名欲、棄巧用）很重要。

每一個時代的現象有所不同，《道德經》「崇本息末」這一條有先見之明，一看就看到現代世界。古代世界根本就不用講這些，因為古代世界八九十都是農民，三餐都不見得吃得飽，哪來的巧用跟寡欲？它能講的都是侯王，都是社會上的統治階層的人，他們才有辦法有各式各樣的巧用，好去喜歡各式各樣的東西。所以《道德經》可以說是遠視，一眼就看到我們現代那麼多普遍的巧用。到近、現代，人們才有那麼多奇巧的現象。具體舉例來說，現代裏最能夠影響人們生活的就是從電訊、影音，一直到手機、網路。除了睡覺之外，二十四小時全部都被侵佔了，更甚者，連睡眠都被侵蝕了。影響非常的大，這時若不稍微棄巧用、靜民欲，後果會越來越嚴重。

至於王弼所謂「敦樸之德不著，而名行之美顯尚，則修其所尚而望其譽，修其所道而冀其利。望譽冀利以勤其行，名彌美而誠愈外，利彌重而心愈競。父子兄弟，懷情失直，孝不任誠，慈不任實，蓋顯名行之所招也，患俗薄而名興行、崇仁義，愈致斯偽，況術之賤此者乎？故絕仁棄義以復孝慈，未渠弘也」，其實就是從東漢以來的毛病。東漢舉薦人才看的是什麼？就是靠德行、舉孝廉。孝子廉吏，有很多種科目，其中有一個叫作孝道。於是，當道德能用以獲取利益時，人會不會偽造道德？會啊。所以在東漢就出現很多的偽道德，他不孝，假裝孝。也正因此，世族就靠著對君忠，對內以孝治，這些忠孝已經異化，淪落為維護宗族利益、獲取朝廷利益的工具。這就是為什麼曹操會說，他要找的人才，是不忠不孝而有治國用兵之能者，並不是真的不要忠、不要孝，而是不要這些世家子弟，而是只要有治國用兵之能我就用，意思講明了就是不管出身背景，只講求能力。

不只是王弼的時代，甚至是一百年前，基本上社會是如此，識字人口少，因此他講的對象基本上是那些朝廷中的人，就像無欲不是對普通老百姓講的，是對在位者，在位者多欲的時候，一定多賦稅，民力會窮盡，強調的是一種簡樸的觀念。如果多欲的話，延伸出來就是政治的爭端。就這一點來講，老子跟王弼所說的話，在那個時代是用得上的、恰當的。但是轉換到不同時代，現代世界、二十世紀以後，那麼這些話就不一樣了，這些話針對的對象就不同。因為基本上要寡欲、要素樸、要無為，幾乎跟近代文明是相背的。在近代文明浸潤之下，這些話是針對個人來講的，每一個個人單獨面對這樣的文明時，容易走到迷失自己，一旦迷失了自己，就會陷入一種心理上的困境。所以不管是王弼的解說也好，或是《道德經》也好，談這些時要回到現代人的困境，才會產生實質的意義，個人在豐沛的物質中，能夠提升起來，不會陷入其中，當然我們今天大部分都是從宗教這條路去

走。但是從宗教這條路去走的時候，我們往往走到了像梁武帝式的宗教，梁武帝興佛寺，弘揚佛教，問達磨我這樣子做，為佛教做很多事，達磨說有沒有功德？沒有、沒有功德。為什麼沒有功德？這些好不好？都好。但要看他的層次在什麼地方，因為這些是外顯的，藉著一種財力，藉著宗教信念號招財力，然後藉財力去救助陷於困難的人，這個是好的。但他的好是屬於社會層面，對個人的內心有沒有影響，有的，但是是局部的，因為當涉入到社會層面的時候，人的社會有一個基本的現象，就是追逐，追逐的可能是一種宗教的美名，或者世俗認為的德行，結果還是掉進追逐裏，這就是達磨所說的沒有功德。因為在宗教裏更高層次的不是你的社會任務，宗教有社會任務沒有錯，社會任務是從它的宗教之心、它的精神流露出來的，如果在宗教之心、精神的根本之處沒有辦法進去，那只是思辨上面認為應該這樣子做，這個不穩固，隨時可能會倒，內心上仍然不得其安。所以對照到今天這個環境，《道德經》所講的許多事物，是用宗教來取代的。

社會組織的內在矛盾

上面大體是王弼在《老子指略》所講的意義，你思考一下，我在黑板上給大家畫的圖表，從人的欲望一直到最後產生的情緒的整個循環，要切斷的是什麼？是欲望過度這個部分，要增強的是什麼？是使用智力，無為、無欲而生的智慧，偏重點在這兩個方面。這大體是《老子指略》的意思。看一下我給大家的講義，有一個是講王弼的崇本息末，從上面看一下大綱，就可以知道，在整個程序上，第一個要先了解什麼叫作本，什麼叫作末？第二個就是理由，為什麼要崇本息末？接下來就是方法。然後當崇本息末的工夫到了之後，心裏就會一個往外、一個往內，往外你看到的世界就是崇本之下的萬物是怎麼回

事，然後再聚焦到人的世界，就是名教世界。在這個名教世界裏看到本性，然後因其自然，依循這些本性去處理名教世界中的問題，這些大抵上是發揮老子的想法。

比較值得注意的是當你在名教之中，他的自然本性到底是什麼樣的東西？這可分幾個層次。當一個人用虛靜心來觀照生命，就知道生死起滅，純是生命的一部分，讓生命盡天年是素樸的自然。其次，我們要知道世界萬物的本性，也就是物性，否則無法運用，這樣的物性叫作物理的自然。問題是，我盡其天年是素樸的自然，但基於人的立場，如何因循物性？以達到群生咸遂，使一切生命都能夠盡其天年，這可稱之人文的自然。依循物性為用，不可能靠一己之力，必須靠社會的組織，而分工跟權力是社會的本性。運用這個社會的本性，然後讓群生咸遂，就叫作社會自然。

所以自然可以分成幾個層次：素樸的自然，是人生命的內涵；物理的自然，是外在環境的世界；人文的自然，指人的理想，使群生咸遂；社會自然，是人達到理想的工具。所以人文自然必須透過物理的自然、社會的自然這兩項工具，才能夠實踐群生咸遂。一般情況來講，人因為資源有限，一定會有掠奪、鬥爭。所以，社會分工裏邊的掠奪跟鬥爭的本性都仍然是存在的，雖建立從風俗習慣到法律等各種規範，但是這些規範會變成什麼？會變成鬥爭的工具，被合理化、合法化，這就是規範的缺陷。規範本身要靠人來維繫功能，可是人心如果不管主動、被動，被迫陷入到掠奪和鬥爭裏，他的偏弊避免不掉。所以儒家在解決這個問題，從道德，從心性上面去提升。另外一方面是彰顯外在的道德規範。所以儒家有兩種道德，一種是自律的道德，叫作良知、良心；一種是他律的道德，叫作禮。那種心性修養，是人的基本欲望得到滿足後，才比較容易察覺，大部分的人都餓肚子了，還管他那麼多，所以儒家就特別強調這些在上位者的責任。這些上位

者的責任，是因為他們具有強大的能力去掠奪和鬥爭，也有辦法去制
定規範，故在上位者應該要有自我期許。所以儒家就從人心覺醒的積
極面，以及改朝換代的警惕面來講。

道家另有一套。人的組織裏最不具有掠奪和鬥爭特性者，是原生
家庭，即家族、宗族。既然說人要透過社會才能夠群生咸遂，但是又
受到資源有限會產生掠奪和競爭而無法實現，所以假如這樣一個社
會，它不具有掠奪和競爭的特性，是不是就可以實現人文自然的觀
念？這就是個小國寡民。因為小國寡民裏邊是極少數的人，以家庭為
主，古代農業社會很容易想見，在這種小國寡民裏，所謂「甘其食，
美其服，安其居」，因此各種高文明、高技術就發展不出來，因為人
口不夠多。人口不夠多，這些高技術就很難積累；但是沒有這些高技
術的工具，小國寡民裏的人是不是就會很困苦？不見得，「甘、美、
安」是他內心的感受，他覺得這樣很自在，不必吃得很好，但足以
維生。

當一個社會擴大之後，就會面對跟其他社會互相的衝突，還有自
身物質資源欠缺的衝突。和諧就會瓦解，變成必須掠奪，必須鬥爭。
所以人的處境很困難，像《道德經》的小國寡民，為什麼會瓦解，因
為別人來打、來搶，我就必須抵抗，只好擴大、聯合起來抵抗，如果
不這樣不行啊！其實這是人類社會的本性，傳統農業社會常有寨、
堡，什麼叫作寨、什麼叫作堡？常常以一個宗族為單位，像福建的土
樓，像客家人的集體遷徙，一個宗族遷徙在某地安定下來可能待上好
幾代，後來再往南遷徙，靠的都是集體的智慧。所以小國寡民，在古
代社會要撐得住，很困難，所以只好不斷的擴大。例如利比亞是部落
國家，它的結構、組成就是部落，大大小小的部落，其中有三個主要
的大部落，這有點像商周時代的八百諸侯，八百諸侯就是部落了，一
個部落也許幾百個人而已，是某一個姓氏。文字沒有記錄，久遠了，

原來都同一個祖先了，那沒有了記錄，或者語言可以通。所以這樣一個國家，受到周圍環境的逼迫，組織就必須變大。

《道德經》的小國寡民是個理想，在歷史上有其困難。小國寡民如果要避免受到其他社會掠奪的威脅，本身的人口規模與技術能力要夠。但是達到這樣規模的一個社會，常常內部本身就具有分工、鬥爭。分工跟權力是並在的，分工的結果一定造成金字塔形的組織；分工需要大家協調，而金字塔形是鼓勵大家往上，於是在所有這些平行的成員間就產生一種競爭。惡性的話就是鬥爭，良性的話就是合理的規範競爭。沒有合理的規範，甚至於用規範作為工具，那就是惡性的鬥爭。所以組織的內部，存在著一種基因，我稱之為自我毀滅的基因。因為內部又要合作，又要互相競爭，那不是矛盾嗎？這樣的一個組織，發展到一個階段的時候，配合上事件發展的原理，物極則反，接下來就瓦解掉了。所以古代常提到這樣的話，如《易經》的始壯咎，還有物極則反，或者話說天下大勢，合久必分，分久必合，有其原理。但是古代人並沒有講它的原因，我這個原因用組織結構來說明就很清楚。

亦即是說，組織結構具有一種矛盾性，有一種自我摧毀的因子在裏邊。當組織慢慢擴大，內部具有掠奪跟鬥爭的本性，問題仍然存在，所以就回到規範，不管習俗或法律，要怎麼樣讓規範不至於淪為掠奪和鬥爭的工具？還是回到儒家和道家兩個方式。儒家還是從道德方面著手，法家方面就偏重在較為剛性的法，它們是不同層次。現在就剩下要如何讓規範，什麼樣的規範不具有掠奪和鬥爭的功能，以便能實現人們的欲望，人的心態主要產生在哪裏？你要實現欲望當中有一個不確定、不安全感。因資源有限，所以產生安全感跟確定感是很重要的一個方法。有什麼工具可以讓人產生安全感跟確定感？能夠抑制人們的掠奪和鬥爭就是要公正，前面提到的社會自然，歷史上經常

提到法律的正義，正義論就是應運要求出來的。關係親密的時候可以用禮，包括風俗習慣；但是聚集擴大之後，人群之間可能根本不認識，它是納在組織裏邊，就必須依靠法。所以禮跟法，為什麼傳統上講法不入家門，因為家門是屬於關係親密，用法會傷情。但對不同背景、不同觀念，形形色色的陌生人，用禮就不行，力量不夠，必須用法。兩者是兩層濾網。一種公正的規範，法家是如此，儒家也是如此。

規範的公正性，要求消除內部的掠奪。這些的要求本身就是一種道德自覺，所以跟自利是衝突的。但是在社會中，自我欲望要能實現也必須透過群體分工，所以道德跟自利同時並存，這就是顧炎武提到利用道德作為一種工具，也利用自利作為一種動機，人們從道德的工具裏邊去創造利益，即顧炎武所謂「三代以下唯恐不好名」。資源分配同樣要有公正性，「不患寡，患不均」（《論語·季氏》），在現代就是貧富差距。這種規範的公正性可以分好多的層次，比如說政治的道德自覺、權力的均等、基本生活需求的資源均等、法治的均等，這些東西最後都仰賴道德的自覺。有些問題不在古人經驗，是我們今天才碰到的問題，它不在名教的範圍之內，如生態跟資源。

大體上這些東西，王弼都有點到，但是名教所要實現的曲折跟限制，他往往不太談，以其早逝，實務經驗不足，所以就不能發揮。如果王弼可以活到五十歲，就可以看得更仔細。以上大抵是王弼在發揮老子思想時的作用。

玄學對現代社會的意義，基本上有兩個觀念特別重要。一是因其自然。在處理事務時，我們因其自然，如果對象是物質的，就走到自然科學；如果是事物的，就走到社會科學。我們去分析事物客觀性的結構，或者形式上客觀的結構。這是因其自然。對人方面也是如此，了解人性，人的心理的傾向，這就是一種因其自然，這樣客觀性的了解，才能夠認知我們所面對的問題可不可以解決？可以解決到何種地

步？我們的解決不夠理想，不能要求他達到絕對的理想化，這就是因其自然，分析對象的結構，然後順著結構來運用。以媒體為例，我們分析媒體的結構，知道媒體是現代生活不可或缺的，是生活中的一個部分，有利也有弊，就迴避其弊而取其利，這就是因其自然的一例。

　　二則是虛靜工夫，這對我們現代人助益尤大。做到的話，對個人是受益無窮，那是一生的事情。這種虛靜的工夫，擴大可以通各式各樣的學說、宗教。因為這些不同的宗教，在其最高境界皆是談人的精神上的提升。而我們現代人最大的困擾就是在這裏，尤其越往後，這些困擾嚴重程度越厲害，全都是生命裏自然產生，如高齡化的問題，生命要能怡然自得是難上加難，唯一的辦法就是靠虛靜的工夫，這是《道德經》對於現代人的幫助。

第十四講
王弼與《周易略例》

《周易》的規則

　　今天跟大家講王弼的《周易略例》。《周易略例》本身存在著一些問題。這個問題就是規則的不一致。當我們使用規則的時候，一定要有一致性，若有例外，則不適當。我們首先來了解一下《周易》的規則：

　　用《周易》進行占問時，有三個焦點。一、經文的意義為何？二、於占問《周易》時，我要問的事情是發展中的哪一個階段，事態為何？三、後來的吉凶呈現為何？這是人們所最關心的。《周易》卦畫是純粹符號，經驗內容是後來賦予。卦辭與爻辭是先有，卦名是後起的，大部分的卦名都是從卦辭或爻辭中抽取一個關鍵性的辭彙，來代表該卦的事態。

　　基本上一個卦畫包含有三套意義，可以帶入不同的意義。第一是代表組織結構。第二是組織或個人的活動，活動要經過一個歷程，卦畫六爻可以代表時間的發展；結構則是代表一個組織的結構，往後的發展就是歷程。其三，就是最後要怎麼做，該採取什麼行動來跟環境互動。於是，一個卦畫要做三套意義的解析，再聚合起來。

　　春秋時代大抵都是取象，取象算是卜筮的傳統，由占筮者憑直覺於占得卦畫時，一個意象出現，可能是山、水、動物等形象，再把意象組合起來作一解釋，有點類似巫師。很多不同文化都有，早期部落社會遇到不懂的事情就請教巫師，巫師處於非常專一的狀態時，意識

呈現很多生活周邊的物象，就予以解釋說明。到了取象的時候，是把意象予以文字化、表面化，不再依靠巫師。從取象到爻位，根據初爻到上爻所居的位，代表理性的發展，即是從符號本身來測定，最後再進入到用〈彖〉、〈象〉，來決定該怎麼做。大部分都是從一個人的德行，此德行不是道德，是將性格、處理的態度、對人的態度與道德都包含著。但是這樣一個解釋系統，必須要有一致性，王弼就少了這一致性。以下將他的思想分成幾類，區分為不同的規則。

王弼《周易》思想的類別規則

第一類是談代表時間事件發展的過程與變化，相關討論見於〈明卦適變通爻〉。今人談到爻時，會加上一個名字，叫作爻性，這個是清朝以前沒有的。清朝以前有爻位，但沒有爻性的詞彙，是以陰陽直接稱呼。從王弼《周易略例‧明卦適變通爻》裏得出的一個規則，第一、六爻的爻位代表一個時間的過程，「卦者，時也；爻者，適時之變者也」，就是時變，初爻跟上爻是終始之象，是開端跟結尾。

這其實就是歷程。任何事情都有開始、結束，發展的過程則有不同的階段。《周易》背後的觀念是「物極則反」。人類活動最原初就是動力，從個人的欲望到使用的工具，通通都是動力。凡是力都會有衰竭的時候，當衰竭的時候，事件就過去了。先朝向鼎盛，最後衰落，是必然的規則，就是「物極則反」。

第二類是代表一個組織結構。人出生就處在一個組織中。在組織結構中，分為幾個項目，比如職位的功能、職位之間的關係。在職位的功能上，王弼講「辯位」，其中可區分為三條規則。第一，爻位代表組織結構內的職位。第二，王弼說「位者，列貴賤之地，待才用之宅也。爻者，守位分之任，應貴賤之序者也。位有尊卑，爻有陰

陽。」所以地位、職位有高下，而在那個位置上的人的特質、性格有陽、有陰，有剛、有柔，故「尊者，陽之所處；卑者，陰之所履也」。什麼原因？這是就社會結構而言。高位者必須負擔領導、防衛、對外攻擊、擴張的功能，換句話說，就是比較剛性的力量；比較低的位則是輔助、穩定，因此高位適合剛性。傳統上常跟性別結合，因為古代是農業社會的原因。近代工業發展以前，女性在分工上為主內，以育兒持家，在工作的範圍上受到束縛。而當近代的奶粉發明後，替代了母乳，除了母親可以親自哺乳外，他人亦可代為餵養，因此女性有了較自由的空間。男性則是負責對外，如種田、交易販售，成為主要收入來源，所以形成父系社會。此時，女性的工作職能則不需要讀書，因為跟主內的分工事務關聯度不高。

當社會轉變時，傳統的觀念仍然殘留，畢竟小孩子是由母親產下，自然而然會親近依附母親，至今依舊如此，儘管奶粉可以替代母乳，但仍無法使孩子的依附對象由母親轉為父親。因此、即使到了現代職業工作的分化很多元，女性可以外出工作，但還是受到相當的限制。應酬、加班、出差的工作，就需要待子女稍微年長時才能因應。隨著產業的轉變，到了現在，有許多的工作已經是女性的天下了，而工作也可以兼顧工作與育兒之間的平衡。在家務的觀念上，隨著一代一代轉變，兩性地位也已均等，逐漸轉變成兩性共同處理家務。如近來關於買屋的決定的統計，有六成多是由女性來決定。隨著社會的變化，一個家就不只是男性、女性，單親家庭也多了起來，這也是古代所未見，但是會隨著環境而變化。

此外，職位的功能用陽跟陰來表示，陽代表高的職位，是尊、是貴、是主，陰代表卑、是賤、是從，古代用這個辭彙有貶義，是不適當的。所謂的卑或賤，原本的意義並不是貶義，是表示分工，有人帶頭，有人幫忙，所以尊卑貴賤是一個分工的觀念。

第三類規則，是用奇數代表陽位，用偶數代表陰位，所以第三、第五為陽位，第二、第四為陰位，而初爻跟上爻則不記入。但這是不對的。因為這時六爻是代表組織，不是代表時間，既是組織，初爻、上爻同樣要納入。王弼混淆了不同的意義系統，主要也是因為受到〈小象〉、〈繫辭〉的影響，因為〈繫辭〉下傳第九章裏說二跟四是同功而異位，就是功能相同都是陰爻；三跟五是同功而異位，沒有提到初跟上。〈繫辭〉沒有提到初跟上，所以王弼也不敢違背〈繫辭〉，所以就沒有將初跟上納入。但就結構而言，初爻跟上爻是在結構體裏面的，應該要有其位置。因為中位，要靠四爻、上爻及初爻、三爻來決定，如果要講中位，又不將初爻、上爻計算入，就會混亂。談到組織內部的關係，把代表時間歷程的概念，納入代表組織結構的概念中，這是王弼遇到的問題。

於組織結構中，也會有垂直關係，所以稱為乘，〈明卦適變通爻〉有言。其規則是，「乘」代表高職位，奉承、繼承的「承」代表低職位；相鄰兩爻，在上代表高職位，在下代表低職位。其實這個很受書面上的影響，因為卦是畫在平面上的，古代人就是這樣子看。還有一種水平的關係，就是應位，應位是同志之象。第一個應位，第二個才是應爻，爻不一定相應，因為初、四，二、五，三、上，代表應位。應位是同志之象，表示二個職位之間的互動關係。這種互動關係，好不好是另外一回事，如果二個爻性相同，那就不好，因為不能互補；二個爻性不一樣，才能夠互補，所以陽爻跟陰爻才能夠相應；反之，陰爻跟陽爻相應。二個陰爻不能相應，二個陽爻也不能相應。

〈辯位〉還談到另一個規則，就是爻的陰陽，稱之爻性，代表特質。這樣的特質當然非常粗略，因為只有二個。從這種組織成員的一種特質裏邊，就是爻性，然後再看位置是不是得位，所以個人的特質適不適合置於此位，古人已有此觀念。所以他在〈辯位〉裏邊「象无

初上得位失位之文」，就有一個規則，即陽爻處在陽位，就是得位，或者說當位；陰爻處在陰位，也叫得位，也叫當位；陽爻處在陰位，或陰爻處在陽位，就是不當位，就是失位。其實，這個在春秋時代的占筮，就已經有的觀念。所以，不能說初爻、上爻沒有得位、失位。放在組織裏，當然也要包含初爻、上爻；不能把時間的觀念，帶到結構的觀念裏邊來，這前面已經談過。

而後就變成談組織成員之間的關係，同樣在〈明卦適變通爻〉裏得出的規則第十二跟第十三。相鄰兩爻之間的關係，上對下叫乘，下對上叫承，就產生順跟逆。陽爻在陰爻之上，就叫作順；如果陰爻在陽爻之上，就叫作逆。因為組織的特質具有主導，陰爻在陽爻之上，常常形成無法裁決、無法決定，就是優柔寡斷，這跟性別無關，但是在古代因為工作場所上、組織上都是男性，所以男性也有些很女性化的性格。

到規則十三的時候，就是說二爻跟五爻、三爻跟上爻，其陰陽爻性相反。應爻是指初、四，二、五，三、上，沒有「應」就是代表兩個爻性相同，代表彼此間能不能協調，用後來佛教傳入的觀念，就是有緣、無緣，用現代人的觀念就是氣場對不對。

接下來的部分是說，卦畫代表活動的一種環境，所以王弼〈明卦適變通爻〉說「卦者，時也；爻者，適時之變者也」，焦點就放在內外的出處之象。所謂的內外出處之象，就是六爻表示時勢的發展，表示一個六段，也可以縮減成為三段，只有形式上的意義。這個變化的過程可以濃縮，也可以長。其實，最基本的結構，很容易用三段來解釋。為什麼？「物極則反」就是三段——開始、巔峰、下來。三段裏邊也可以分成幾個小段，這些背後都有它的原理。如現代的產業發展階段，有的用三階段，有的用六階段。諾貝爾得獎者將產業發展分為六個階段，很顯然人們就是追溯歷史，從農、牧、漁，然後轉到工、

商，再轉上來就剩下服務。那服務業再下去會是什麼？很難推測，除非有新的發明。現在就是碰到問題，當然這是後人的事，或者到晚年才看得到。

對於內卦跟外卦，王弼也有其象徵意義。內卦表一個單元，外卦表另一個單元，一表靜處，一表可以活動，即出處進退之道。在裏邊用「內」來代表此時要少活動，要靜處；「出」的時後，大環境上適合時，可以好好發揮，大顯身手。王弼的解說中，可以歸結出一些規則。如事情要決定，要靠什麼來決定？王弼就用〈彖〉跟〈小象〉，其〈明象〉說「彖者，何也？統論一卦之體，明其所由之主者也」，整個〈彖〉辭來解釋整個事態，就總體來說，解釋這整個事態的時候，整個事態發展那麼多，怎麼知道現在處於哪裏？需要更精細些，所以用〈小象〉。〈小象〉是解說一個爻在整個事態結構歷程變遷中的意義，但是光有這兩個還不夠，因為最重要的是要知道現在處於什麼階段？所以春秋時代占筮一定要先確定六個爻哪一個是主爻，主爻的意思就是現在要面對的問題，但主爻要怎麼找？靠的就是占筮的方法找，所以後來的人不知道了，如南宋朱熹就研擬一套辦法來確定主爻。

因此，王弼在〈明象〉、《周易略例》皆如此說時，這種說法就出現了兩個問題。他認主爻的方式是對《道德經》解釋的一個觀念，就是「多以少為貴」，就是形上學本體論的一個概念，萬物最後會歸至所以轉折存在於最終的「一」。因此說〈彖〉是「統論一卦之體」，一卦之體一定要有一爻來擔任「主」。這就有二種情況，「一卦五陽而一陰，則一陰為之主矣；五陰而一陽，則一陽為之主矣」（〈明象〉）。

如果碰到二陽四陰、二陰四陽跟三陰三陽，這三種情況時，該怎麼辦？就延伸出第二個規則。以內卦跟外卦結合起來的意義，來作為代表主爻。這個從立規則的方式來講，並不妥，因為缺乏一致性，有很多的例外，這個解說就不適當。

其實立主爻，在占筮時候的人，以古代來說叫作鬼謀，意思就是很神祕的，用數學來說就是一個或然率。會碰到什麼？不知道，就叫作鬼謀。人謀，就是人的理性思辨所能夠達到的。最後就是談到吉凶的問題，凶也分幾種情形。如常有「無咎」的用語，「無咎」雖不至於凶的程度，但是讓人不舒服。若預防得法，就不會陷入錯誤。至於「無咎，吉」，是先免於咎，然後吉就跟著來了，就是處理得宜。也可以指說自己招來的罪過，不必去怪別人。所以這個辭彙很有彈性。以上基本上是王弼在解釋《周易》上的問題，實際上是解釋《周易》的規則，就是說我要藉《周易》來認識人事吉凶的時候，有這一套規則，他是寫在《周易略例》裏，除了〈明象〉這一篇以外，其他都明確的寫在這邊。所以我把它整理出來，成為一個的系統規則，這樣來看就很清楚了。

《周易》的侷限與超越

在王弼之前，春秋時代直到漢代，都用了這樣的系統規則，只不過有時候混雜了「取象」。因為一取象，就會碰到一個困難，就是「象」要足夠多，單一個象不好，有時意義模糊，就好像畫一張圖，這張圖所要表達的意思可能不清楚。要有兩個象，或者三個、四個、五個，更多的象，那就是爻變，會牽扯越來愈多。那要扯到什麼時候為止？最後會變成如同陳澧的反切系聯，將六十四個卦全部貫通起來。因為爻變會互相一致互通，通到無窮無盡。因此用取象，確實會有這樣的缺陷。所以王弼在這個地方，新立這個規則，實際上用途不大，這個東西基本上不要說到王弼，到朱熹，乃至於到現代，要從《周易》因為占筮然後得到一個結果，其實在戰國時代已經講了，儒家說善《易》者不占。因為人事是可以用理性去探索得知的，剩下的

只有「寄存」於天，因為人不是全知全能的。所以最後才會有關如何超越吉凶？用什麼來超越？用德行。王弼自己也承認，所以於〈明爻通變〉說：「爻者，何也？言乎變者也。變者何也？情偽之所為也」。情偽就是真假，統合的講，所有的人所作的事情，其實況匯集起來就產生變化，所以「情偽之動，非數之所求也」，用現代的話來講，就是變數太多，往往不是能夠預先用數，即卦爻的變化可以推測的，如問兩岸關係以後會如何？這是「情偽之動，非數之所求也」，中間有任何一個小變化，人們只能用理性盡量的往好的方向去走，但是有時候很難防止突然的一個變化。所以這種情況，大抵上是要歸結到要超越這一點。

第十五講
郭象生平概略

郭象與《莊子注》

　　郭象生平詳見《晉書》列傳第九十一，記載雖然簡短，但比起王弼還好些，至少享年五十九歲。郭象生於魏末（西元 254 年）齊王芳結束那一年，同年換高貴鄉公，同年又換，之後約七歲時就改朝換代為晉元帝，隔年八歲蜀漢也結束了。約十二歲時，晉武帝即位。西元二八〇年時，郭象年約貳十七歲。西元二九〇年郭象年三十七時晉惠帝即位，三一二年時郭象年五十九病歿，隔年晉惠帝遭俘至北方。人類創造第二自然，也就是文明時，有很多條件是無法配合的，條件有些是人的主觀價值觀，也就是這樣子一生了。郭象一生，大抵如此。政治的轉換是很快的，郭象歷經了魏、晉，之後蜀漢、孫吳被晉所滅，此時郭象年約三十歲，之後晉惠帝也是有八王之亂，郭象一生可以說都是處於亂世。

　　史傳中關於郭象的記載篇幅不多。《晉書・郭象》：「郭象，字子玄，少有才理，好《老》、《莊》，能清言。」可以看到，郭象是士人出身，不是農民出身，「太尉王衍每云：『聽象語，如懸河瀉水，注而不竭。』」魏晉時代的人說話比較清遠、玄遠，這是當時大致上的情況，如從漢代的角度來看，就是不切實際。「州郡辟召，不就」。為什麼郭象不奉召呢？這是個人的選擇，有時處於亂世，就記住孔子所說「危邦不入，亂邦不居」，不好的環境，就不要去。在這樣一個大時代裏，如果好名、好權，能不能全身而退，就不得而知了。郭象還不

錯，「常閒居，以文論自娛」，經常寫文章、寫議論，能夠閒居，就代表家境不錯。「後辟司徒掾」，就是當高官司徒的從屬吏，等於是文書、秘書人員，「稍至黃門侍郎」，就是在宮廷中，類似總統府中的職員，都是處理文書工作。「東海王越引為太傅主簿，甚見親委，遂任職當權，熏灼內外，由是素論去之」，受到東海王司馬越，用為其子的老師、即太傅身旁的文職秘書人員，深得倚重，很多事情裁決都會諮詢他，其權力影響涉及內外，於是就受到士人之間的貶議，認為他不夠清高。「永嘉末病卒，著〈碑論〉十二篇」，由於《晉書》很多都是源自《世說新語》，所以不要將《晉書》看得太過確實，也就是說，其人其事或許有之，但不一定完全正確。如同看小說、稗官野史一樣，從事提升到理，懂得那個事理在人間可能會發生的，懂得理就可以運用在生活上。

「先是，注《莊子》者數十家，莫能究其旨統」，在郭象之前，注解《莊子》的有幾十家，但皆不佳，這有點言過其詞，而「向秀於舊注外而為解義（新的意思解釋），妙演奇致，大暢玄風，惟〈秋水〉、〈至樂〉二篇未竟而秀卒。秀子幼，其義零落（沒有收集成冊，而流散出去），然頗有別本遷流。象為人行薄，以秀義不傳於世，遂竊以為己注，乃自注〈秋水〉、〈至樂〉二篇，又易〈馬蹄〉一篇，其餘眾篇或點定文句而已（順通字句）。其後秀義別本出，故今有向、郭二《莊》，其義一也」，這也是《世說新語》裏的講法，我們姑且當作有這一回事，這就是郭象生平跟該時代的大要。

我們今天也無法清楚明確的分辨何為向秀注？何為郭象注？也不必硬去這樣分，就是去看注釋的內容，對《莊子》的注釋大抵如何，這樣即可。政治上的離合是擋不住的，從個人跟廣大群眾的生活角度來看，還是切中現實生活的文化、經濟領域。

〈郭象傳〉的描述有點矛盾，如先說郭象清閒，而後又說好權，

前後就有了矛盾。從郭象的注解中，看不到這些，因為注解是跟著《莊子》來寫的。郭象五十九年的歲月裏，變動比較大的就是魏晉之際，但他當時年紀還太小。要對政治有較深切感受，要待其年紀更大些，也就是晉武帝死時，那時郭象二十七至三十幾也已成名了。其實就郭象而言，真正感受大時，要在四十多歲以後，也就是永嘉西晉末期的八王之亂時；八王之亂不是突然產生的，而是醞釀很久，當時晉的諸侯王各自佔山為王，都不聽中央，西晉權力的控制就不牢靠，內部動盪，權力起爭端，政治就處於高度不穩定狀態。郭象在那個環境裏，感受就比較深切了。但是要談郭象政治關懷的變化轉折，有其困難。

　　關於魏晉玄學的相關研究，經歸納整理，大抵可以分為幾類。其中或涉及玄學的發生背景，也包含郭象個性跟學說之間的關係。這裏唯一的資料就是〈郭象傳〉，但史傳描述相當有限，前後又有點矛盾，所以要談郭象思想與背景關係，有其困難。其次，或涉及對當時君主專制的弊端跟解決方法的相關討論。但要注意的是，這樣的說法有其盲點。因為郭象的時代，不會想到君主專制的弊端，今天會講到君主專制的弊端，是因為有民主來作為對比。必須有另外一套思想來作對比，如清末民初，從海外、特別是從日本，間接的吸收到歐洲人新興的民主，才會作為對比。所以要討論郭象關於君主專制的弊端，其實在他之前的傳統裏已經有了，戰國時不管儒家、道家、墨家、法家，都會有討論到諸侯君本身有哪些缺點會導致諸侯國的衰亡，這些都討論過了。所以要介紹郭象對於這些問題的探討，是要放到這些架構來探討，嚴格來說，「專制」這個辭彙是指制度，但是該時代就只有這一個制度，根本無從選擇，怎麼樣也想像不出另外一個如民主的制度。所以應該是說，對於古代不管是從宗法、封建，乃至於秦的帝制，這種制度談不上什麼弊端。制度於古代就是這樣的設計，三公、

九卿等等，相當於現代的各部會。真正要有弊端，都是針對人，也就是國君之德。所以這個單元，就需要注意一些。

士人處於郭象的環境中，衍生出的另外一個主題是理想人生境界的嚮往跟工夫論。這種理想人生境界的嚮往跟工夫論，用在傳統的話，就是「仕」與「隱」。「仕」與「隱」兩者是衝突的，衝突的程度則要看在什麼時代。這種論題在傳統社會裏，很早就開始談了，第一個身分的問題，這些人身分是平民，不屬於王室、宗室，只是一般的士人，理想與現實衝突時要不要有一個選擇？這種問題，從孔子時代，等於說從春秋末期就存在，一路下來至少到清朝，到現代就更多了。現代與傳統最大的差別在哪裏？傳統的資源主要在政府官僚體系，因為民間生產力很低，只有農業、基本手工業跟少數的商業，再納稅到官府，資源在官府，人才就往該處走；現代社會就不一樣了，官僚體系的資源一樣是靠稅收，但是因為技術的進步、經濟的活絡，所以大部分的資源已經在民間，以各種企業為標竿。

其他討論的幾個論題，如名教跟自然是最普遍的。而講性、講命、講氣，都是屬於傳統辭彙中人性裏的主觀條件，基本上是生命中的特質。爾後講動、靜，理，生死觀，到道跟有、無，就往上走。會特別談自生論，是因為郭象的自生論不通，混淆了問題。後邊談知、無知，材、不材、無為等工夫。至於莊子的內聖外王之道、安身立命之道，其實安身立命就是內聖，至於莊子有沒有講外王，沒有，雖然《莊子》篇名中有〈應帝王〉。所謂的〈應帝王〉中的「帝王」，用玄學的話來說就是名教世界，就是我們面對的文明世界，文明世界本身有一股龐大力量，用傳統的話來說，就是「帝王」。而郭象所說的獨化無待，獨化實際上是一種工夫，跟自生說混淆了。郭象也常使用玄冥、跡、冥等詞彙。

談到郭象注解《莊子》的方法，因為談玄學的時候，喜歡談玄學

的一個方法，由於現代的知識背景受到西方學術的影響，所以喜歡談方法。但要注意，方法（Method）與方法論、方法學（Methodology）是不一樣的。方法是具體的方法，方法論是在檢討方法，對方法做一個評論。其實，此時講一個方法，或討論一個問題的方式不同，以玄學時代的背景來看，跟前面學術風氣最大的差異就是經注、注釋，漢代的知識大都是寄託在注釋裏，循著經文而來。魏晉玄學則是要發揮大義，漢代的經學並非沒有大義，但是在內容上，因為魏晉玄學主要的對象是《易》、《老子》、《莊子》，方法重視的是學道的工夫，跟漢代經學的重點偏重在外王的致仕，而不是修己。該時代的風尚跟注目的焦點不同，以儒家來說，《大學》、《中庸》在漢代人並不是很重視，《論語》、《孟子》漢代人也不會很看重，漢代人承襲下來最看重的就是六藝，六藝中後來所稱的五經，是因為樂沒有了文字，因此濃縮成像漢武帝時獨尊儒術用的五經。此處須注意，經學跟儒學是有區隔的，漢代人在行文的習慣中，經學跟儒學是有差異的。儒家的思想、儒學，只是因為多數人在表達思想時，是借重五經來表達思想，所以看起來好像是同步組合起來。

來自時代的憂慮感

在魏晉時代，何以特重言意之辨？這是因為對於名教與自然有特別的感受。所謂「魏晉之際，名士多故」，屬於名教圈子的人特別有其感受，如果是該時代的農夫，則根本不知道何謂名教。在那個圈子內，目睹各種政治手段，擔心觸怒當時的忌諱而遭逢不測，因此有了危機感。而不同的時代，對於名教的感受，自然亦有其差異性。魏晉玄學時代的人，其危機意識有些來自政治，有些則不是來自政治，其感觸就不一樣。如以曹丕為例，於政治上，曹丕的地位誰能威脅到

他？但他是否仍有危機感？若有，危機感又來自於哪裏？由於周邊的人一個個年紀輕輕的就逝世了，東漢末期到三國，流行疾病盛行，很多部隊都是因為疾病而死，而只好撤退。如曹植的文章，有載錄所經過的村落城鎮，人口皆因疾病關係而所剩無幾。關於疾病流行的情況，可以在正史中的〈五行志〉看到相關記錄，〈五行志〉中記錄很多類別，傳統農業社會中，除了人的疾病，家禽、家畜的疾病也會記載。如今日的魚群迷航衝撞海岸、某處發生海嘯、月亮過靠近地球而引起災難，這些在傳統上皆記錄在〈五行志〉。所以看曹丕於〈與吳質書〉中「昔年疾疫，親故多離其災，徐陳應劉，一時俱逝，痛可言邪」，雖然曹丕地位較為尊貴，他們都是下屬，但皆屬同輩（同年齡層），且皆年紀輕輕就都病死，自然對於心理上造成一種威脅，形成危機感。曹丕自己也只活三十九歲，《三國志‧魏書‧文帝丕傳》提到曹丕問相師關於壽命的事情，「是時有高元呂者，善相人，乃呼問之，對曰：『其貴乃不可言。』問：『壽幾何？』元呂曰：『其壽，至四十當有小苦，過是無憂也。』」所以不同的時代，有不同的危機感，在魏晉時代對於名教有強烈的感受，在有著禁忌、不自由的年代，就會有同情的理解。

　　不同的時代，有不同的危機；不同的危機，就會有不同的問題要克服。我們討論郭象，還是按照講《道德經》的方式來提問。即：問題在哪裏？問題的原因是什麼？問題現象的描述，問題怎麼解決？基本上抓住這幾個，不管面對人的問題、事的問題、物的問題，大致上就非常有條理、非常有邏輯，且非常的切中要點。不要牽涉太多而迷失在叢林裏面，抓不住問題的根本。這個也適用在實際的生活面，一看就知道問題在哪裏，現象描述出來後，是好還是壞，是好中有壞，還是壞中有好，裏面的利弊得失如何？然後追溯其原因，提出解決的方法，非常簡明俐落。有些問題是沒有辦法解決的，怎麼辦？擱著、

放在那邊，條件還不成熟的時候，就認識它，然後放著；等到條件成熟時，再去解決。不要條件不成熟，還是硬要去解決，那只是自尋煩惱，費力多，而問題又解決不了。這在《周易》叫作「噬嗑」，「噬嗑」的意思是咬東西，肉太硬了，咬不動就傷到牙齒，所以要先將肉燉爛，能入口即化，古代以飲食作比喻確實很有意義。事情條件成熟了，根本不費吹灰之力，輕輕吹一口氣就成了。就像樹葉一樣，將落時，根本無須去搖樹幹，風輕輕一吹，葉子就飄了下來，這就是《道德經》裏的「因其自然」。所謂「因其自然」，如果對事，就是順著勢，其推理；對人就因其性，其特質。所以此時，「因其自然」是最高原則。但是真正難的是往下要作具體研究，了解其特性，這個就要知識，古代有古代的知識，到現代就要借重很多現代的知識，順其性。

　　郭象在注解的時候，用了若干的辭彙，能夠將其安放在適當的位置，自然就沒問題，一看，就了然了，可看發給各位的「郭象注解〈逍遙遊〉術語系聯」。郭象對於人的描述，〈逍遙遊〉裏常用「羨欲」，就是欲望，羨只是形容詞，就是人們對於欲望對象有種欣羨，也用另外一個辭彙「性命」、「性分」，有時候用「己（幾）」，其實都是講人的一個有限性。有時候，對於包括人的所有一切，用「天地」、用「萬物」、用「物」。這些描述，用現代的語詞來說，就是人的存在條件。人的存在條件，依郭象所言，從人的「執」方面而言，其肉體、生命有一種侷限，但是同時又有一個最基本的欲求，於是就造成一個困境。郭象常用「勝負」、「勝負存於心」，或者「措心」，來描述這種困境，也就是人的內心欲望的一種現象；有時候用「有為」，有時候用「不安」、用「悲（卑）」、用「困」等等，就從幾個辭彙的概念，跳到《道德經》關於人的困境，馬上就清楚了，就能明白郭象講的東西很單純。

　　生命的現象是什麼？分析言之，生命就是欲望。欲望的特性就是

永遠要有個對象，隨著生活的每個剎那，不斷往生命裏頭走，一個剎那之間可以同時有好多個欲望對象。有時候看起來欲望似乎停止了，實際上欲望並沒有停止，而是下到潛意識中，比如說睡眠時，會以為沒有欲望，但是腦部還是運轉。所以真正的癥結，叫作欲望的顯現。欲望顯現於念頭，就是意識，一念一剎那，這種念頭有的很細，有的很粗。在生活中，一邊是所有的念頭不斷的流動，另一邊同時有很多的行動，如說話、做事情，去爭取。欲望的終端會顯現出比較明顯的對象，就是追求的對象，就像車子會一直走而停不下來，而成為一種慣性，所以人為什麼怕寂寞？為什麼那麼孤獨？因為寂寞、孤獨的時候，欲望還是要走，但是不能沒有對象，所以人很怕寂寞、孤獨。這樣的一個現象，就成為一種慣性。在這個過程中，因為跟對象互動的關係，就產生各式各樣的情緒，喜、怒、哀、樂、愛、惡、懼，所有這些情緒的來源在哪裏？在佛教的分析就是八苦。人要的就是這些東西，歸結起來，不論上至帝王，下到販夫走卒，要的通通在這裏面，各式各樣的情緒、情感。情緒是本能反應，情感是經過內思，甚至於再上升成為藝術，藝術還是在很細膩的情感中，卻已成為轉換的關鍵，從情感上升到藝術已經有學道的味道，透過藝術回觀整個生命，非常像學道的一個懺悔。凌空而觀，看得很清楚，而自身卻又是在被看的裏邊，由此而產生一個懺悔。在這樣的過程裏，郭象談到「措心」，心裏不安，始終要找個對象，心沒有一個對象的時候，會突然空掉，就等於說生命在情境當中，突然茫茫然，不曉得該怎麼辦？慣性一定要有對象，沒有對象就會慌了手腳，不曉得該怎麼辦？最原始的欲望，在跟對象互動時，基本上有二種心態，一種是佔有，一種是好勝。可是生命總是會遇到沒事做時，古代人是沒工作，現代人就是退休，這點現代人的感受比較深切，可是又不知道該如何處理？所以欲望就突然空茫，空茫時就反映到很多情緒上而波及周遭。這是生命

沒有出口時的反應，跟知識無關，是修養的問題。一般人就是向外尋求活動，以為填補，如參加各種社團、旅遊，可是填補終究不是辦法，還是會不安，直至如同電池沒電時，也就是生命耗竭的時候。

郭象在注解《莊子》，就是用這些辭彙，只是沒有講得那麼仔細，因為他對應的還不是一個個體生命，而是如名教的問題，一個人要如何才能適性逍遙？要適性逍遙，就要有一種工夫，所以工夫的用語就很多。比如說一個人要自得、要足性，才能夠逍遙，要能夠無為、順物、自勝，要自當、自然、齊生死，要玄同，要無待，要冥而混同，沒有區隔，而不是跡而痕跡、有區隔的這些工夫。問題是郭象也只能提到該當如此，如問郭象要如何才能適性？才能順物？如何才能齊死生？郭象也沒有提到。若問王弼，王弼也只是從知識上去推論，其實背後都是在談一種無執，沒有執著。可是怎麼樣子才能沒有執著，那真的就不是空言所能，一定要透過工夫去實踐。儒家有儒家的工夫，道家有道家的工夫，但皆失之粗糙，欠缺詳細的工夫歷程，這時就可以採用宗教裏的工夫來補足。工夫就是一層層去做，最後能夠怡然自得、能夠心安，就是莊子所說的「逍遙」，郭象所稱的「適性」。他們討論的問題，是古今人都不能避免的，只不過不同的時代會有不同的面對方式。基本上，就是要讓自己怡然自得；但要如何做到此點，才是困難所在。

關於郭象的「自生」跟「獨化」，學者在討論時，一般不會看出其「自生」說有問題，因為郭象把存有論跟工夫論混淆了。下次再看這個問題。

第十六講
郭象之「堯讓天下於許由」辨正

小大之辨與性分之適

　　在郭象對〈逍遙遊〉的注解裏，有幾個重要概念。對人的方面，常常強調的有：命、性命、性分、理有至極、自然……等概念。對這些概念，學者討論所用的辭彙則有：跡、理、動靜、氣、命……等。簡單來說，這些辭彙講的就是人的生存限制。魏晉玄學喜歡用跡跟冥相對，跡，就是顯現出來的現象；冥，則是化解掉這個現象。這些辭彙用現代的觀念來講，涉及到的第一是身體，第二是所處的環境，包括社會環境（現代當然包含自然環境的議題）。進一步，就是在社會環境裏要怎麼生存，而生存也受到許多的限制，於是產生困境。〈逍遙遊〉講北冥的鯤和鵬，只說小大之辯，其中最重要的意思就是價值觀。鵬飛過去，蜩與學鳩看牠，覺得何必飛那麼遠呢？我們在這兩棵樹間飛來飛去，已經很高興了。鵬鳥飛到南冥，是因為鵬鳥體大，所以郭象的注解是大的就在大的地方，小的就在小的地方，其意是「各因其性」。

　　〈逍遙遊〉還提到了一個概念，就是羨欲、欣羨。人有欲望，則有羨慕嚮往。在用詞上，學者或者用名教，但郭象所用的則是勝負、措心、有為、自任、困（陷於其中）、悲（情緒的不穩、不安）等，這些都是心境上的困境。這些辭彙都表達了郭象對人的現象的描述。在化解這些困境的工夫，郭象則用的是自得、足性、無為、順物、自生、適性、至大、自然、齊死生、玄同、無待……等。

這些辭彙，無論是自得、順物也好，或者齊死生、玄同也好，實際上就是說，人對欲望要能因乎自然。但其中涵義並不是要我們跟外在事物的互動中，什麼都退縮、順著外面，好像變成逆來順受一樣。而是在曲折的生活過程中，能無所執著，不沾黏、不繫縛，但是光這一點就很難。若問怎麼樣子不執著？沒辦法說得上來。這種不執著的工夫，老子會講得比較精簡，莊子就較閃爍，用故事、寓言散開來講。

〈逍遙遊〉一開始講北冥的鯤和鵬，意謂著小大之辨。郭象所謂「小大雖殊」指斥鷃、學鳩與鯤、鵬，乃至〈逍遙遊〉一篇所舉一切大小之物。舉以喻人，則指個人的才性德操。個人所以不能逍遙，是因為在才性德操之間較量勝負。在才性德操之間較量勝負不僅使個人不得逍遙，也使事物不得任其性、稱其能。

但是，「事物」是指什麼？

個人的才性德操發之於外，顯於事功，以魏晉言語名之，就是「名教」。由於個人之間的才性德操有勝負高下，於是以己為是，而操控外物，操控人、事，可能導致人不得其安，事不得其理，自身也困於其中，而使物、我皆不當其分。這就是事物不能任其性、稱其能，而物、我皆不能當其分的原因。

如此思路，近於老子的「有為」之說，即「為者敗之」，與莊子偏重個人逍遙者不同。依郭象思路，若要逍遙，必須「放於自得之場」。易言之，人在「場」中往往不能自得，那是因為在個人之間的才性德操較量勝負。所以要「放於自得之場」，就必須泯除個人之間才性德操的勝負較量。然而如何才能泯除？這個工夫的論題，郭象在他處注解以「冥」、「玄同彼我」等說法解之。

「無為」是工夫，「自得」、「逍遙遊放」是境界。但是「無為」工夫從何入手？如何是「無為」工夫之境？郭象以為「明性分之適」。「性分」是東漢以來的才性論觀念，「明性分之適」預設了個人

的才性不同，也預設了一般人時常不明其「性分之適」，而導致物、我皆不得任其性、稱其能。所以郭象提出「明性分之適」作為逍遙自得的工夫、方法。

才性雖然是先天的，但是後天的學習和環境影響會程度不等的改變先天的性分，那麼人如何恰如其分的了解自己的性分？再者，人的言行外發的動力是欲望和意志，才性屬於智力和性格，是被欲望和意志引導而對外物作勝負的價值判斷。因此，「明性分之適」不是探本之論，試提一問「如何明性分之適」即可知之。欲明性分之適仍須從欲望這個根源入手。

正因魏晉玄學有才性論此一論題，當其目標在聖人時，自然從才性的角度思考，而質疑是否須有成為聖人的才性，於是衍生「聖人可不可學」的問題。其實，這是個假問題。聖人圓備，超乎秉賦的才性。易言之，才性正是成為聖人所須超越的人性，而不是成為聖人的條件。

莊子本節所敘，窮極小大，旨在說明價值判斷是逍遙的障礙。而價值判斷預設知識，知識預設欲望。知識是欲望的工具，價值判斷則提供欲望選擇的標的。而郭象自才性殊異之較量說明價值判斷，亦合莊生之旨，能隨世變而巧為說解。但是「足於性分之內」的工夫入手處不在性分，而在欲望。用現代語言簡單來說，這工夫就是「知足」，知足就能常樂。但什麼地步才算「足」呢？怎麼知道需要多少才夠？最起碼要吃得飽、穿得暖、有住所，這是最基本的。可是，生活條件還是有好壞高下之別。再者，一個社會是發展的，總不能說我知足了，所以什麼都不做，賺錢剛好夠用就好，其他的就不去做了，這跟社會現象相違背。所以郭象的「足性」，語意實在未足完整。一旦落到現實生活，所謂的「足性」就會避開轉變，因為在那個過程中根本無法確定多少才是「性分」之內，才算「足性」。於是所謂的足

性就要轉過來，變成無論何時、何處，都能自足，窮達皆能安，這就叫作足性。

但是，如何才能做到窮亦足性、富亦足性？尤其，由窮而達還好些，但要從達到窮，會受不了啊，因為人有慣性。所以這個問題又會逼入更深一層，當要窮達都能足性時，要怎麼做到？換成老子，就說自然。因其自然，若能順其本性，順客觀之勢，主客觀不易形成阻礙；反之，主客觀必然有許多扞格處。所以庖丁解牛後來所說的，其義在此。但是在真實世界中，人們是不是常常都能因其自然？大多數都不行，所以就有挫折，傷痕累累了。

《莊子・逍遙遊》「堯讓天下於許由」之原意

底下我們看「堯讓天下於許由」這部分。

〈逍遙遊〉講堯讓天下於許由，而許由不接受，從這文辭的表面上，看起來許由比堯的境界更高，但郭象注以為：「治之由乎不治，為之出乎無為也，取於堯而足，豈借之許由哉！」果依此言，則以許由為贅餘，悖莊生意。原其所由，非刻意詭反，特借莊生之言以申其說耳。《莊子・逍遙遊》云：

> 堯讓天下於許由，曰：「日月出矣而爝火不息，其於光也，不亦難乎！時雨降矣，而猶浸灌，其於澤也，不亦勞乎！夫子立而天下治，而我猶尸之，吾自視缺然，請致天下。」許由曰：「子治天下，天下既已治也，而我猶代子，吾將為名乎？名者，實之賓也，吾將為賓（實）乎？鷦鷯巢於深林，不過一枝；偃鼠飲河，不過滿腹，歸休乎！君，予無所用天下為。庖人雖不治庖，尸祝不越樽俎而代之矣！」

首先，堯是什麼樣的人？儒者以為古聖王也。莊生亦知儒者以堯為古聖王也。既是聖王，聖王豈欺人哉？因此，堯要把天下交給許由，理當出自真心。古聖王豈以天下為戲哉！既出乎真心，則堯必認為許由的境界較之為高，所以才要把天下讓給許由。但另一方面，堯之致天下於許由，有無可能只是虛辭，說假話表示謙虛？當然不會。若堯請致天下於許由非發乎真心，出於真意，本諸深衷，則堯不成其為堯矣。所以，堯以聖王之德，並致天下於許由，則許由的境界，確有高於聖王之處。但，許由的境界究竟高在何處？

這個問題莊子並未明答，而是用文學式的表達虛說。回到〈逍遙遊〉本文，「日月出矣而爝火不息，其於光也，不亦難乎！時雨降矣而猶浸灌，其於澤也，不亦勞乎！夫子立而天下治，而我猶尸之，吾自視缺然。請致天下」。堯覺得自己很慚愧，覺得自己不足。許由則說：「子治天下，天下既已治也。而我猶代子，吾將為名乎？名者，實之賓也，吾將為賓乎？」就名而言，我不需要這國君之名。就實而言，你已經治理好了，我沒有必要替代你。「鷦鷯巢於深林，不過一枝；偃鼠飲河，不過滿腹。歸休乎君，予無所用天下為！庖人雖不治庖，尸祝不越樽俎而代之矣」，你管你的事，我管我的事。許由說堯已經做好了，我根本不用管你，我管我自己。「鷦鷯巢於深林，不過一枝；偃鼠飲河，不過滿腹」，比喻誰呢？當然是許由自己，自身要的很有限，要那麼多幹什麼？所以，如果許由接受堯之位，充其量跟堯一樣，所以許由不接受堯之位。但為什麼許由不接受堯之位，就出於堯之上？這是關鍵所在。

從先秦文獻來看，堯有聖王之稱。為什麼？因為堯有仁義，以民為心。以《荀子》的觀念來看，當仁義要彰顯於天下的時候，要靠什麼？非禮莫能為之。從禮到法，非有客觀規範不可。禮是「養民之欲」，讓人的生活得到安定、得到滿足。問題是人心不可能滿足，因

為會相持而長（《荀子‧禮論》），跟自己所創造出來的物，也就是技術相持而長。既然不能滿足，最後演變的結果一定會違犯這個禮，鑽漏洞。既然要彰顯仁義，當然不容許漏洞產生，有人要鑽漏洞，就一定會嚴刑峻法，大家怕嚴刑峻法就不敢鑽漏洞，表面上看起來就安定了。從這個過程來看，堯要成為聖，一定要靠嚴刑峻法，所以是以嚴刑峻法曲成仁義之德。那用嚴刑峻法曲成仁義之德有一些陷阱，西方稱之為「異化」。什麼原因？因為仁義要表現出仁愛，而刑罰是傷人的。如果要表現仁愛，就不能傷人；要傷人，就沒有辦法表現仁愛。這是矛盾，這是其缺陷。

這個東西講起來簡單，但卻是從古到今共有的問題。這個問題，大至國家，小至家庭、學校都會出現。例如能不能體罰？不能。為什麼不能？因為愛心。但要維繫團體的和諧與秩序，實有兩難。對於一個惡行不斷、屢屢傷人者，能夠不施懲罰，只用仁義嗎？同樣的情形，在宗教裏亦是如此。宗教最強調慈悲愛心，可是一個人違犯了誡律，要不要懲罰？所以宗教也會顯現出兩面，既有菩薩低眉，也有金剛怒目。人的行為總有不適當的時候，不可能完美無過失。但如透過懲罰而加以改變，若懲罰過重，則反而有死傷。甚至在懲罰的過程當中，懲罰者為了滿足自己權力的欲望，正義反成病態。歷史上這樣的例子不勝枚舉，例如從柏拉圖起，後來黑格爾、到馬克思等，思想雖是絕對的理想主義，落實下來卻往往非常殘暴而異化了。

許由看到的是堯的仁愛，必須靠嚴刑峻法，才能曲成仁義之德。但是藉著嚴刑峻法曲成仁義之德時，就陷入兩難的困境，兩難之間，如何拿捏折中，甚為不易。所以別看這麼一小段話，其實是古今中外一個共有的問題，從政治主張，教育理念、宗教信仰，或是處理個人的生活瑣事。如處理自己的房子也如此，過度的乾淨、潔癖，是自尋煩惱，在組織裏也是如此。所以人的世界中，不可能取完美主義。所

以當以嚴刑峻法曲成仁義之德時，這個組織並不好、並不愉快。一個組織中，總是有些比較弱的，甚至還有些比較壞的。那可不可能全部都剷除掉？不可能。稍微弱的、甚至壞的，只要控制在，不起太大的作用，就讓他生存。強調優生品種是錯誤的，不符合人的世界的常態。

　　許由很了解堯一定要靠嚴刑峻法曲成仁義之德，然後才能夠天下大治。如果許由接受堯的位置，是要君位？還是要掌握實權？是要名？還是要實？如果有這個君位，而沒有這個實權，不能掌握刑罰，根本不可能像堯一樣用權力來治天下。最後走到那個位置，一定得靠刑罰，就要懲罰人。為了實，接受了堯的位，也做了堯的事情，最後要靠傷害別人來表現愛心。這就是許由為什麼不為名，也不為實，接了那個位，就得做那些事情，這就是許由的理由。

三、「堯讓天下於許由」之郭象解

　　郭象乃反莊生之意云：

> 夫能令天下治，不治天下者也。故堯以不治治之，非治之而治者也。今許由方明既治，則無所代之，而治實由堯，故有「子治」之言。宜忘言以尋其所況。而或者遂云：「治之而治者，堯也；不治而堯得以治者，許由也。」斯失之遠矣！夫治之由乎不治，為之出乎無為也，取於堯而足，豈借之許由哉！若謂拱默乎山林之中而後得稱無為者，此莊老之談所以見棄於當塗，當塗者自必於有為之域而不反者，斯之由也。

相較之下，郭象講的就較為浮面：「今許由方明既治，則無所代之」，堯既已治，那我何必取代之再治呢？莊子說：「鷦鷯巢於深林，不過

一枝；偃鼠飲河，不過滿腹。」從表面上看，許由不接受堯之讓位，怎麼能夠用鳥獸來比況，下面冒出來這一段譬喻，鳥獸豈可比於人，對此我們或許會覺得很奇怪，但許由既能深辨名實而不受堯位，這個譬喻顯有深意。鷦鷯、偃鼠出乎自然之欲，故無機心，人以其心之無量而造文明之欲，故尚機心。無機心，則有懼而無憂，其懼自然。尚機心，則既懼且憂，復以機心憂其所憂所懼，如輪周旋，至乎老死而後已。觀鷦鷯、偃鼠自然之懼，固甚可憫；人機心所伏之憂懼，豈不更可悲憫？人知憫鷦鷯、偃鼠自然之懼，而獨不知憫其機心所伏之憂懼，此其故何哉？存幸獲名位利祿之喜樂也，故能忍其憂懼。及其瀕臨老死，乃知喜樂憂懼，糾纏相生，終不獲已。原其所自，莫不出乎機心。

因此，鷦鷯、偃鼠之喻是用以喻消其機心也。機心既消，則無適而不可。其居名實也正，而不據聖行暴；其不居名實也曠，而逍遙乎人間之世。堯者知機心之病而不能免，此其所以自視缺然也，若許由者，但無所用其機心以治天下。二人之道不同，故庖人有其治庖之道，而尸祝不與之同，故不代；猶堯有其機心以治天下之道，而許由不與之同，故不代。堯雖了解機心之弊，卻躲不開，這是堯不足之處。許由則是無所用其機心於天下，可以治天下，但卻不用機心，所以二人之道不同。這兩個人的方式、途徑不一樣，就好像庖人、尸祝各司其職，二人不一樣，不相互取代。就是說堯是靠機心治天下，許由不靠機心治天下，你（堯）治你的，我（許由）管我的，為什麼要代你。

這樣子就可以了解堯跟許由這一段話的跳躍處，關鍵在於背後所道出，人的文明世界要維持秩序與安定，卻不得不透過禮樂刑罰的手段，有時候反而走到負面去。所以其關鍵在於有無機心。機心的來源當然是在於欲求、欲望，甚至對於仁義道德的欲求也是不對的，這是

屬於道家的觀念，儒家隱約提到，佛教也這樣子講。就是說我們固然追求理想，但到後來的階段，連最高理想也要化除掉。否則會執著於最高理想，對於現實中的不符理想者，甚至暴力以懲。宗教界也是如此，有修行者到了一定的境界後，掉入了陷阱，以自己得道為滿足。

堯的天下，禮義為階，德位是尚，名利是從；許由的天下，也是如此。但差別在於，堯鼓其名以機心去徇德位名利，遂不免小大之辨，營營而待，如鵾鵬、蜩、學鳩；但是許由若有天下，就會息止其民之機心，無待而逍遙於天下。當然，許由所崇尚的方式，在真實的世界中是無法實現的。可以說，許由理想中的世界，已經是宗教的境地，不是世界人間境地。人間的境地就是堯所在的境地，只有在宗教的境地中，才能純粹的無機心。人的世界幾乎不可能的，不可能的原因就在文明，不得不走上文明這條路，文明最重要的就在於技術，然後技術不斷的延伸出來到政治、經濟、軍事等等，不斷的擴散出來，人走上這條路，從古到今都是如此，最後唯有許由所代表的宗教世界才做得到。

郭象的說法主張無為而治，大方向跟老莊是一樣的，但郭象所主張的無為而治是出於堯而不是出於許由。如果主張無為而治是出於堯而不是出於許由，那要怎麼解釋堯讓位許由呢？怎麼樣解釋堯「自視缺然」呢？莊子原本的意思不在說誰能無為而治、誰不能無為而治。堯、許由在這裏都是寓言，虛言寄意。既然是寓言、是虛的，不要抓死了。抓死了以後，就變成堯是以不治治天下，而許由是拱默山林得稱無為。郭象要反駁許由拱默山林之謬，卻不得要領，遂以莊生之虛言寄意為實言宣說。既要無為，又要能治，則無為而治者必堯，如是乃能使無為之說不見棄於當塗，此郭象之思路也。至若舉許由之言「子治天下，天下既已治也」以證無為而治者堯，殆取其明意，而不取其諷意也。然郭象何以牽掛當塗之棄取莊老？囿於時政也。莊生則

超然乎古今之政，故以典型之堯為為喻而隱貶之，而寄無心於許由。

郭象此注的主要觀念是「夫治之由乎不治，為之出乎無為也」，「若謂拱默乎山林之中而後得稱無為者，此莊老之談所以見棄於當塗，當塗者自必於有為之域而不反者，斯之由也」。意謂「不治」、「無為」不等於「隱遁」（拱默乎山林）。當塗者所以為當塗者正在不能隱遁。如果「不治」、「無為」等於「隱遁」，當塗者當然棄「不治」、「無為」而不顧。

郭象之說所影射的對象有二：一是東漢以來的隱者，二是當塗者。東漢以來的士人因世衰亂微，頗以自隱為高，於是有隱遁是「不治」、「無為」的流俗觀念。郭象批評這個觀念，但是另一方面，當塗者囿於名教，而不能尚乎自然、無為，因此郭象欲以正確的「無為」觀念導正當塗者。然而正確的「無為」觀念是什麼？依郭注〈逍遙遊〉的思路，在於當塗者的心靈能臻於自得、足性。然而郭象此說恐怕也會見棄於當塗。因為當塗者所以為當塗者，正在不能自足。

第十七講
郭象之「自生」與「獨化」析疑

「罔兩問景」郭注析義

上一回談到郭象對「堯讓天下於許由」的解釋，那個解釋偏向表面，最主要的原因是東漢以來，接受老莊思想以走向隱遁者多，與現實的名教世界不免衝突，所以郭象會從這個角度去看問題。在《莊子》的本意中，從「堯讓天下於許由」到「鷦鷯巢於深林，不過一枝」這段，主要在談機心。用今天的話講，即是從事公共事務，勿存有機巧之心。換成儒家的話，即發乎誠，落實下去就是敬業，所以莊子跟郭象的看法有分歧之處。

學者言郭象論有無問題時，每舉其「自生」之說，以與王弼「有本於無」之說相對。然而尋其文意，郭象的「有之自生」說是為了解釋玄學工夫和境界實踐問題，而不是為了解釋「道論」（存有論）中的問題。只因順著王弼「有本於無」之說立言，因此在說解時容易導致玄學實踐和理論的混淆。

郭象「有之自生」說，主要見於《莊子・齊物論》注「罔兩問景」。《莊子・齊物論》敘罔兩問景一事如下：

> 罔兩問景曰：「曩子行，今子止；曩子坐，今子起。何其無特操與？」景曰：「吾有待而然者邪？吾所待又有待而然者邪？吾待蛇蚹蜩翼邪？惡識所以然？惡識所以不然？」

罔兩的提問旨在尋求事物的原因，而以罔兩（有待）依附於景為代表。擴而大之，萬物莫不依附另一物。因此，罔兩的提問普遍化之後，就成為「萬物的存在和活動為什麼都是有條件的？」這是存有論的提問，若以存有論的方式答覆，因為存在物都是有限的。於是接下來會問：「萬物最終的依附者是什麼？」「是道，是絕對存有（Absolute Being）。」但是提問者只是依形式之理推論出「道」、「絕對存有」，提問者自身有限，他所賴以答覆的語言也有限，無法圓滿的了解和說明「道」。於是，對「萬物最終的依附者是什麼？」可以採用另一種答覆方式，以不答為答，這就是「景」所採用的方式。會採用這種方式的人，通常是以另一種方式體認「道」，即養心工夫。因此以不答為答時，其本意在於斷絕提問者的提問，此即「為道日損」，即「截斷眾流」。而郭象注偏離了莊子的意義，歧出到造物者。

〈齊物論〉「罔兩問景」一段話中，莊子用比喻曰：「罔兩問景曰：『曩子行，今子止；曩子坐，今子起；何其無特操與？』」罔兩對景說：你剛才站起來走，現在又停下來；你剛才坐下來，現在又站起來，你為什麼這樣動來動去？「景曰：『吾有待而然者邪？吾所待又有待而然者邪？吾待蛇蚹蜩翼邪？惡識所以然！惡識所以不然！』」影子或動、或停、或站、或坐，代表人的活動。「吾有待而然者邪？」我的任何活動有條件嗎？若有，那我所依賴的那個條件也當有條件，即「吾所待又有待而然者邪」。但我又怎麼知道我所依賴者，必然是正確答案？又怎麼知道這個答案是不對的？所以說「惡識所以然！惡識所以不然！」

其實這樣的論述，等於是哲學中討論「如何證明真理為真理」這一類的問題。但追究最後因（第一原因），我所依待的條件，他又有所依待，終將導致無窮後退，終究是無解。

郭象注曰：「世或謂罔兩待景，景待形，形待造物者。」影子預

設形（物體）的存在。物體從何而來？從造物者。所以郭象追問：造物者到底有呢？還是沒有？關鍵就在此，穿插了這個東西。「請問：夫造物者，有耶無耶？無也，則胡能造物哉？有也，則不足以物眾形」。如果是沒有造物主，又怎麼能造物？如果有，有限又不可能成為一切萬物的根源，一定要無限才可以。關鍵就在「無」則不能造物，郭象把無當成「空無」，一種否定的概念。原來在《道德經》、《莊子》中的「無」是一種比喻的用法，不是「空無」、不是絕對沒有，而是指「無限者」。但無限者既無形體，當然也不可能透過感官經驗認識之。造物者既不可見、不可聞，依此感官經驗，也可能推論曰造物者「不存在」。所以郭象以為萬物自生，即所謂「明眾形之自物，而後始可與言造物耳。」

郭注又曰：「是以涉有物之域，雖復罔兩，未有不獨化於玄冥者也。」既無造物者可言，故而無論動物、植物，有生命、無生命，只要是存有物，必然是獨化、自生、自變，最後歸諸玄冥。玄冥者，何謂也？「造物者無主，而物各自造。物各自造而無所待焉，此天地之正也。」每一物皆是自生自造，塊然獨立，此為萬物本然，故謂「天地之正」。

「故彼我相因，形景俱生，雖復玄合，而非待也」，若說物各自造、獨化於玄冥，則萬物之間是什麼關係？萬物之間的相因，只是互相依待，但並非有所待，一物不是另一物的條件。所以「明斯理也，將使萬物各反所宗於體中，而不待乎外」，如果了解這個道理，萬物就依待自己，不期待、不以其他外在為條件。於是「外無所謝，而內無所矜」，「謝」是排斥，「矜」是矜誇，意即對外既不排斥，對內也不自認高明。「是以誘然皆生而不知所以生」，如此一來，萬物自然而生，自然而死，不追求其所以然。「同焉皆得而不知所以得也」，萬物雖得其生，但不知其何以得。也就是無執，沒有執著。

「今罔兩之因景，猶云俱生而非待也，則萬物雖聚而共成乎天」，罔兩跟景也是所謂的獨化、自生，不是互為條件，萬物莫不如此。所以萬物雖聚集在這世界上，聚合然後形成自然世界，「而皆歷然莫不獨見矣」，但塊然獨存，互不相因。「故罔兩非景之所制，而景非形之所使」，罔兩不受影子的限制，影子也不受有形物體的限制。「形非無之所化也」，有形的物體也不是「無」演化而成。人若能夠體認這點，就能夠「任而不助」，就是因任，不去有為，不加外力去扶持，或阻擾。萬物的「化與不化，然與不然，從人之與由己，莫不自爾，吾安識其所以哉」，一應自然，無所謂最終原因，所以「任而不助」。這樣，「本末內外，暢然俱得，泯然無跡」，跡顯現出來，可以追索其條件跟原因。「若乃責此近因而忘其自爾」，若推求其原因，忘失本然如此，於是「宗物之外，喪主於內」，往外去找，本心就失去獨立性，此時就「愛尚生矣」，產生了高下取捨的價值區分。「雖欲推而齊之，然其所尚已存乎胸中，何夷之得有哉。」雖欲齊物，但既立內外之別，高下取捨的價值判斷已經橫亙思想中，又如何齊物呢？

辨郭象「有之自生」說

郭象前面的解釋，用佛教的話來說，即「當下即是」、「不假外求」。但郭象的理解仍有問題。問題在於郭象注偏離了莊子的意義，由無執的工夫歧出到對造物者的討論。「罔兩待景，景待形，形待造物者」，這是時人對《莊子》「罔兩問景」的理解，這是存有論的思路，即萬物本於造物者（道）。而郭象不同意，欲批駁之。為明示郭象的理路，將郭象的論證分析如下：

A 世人認為萬物皆有造物者使其存在，這是錯誤的。

「世或謂罔兩待景，景待形，形待造物者。」

B 造物者若不是存在，就是空無。則將造物者限定在兩種狀況：一是存在，存在是有限的；一是空無，即存在的否定。

「夫造物者，有耶？無耶？」

C「有限者」不可能包含一切。「有」是「有限者」，無法作為萬物的創造者。

「有也，則不足以物眾形。」

D 萬物是存在的（肯定的）。空無的（否定的）造物者創造萬物，這種說法是矛盾的。

「無也，則胡能造物哉？」

E 萬物既不因有限的造物者而存在，又不因空無的造物者而存在，則萬物不因造物者而存在，而是自生，是自身存在。

「故明眾形之自物，而後始可與言造物耳。」

F 萬物的存在若不是以外物為原因，就是以自身為原因。今萬物不以外物為其存在的原因，則萬物的存在以本身為原因。所以「罔兩待景，景待形，形待造物者」是錯誤的。萬物是自生的。

G 「是以涉有物之域」以下都是工夫、境界之論。（詳下文）

郭象論證的缺陷在 B。

1 郭象則將造物者限定在兩種狀況：一是存在；一是空無，即存在的否定。

2 郭象反駁的論題是「萬物為造物者所造」。

3 郭象引述這個論題時，認為持此主張者以為「造物者不是萬物之一」，而是「超乎萬物」。

4 那麼郭象反駁這個論題時，必須取「造物者超乎萬物」之說而反駁。但是郭象卻取「造物者是萬物之一」之說而反駁。何以知道郭象取「造物者是萬物之一」之說而反駁？

（1）當郭象假設「造物者空無」而反駁「萬物不是造物者所

造」時,「空無」是徹底否定的概念,而郭象卻有個「造物者」的概念,且以語言表述出來,則郭象「造物者空無」一語是矛盾的。(徹底懷疑論者的自相矛盾。)郭象所據以反駁的假設既然矛盾,則其反駁無效。

(2)郭象假設「造物者存在」而反駁「萬物不是造物者所造」時,「存在」是有限的,而萬物的存在是有限的,因此,郭象假設「造物者存在」時,是將造物者視為萬物之一。

5.郭象必須取「造物者超乎萬物」之說而反駁,卻取「造物者是萬物之一」之說而反駁,則郭象並未針對他所反對的主張而反駁。於是郭象的反駁無效。

綜上所述,郭象的反駁所用的「有」、「無」二詞若是指萬物(現象),而造物者不是萬物,因此造物者「非有非無」。至此,可通。但是進而說「無也,則胡能造物哉?有也,則不足以物眾形」,則不通。因為造物者既然不是萬物之一,就不能以「有」或「無」描述造物者。以「有」或「無」描述造物者將陷於如此矛盾:既說造物者「非有非無」,同時說造物者為「有」或為「無」。

既然「無也,則胡能造物哉?有也,則不足以物眾形」的反駁不通,則郭象所謂「眾形之自物」就有待解釋。而郭象並未解釋。郭象下文說:「故造物者無主,而物各自造。物各自造而無所待焉,此天地之正也。故彼我相因,形景俱生,雖復玄合,而非待也。」所謂「造物者無主」,即否定造物者,而肯定物各自造。如果物各自造,則物不相因,物各無待。既然如此,則物本「玄合」,不須再「玄合」;物本宗於體,不須「反所宗於體」。因此郭象所說「物各自造而無所待」是「玄合」之後的結果,未「玄合」之前,物並未自造。唯有造物者自造。於是郭象所說的「玄合」,其實是「法道」、「法造物者」。

　　由此可見，郭象思路的歧出是因為反駁「世或謂罔兩待景，景待形，形待造物者」。如果未反駁此說，而遞由物之相因、有待推言臻於自造、無待的玄合方法，將怡然理順。

「自生說」與「相因說」的衝突

　　郭象認為物各自造，其論證是建立在「萬物不是造物者所造」。這個論證的前提是：「萬物若不是造物者所造，就是物各自造。」其論證是「由於萬物不是造物者所造，所以物各自造。」

　　如今郭象對「萬物是造物者所造」的反駁既然無效，當然得不出「物各自造」的結論。於是郭象必須對「物各自造」另提論證。再者，「物各自造」之說必須進而解釋「萬物的關係如何」一問。

　　但是郭象並未對「物各自造」提出論證。因此可以推論「物各自造」所預設的前提。物必有生滅，這是郭象所無法否認的。萬物之間有關係，這也是郭象所無法否認的，因為郭象自身論及「物各自造」時，他自己已經和物有了關係，物是他思維的對象。

　　物的生滅若不是有外在之物為其原因，就是沒有外在之物為其原因。就物之生來看，郭象認為是自生，則沒有外在之物為其原因，於是一物與外在的其他物沒有關係。但是郭象必須同時認為萬物之間有關係，於是郭象「物各自造」之說自相矛盾。就物之滅來看，亦然。

「自生說」是混淆存有論與體道工夫的結果

　　郭象「物各自造」和相因無待之說所以會有上述困難，係因混淆了存有論和生命哲學的問題。凡物，就其存在而言，都是有待。在有待的基礎上，人自覺其困境，因此尋求無待的精神超越之道。因此，

「物各自造」和相因無待是兩個不同層次的論題，而郭象混淆了。「物各自造」的不論對錯，是存有論的問題，而「相因無待」是生命哲學的問題。

可是郭象為什麼會混淆這兩個問題？在存有論中，會推論出「道」作為萬物所以存在的原理。當以「道」作為生命的最高境界時，這個實踐的起點是生命的基礎——欲望。從起點到最高境界必須不斷消融欲望的執著，但是最高境界的「道」也是欲望的對象，於是嚮往「道」（欲望的呈現）和實踐「道」（欲望的消融）出現了矛盾。為了解除這個矛盾，必須不再嚮往「道」，不再執著「道」，所以說《道德經》說：「道法自然。」《莊子》說：「終身言，未嘗言。」孔子說：「天何言哉！四時行焉，萬物生焉。」《般若波羅密多心經》說：「舍利子！是諸法空相，不生不滅，不垢不淨，不增不減。是故空中無色，無受想行識，無眼界，乃至無意識界，無無明，亦無無明盡，乃至無老死，亦無老死盡，無苦集滅道，無智亦無得，以無所得故。」

郭象受到王弼思維的影響，必須將「有本於無」的道論（存有論）移於實踐時可能產生的對「無」的執著消融掉，卻因承用王弼道論的語言，而說「有」不生於「無」，而是自生。這就使郭象陷於用存有論語言來說明「道」的實踐工夫。於是後人自然從存有論的思路來看待郭象的說明，而使郭象「自生」說被放在存有論討論。所以會認為郭象的自生說無效、矛盾，無法解釋萬物之間的關係。

何以知道郭象混淆了存有論和生命境界的工夫？因為郭象敘畢「物各自造」的存有論論題之後，緊接著以「獨化於玄冥」談工夫和境界。郭象認為：只要了解「物各自造」，每一物自身圓滿具足，則無所待。若有所待於外物，則有所矜謝，於是與外物分裂，與外物相刃相靡。若無所待，則因任外物，物我玄合。因此，「物各自造」原

是要說明自身心境的「無待」；而「相因說」則是說明以「無待」之心觀物時，物莫不齊。

由於對造物者的否定，萬物就變成自生，這個講法就很荒腔走板了。由萬物相因，最後歸結到獨化，獨化變成自生具足的獨自變化，這個就不是講到工夫境地了。這是郭象注解中重大的一個關鍵，但討論郭象思想，一般不會提這個問題，大抵就自生、獨化、相因，直接介紹一下，沒有指出郭象說法中本身的矛盾。這一點，要特別跟大家說明。

回到郭象所強調的名教非必隱遁於山林，就算讓郭象實踐時可以做到獨化於玄冥之中，但是從玄冥中轉化到名教之間是什麼樣子？這之間也是很長的距離。要不然只是變成跟郭象所非議的隱遁之士一樣，不理會這個現實世界，隱居起來。但是現在要外發，怎麼外發出來？外發出來，才能在現實世界實現。說起來，非常簡單，就兩條路線。這兩條路線，不相衝突，但人們往往掉在其中一條有的路線，困於其中。

社會哲學、經濟哲學、政治哲學……等，所有的知識都是為了解決群體的問題，但其中始終有一個癥結，即涉及到公共事務，永遠不能避免爭端。按《荀子・王制》的說法，人生而有群，群而無分則爭，所以要立禮。在公共領域中，用荀子的話就是禮，就是規範。但是所有這些禮、這些規範，到最後，要凸顯出一個公。然而，有人遭遇好，有人遭遇不好，在公正之外，還需要什麼？需要仁、愛，這是公正背後的基礎，這是維繫群體所需要的東西。但是，這個「公」或「仁」最後由誰落實？落到個人，尤其是在上位的個人。

回到公共世界，如果處窮困如顏淵，只能說對周邊的人好一點；如果位置比較高，外發出來就會做公共事務，傳統上就是經世濟民（現在稱為是服務社會）。人可能有外發的機會，也可能沒有外發。

有時候是顏淵，有時候是子貢，甚至像文王一樣，隨社會位階不同，但不管處於何種境地，以其無執了，所以能夠怡然自得。對內是怡然自得，對外是能夠發揮智力。而這個智，往往深入到世俗中，所以也深通世俗智慧，這叫世智。

那麼，我們在郭象裏邊要講的東西，就依這種方式來看。這底下是個名教，外發到事務裏邊，底下這個是一個名教的世界，另一處是一個自然的世界，這裏邊虛靜、無執，這是個自然的世界。無論是用道家的、儒家的、佛教的方式，達到高的境地時，這個自然的方式，就外發到名教這裏來。

這兩條路線，儒家名之，一曰內聖，一曰外王。一般人很難達到內聖的精神境界，所以往往依賴他律的規範，如果他律的規範不能遵守，其他的就不用談了。要求更好的是自律，所以為什麼個人處於上位時，自律更重要。因為在上位者有足夠的力量，他律的規範對其莫可奈何，所以更需要自律。這是為什麼《大學》要這樣講，「從天子以至於庶人，壹是皆以修身為本」。其實重點在講天子、諸侯，這些在上位者，從格、致、誠、正、修、齊開始。

第十八講
僧肇生平概略

事蹟大要

　　僧肇（384-414）生存於東晉時代，年壽很短，才三十一歲。因人物事蹟簡略之故，所以有些好的傳聞，史傳就不免加以渲染。

　　僧肇在孝武帝，算東晉初年，西元三八四年一直到四一四年，等於接近魏晉玄學之後。「釋僧肇，京兆人。家貧以傭書為業，遂因繕寫。乃歷觀經史，備盡墳籍」，他出身雖然是京兆人，也就是都城人，但卻屬下層社會中人，所以才會說他很窮。如果用現在的角度去看，那個時代要怎麼賣書？要在都城賣書，沒有印刷，布帛又太貴，所以就進一批紙，用毛筆來抄寫。例如有人要一部《道德經》，就抄寫一部《道德經》。其中有些問題可以想想，僧肇這樣子抄寫，假設一部《道德經》要抄多久時間？要抄多久才能「歷觀經史，備盡墳籍」？僧肇在十八、九歲時就出家，去甘肅武威見鳩摩羅什，看他拚命抄，一年能夠抄幾個字？然後乘上幾年，你把這些經史墳籍的總字數算一下，能不能說「歷觀經史，備盡墳籍」，能不能做得到？魏代以前的文字，是不是能夠都看得懂？那時才幾歲？這也是個問題。

　　也許《老子》、《莊子》抄得多，所以「愛好玄微，每以《莊》《老》為心要。嘗讀《老子德章》。乃歎曰：『美則美矣，然棲神冥累之方。猶未盡善也。』後見《舊維摩經》，歡喜頂受，披尋翫味，乃言始知所歸矣。因此出家」。可以說僧肇有夙慧，夙慧在佛教的用語上，意思是前世就有這個因緣，所以在這一世中，碰到時就很敏感，

了解很快，對老莊的東西喜歡。喜歡以後，經過一段時間，後來讀了舊本《維摩經》，稱舊本是因為譯本有新舊，現在的譯本是後來新譯的。東漢時候翻譯的佛經，文字詰屈聱牙。因為翻譯之始，還不能純熟的掌握住漢文，譯文就很生硬。經過幾百年，到了南朝，晉、宋以後，文字運用漸漸熟練，翻譯的佛經就能夠漸漸融入中國文字之美。所以史傳會說僧肇看了舊本的《維摩經》很喜歡，「歡喜頂受，披尋翫味，乃言始知所歸矣」，知道他的歸去。顯然對《老》、《莊》有點遺憾，說「美則美矣，然棲神冥累之方，猶未盡善也」，要讓一個人的精神、心神有一個棲息的地方；讓一個人世俗的牽累，有一個消盡的地方，這部分《老》、《莊》談的還不夠。前面談玄學，大家知道《老》、《莊》在文字的表達上沒有把詳盡的過程給說出來，工夫沒有講得很透，不像佛經。

對佛經的閱讀，僧肇「學善方等，兼通三藏」，這當然屬誇大之辭，因為當時僧肇還不是讀梵文，譯本又有多少？而且僧肇年紀尚輕。「及在冠年，而名振關輔，時競譽之徒，莫不猜其早達，或千里趁負，入關抗辯。肇既才思幽玄，又善談說，承機挫銳，曾不流滯。時京兆宿儒，及關外英彥，莫不挹其鋒辯，負氣摧衄」，到僧肇出家，接近二十歲時，史傳說他就已很有名聲。別人懷疑他的學問，大老遠來踢館，跟他辯論。僧肇在論辯時，口才流暢且把握得住關鍵，能使對方折服，大家都談不過他。

史傳這些言辭的表達，會有一些誇張之處，對於佛經，僧肇有相當的了解，這點可以接受。但是要到很多人都「挹其鋒辯」，這個話就有問題。已經成名的人，會不會去找他辯論？不會。如果都是從一種「競譽」，爭取士人之間的聲譽來講，就要用點機巧。一用機巧，已經有名的人，當然不跟後生小子辯論，為什麼？跟後生小子辯論，就是拉抬他；辯輸了，自己名譽就有損。更加精巧的就讚美他。所以

「京兆宿儒，及關外英彥，莫不挹其鋒辯」，這個不通，實際上並不合理。「後羅什至姑臧，肇自遠從之，什嗟賞無極。及什適長安，肇亦隨返。姚興命肇與僧睿等，入逍遙園，助詳定經論」。史傳談鳩摩羅什從西域過來，到了甘肅武威，僧肇就追隨隨鳩摩羅什。羅什對僧肇非常讚賞，偕之到長安，之後姚興叫他們翻譯經論。翻譯經論時，鳩摩羅什帶了一批弟子，出家沙門共同翻譯，僧肇文筆好，常常執筆。在這裏又有一些問題，什麼問題？年歲的問題。僧肇享年三十一歲，往前推，出家接近二十；再往前推，出家前京兆宿儒及關外英彥通通跟他論辯，這時約國三、高一，十五至十八歲；再往前又要通經論，十一、十二、三歲，這不可能的事情。所以從這裏來看，關於僧肇生平，史傳確有誇張之處。

著作與交遊

僧肇的著作中，基本上比較真確的就是〈物不遷論〉、〈不真空論〉、〈般若無知論〉，還有幾篇書信。透顯出來的就是其背後的思想，基本上是佛教般若的空的思想。在〈宗本義〉、〈涅槃無名論〉乃至於〈寶藏論〉等等，一般都有懷疑，都認為不應該是僧肇所寫，詳細的情況可以去看相關的考證。這是有關於僧肇的大致上的情況。

其中還牽涉到的就是僧肇跟南方廬山慧遠他們之間的交往，也確實收到劉遺民的信，劉遺民是跟慧遠在一起的。僧肇是在北方長安，劉遺民一封信過去，隔了一年才回信，因為交通不方便，剛好遇到道生要往南去，才順道將信件送去。在古代農業社會交通不發達，論學、問學確實是非常不方便，有時不能面對面，只能透過文字，往返費時，這就是古今之別，時空上的差距。

至於僧肇當時的學術背景，基本有二。一個是玄學，崇有貴無與

郭象的獨化;一個是佛學方面,有所謂的六家七宗,六家七宗就是在注解行文的過程中對於般若的解說,有一些不同層次的了解,僧肇就對其作一辯說。

這裏有一個名詞需要提一下,就是格義,其實類似近代跟歐洲文明學術思想間的翻譯。佛教裏有一些條目,比如八正道、五蘊、三法印等等,這些要用中國的觀念去了解,開始時不是那麼容易,這樣的溝通就叫作格義。

另外一個是生解,學者的解釋不同,比較合理的是陳寅恪先生的說法,認為生解是當時有另外一個辭彙叫作子注,就是說大字本是本文,小字夾行就是注釋,子注就好像以本文為母,注解就是子。另外一個名詞就叫生解,所以生解實際上就是子注。

第十九講
僧肇〈物不遷論〉析論

格義與六家七宗

僧肇的作品〈不真空論〉、〈般若無知論〉、〈物不遷論〉，都跟當時對般若的認知有關係。傳統上有所謂的六家七宗，是僧肇之前對般若的幾種理解。除此之外，與僧肇同時的，還有南方的廬山慧遠，是後來淨土宗的根源。慧遠在廬山也有一個團體。慧遠他們對於「法性論」的認識，跟北方的鳩摩羅什對於般若的認知有一點差異。其實這些差異，在我來看都是可以會通的，只是從不同的層面上去講。

依賴鵬舉〈中國佛教義學的形成〉的觀點，南方慧遠的佛性論認為佛性乃終極的實有；北方的鳩羅摩什與僧肇則不持這種看法，以為沒有終極實有。這代表了從西晉到東晉這個時期，佛教剛傳入時，人們對於般若的認知。關於「法性論」的討論，慧遠他們認為是實有，就好像談形上學，以為最終有一個實體。但是就般若學來講，鳩摩羅什跟僧肇，認為那是不可執為實有，僧肇的〈般若無知論〉部分也討論到這點。這說明了那個時代，漢民族要了解印度佛教中的般若觀念，確實存在某些困難。

從中國傳統思想來看，〈大學〉、〈中庸〉是宋代以後才提倡起來，在此之前儒家所承繼的基本上是周代禮樂，也就是外王的禮樂典章制度。對於《大學》、《中庸》所講的內在心性訓練，則討論未深。至於道家，雖然魏晉時代對《老》、《莊》有較深刻的體會，但關於工夫論，《道德經》的「虛靜」、「損之又損」，《莊子》的「心齋」等

等，則語焉不詳，後人又往往淪於思辨。

在這樣的背景下，對佛教中的般若觀念，確實很難掌握，尤其還要透過譯文，因此常用玄學流行的有、無的概念去討論。從玄學跟佛教的般若這種交流上來看，六家七宗就成為當時重要的成果及記錄。所以要了解僧肇之前的佛學背景，六家七宗是相當重要的。問題是六家七宗的文獻都散失了，只能依賴《肇論》、《中論論疏》等材料。

討論六家七宗之前，先要說明格義。所謂的格義，以陳寅恪的說法較為合理，就是子注，是一個注釋的性質，等於放在注解內去解釋，沒有涉及到內容，只涉及到形式，表現在正文底下的小注，其意義不大。

所以格義比較清晰的意義，應該從經典去看，當時有竺法雅、康僧朗的「以經中事數，擬配外書，為生解之例」（《高僧傳・竺法雅傳》）。「事數」如三法印、四諦、五蘊、八苦、十二因緣，是指佛經中常常把一些經典濃縮成幾條，這個「數」中含有哪些東西就是「事」。「外書」或稱「外典」，站在佛教的立場，非佛教的經典就是「外書」，如儒家、道家的典籍，稱自己為「內典」以作為區隔。相配，就是跟外書相比擬，來作一個解釋，這就是格義。所以格義，就陳寅恪的講法，是所呈現的形式；而竺法雅、康僧朗的「擬配」就等於當代以中文來解說外文一樣，用中文的一些概念、辭彙來解說外文。這種情況常發生在文化交流時，一直到今天還是如此。

古代有佛教，近代則有西方文化，如 science，剛開始叫作格致之學，甲午戰爭後就採日文的「科學」。但以漢文的情況來講，科學的「科」字，顯不出來現代自然科學的精義來 science 的字源來自更早期的拉丁文，反而更接近格致之學，science 不單只是現在的物理、化學、自然科學，還涉及到今天所研究的社會科學領域的東西。依傳統中文的譯法，「格致」反而比較接近 science。不過，我們現在

使用「科學」,「科學」變成一個總稱。於是出現一個困擾,自然科學最重要的一點是實驗,經過實驗所得出如此結果,以後不管何人再做同樣的實驗,結果也一定是相同的,有其確定性。這種情況大部分只有物質現象比較容易,但如社會科學,雖然用統計去獲取最大的或然率,但也是充滿了不確定性,就不似自然科學的研究特性。如用到人文,就更困難,人文怎麼用科學?文學、史學、哲學更是充滿不確定性,只有概略的法則,而這種法則更重要的是非物質的,是人心的,從文學、史學、哲學、藝術等不同的層面去探討、呈現人的心靈。

我們會有格義的問題,其他文化會不會有格義?一樣會有。如果中國的知識文明傳過去,覺得不錯,要接受,是不是要用它自己的語言文字來作一種解說?所以格義這種現象,是文化交流中必有的現象,用自己的知識、經驗背景和語言文字去認知別的文化,然後經過融合的過程,讓自己的文化、學術慢慢轉換,起一種轉化。華夏文化能延續到現在,相較於其他文明,原因所在就是保持比較大的彈性,變遷的彈性。除了重大的改變,如佛教與近代西方文明的傳入。還有其他很多的小的融合過程,比如古代除了中原,尚有北方、西方、南方等民族的融合,經常在做文化的融合,那個是一種維繫,對原本華夏文化的結構性變化不大。

但是,佛教對於華夏文化的結構性變化影響就很大。佛教對於生命、世界的解釋,是原來儒家、道家所沒有的,而被吸收後,在儒家、道家和佛教中又有可以共存的部分。在唐、宋之後,不會覺得這些思想並放在一起後,會產生嚴重的衝突,而是可以互相融合。

所謂的六家七宗,就是對於般若有六家說法,其中的一家又分為二,所以就變成七宗。主要材料的來源,南朝陳慧達為《肇論》寫序曰:「自古自今著文著筆,詳汰名賢所作諸論,或六七宗,爰延十二,竝判其臧否、辯其差當。」就是說從古至今很多人寫論,綜合起

來有的說六宗、七宗，或說六家，甚至還可綿長分化成十二家。僧肇
立論，分別論斷六家、七宗對般若學理解是否適當。到了唐代的元康
作《肇論疏》，提到：「或六家七宗，爰延十二者，江南本皆作六家七
宗，今尋記傳，是六家七宗也。梁朝釋寶唱，作《續法論》一百六十
卷云宋莊嚴寺釋曇濟作〈六家七宗論〉。論有六家，分成七宗，第一
本無宗、第二本無異宗、第三即色宗、第四識含宗、第五幻化宗、第
六心無宗、第七緣會宗。本有六家，第一家分為二宗，故成七宗
也。」

到了隋代吉藏的《中觀論疏》，也提到說：

> 一者釋道安明本無義。謂無在萬化之前。空為眾形之始。夫人
> 之所滯，滯在未有。若詫心本無，則異想便息。

一者，就是有這個說法的意思。

> 睿法師云。格義迂而乖本。六家偏而未即。師云。安和上鑿荒
> 途以開轍。標玄旨於性空。以爐冶之功驗之。唯性空之宗最得
> 其實。詳此意安公明本無者。一切諸法本性空寂。故云本無。

迂就是繞圈子，也就偏離根本要義。六家有偏頗，不能正中標的。吉
藏評論性空說最能把握的住。

> 次琛法師云。本無者未有色法。先有於無，故從無出有。即無
> 在有先，有在無後。故稱本無。

當你用有無這樣的辭彙不斷去解說時，老是會被原來玄學中的有無觀念帶著跑。玄學的原有的有、無觀念為什麼不容易契入性空呢？因為說「有」固然是有，說「無」也是一種有，所以就理解而言，不容易產生一種性空的觀念。那能夠有性空的觀念，第一個要有緣起，要有諸法是緣，因緣和合然後本性是空，這是從理論理上面去談。但是如果從修證上去談的話，跟著道家體道，體道以後，認識了道，在內心是虛靜，可以涵容一切，沒有用性空，但就比較接近。因為學者不一定會跟著道家走修證，可能是走理解的路子，這是吉藏一路。

湯用彤把格義看成是六家的宗派，但是沒有詳細的說明。其實格義跟六家是不一樣的，格義是一種詮釋方法，六家是不同的詮釋立場；格義就等於翻譯，六家就等於是對翻譯出來的結果，做各自不同的解釋。

到了呂澂認為是兩種解釋方法，認為向來對佛學的研究共分成兩派，一派是以格義，用這種方法的人往往與本來的義理相違背，這個論斷是因為鳩摩羅什的譯本出來以後，去比較才發現格義跟原來的不太一樣；另外一個是六家的說法，採取自由討論的方式，只有意趣，不拘於文字，這樣容易偏頗而不契合本義。

其實，這應該不是說兩種解釋方法，而是兩種表達方式。一個理解，也可以用格義的方式來表達，可以用六家的模式來表達。如果用傳統經書解釋來講，格義比較像訓詁，而用六家的方式比較像微言大義。微言大部分是發揮，訓詁要扣緊文字。不是自己既有的經典，硬是要翻譯時，會碰到想翻但沒有恰當的文辭，勉強找文辭翻譯，意思會流失掉一些。所以比較接近訓詁跟微言大義。六家跟格義，基本上是這樣子。

如果要進一步來看六家，到底該怎麼分辨？學界討論的都差不多，實在很難分辨。所以講六家七宗時，我們可以先倒過來，從佛教

的觀念來講。一切都是因緣生，如果從萬法緣起來講，可說是緣會宗；但是我認識所有的萬法，萬法納在哪裏？萬法唯心，是在我的識中，因此從我來了解這個萬法講，可說是識含宗；因為萬法是緣起的，所以沒有自體，不斷的變遷，所以說是幻化；從現象上講是幻化，如果從沒有自生的實體來看，我說那是沒有，所以是本無；要認識一切的本無，就根源於我的認知心，我的體認是萬法皆空，那當然是心無；如果從每一個萬法是色，色就是滯礙，滯礙就是有物質性，從萬法的物質性來講，我們本身就是一個色法，要體證萬法，要從色中去體證，所以叫作即色。所以六種，其實講的都是一個東西。

從萬法是因緣所生而言，則說它是緣會宗。可是我怎麼知道它是因緣生呢？一定有我的心在認知它，從認知上面來說，是識含宗。如果從這個東西的現象上去看，它沒有本身實在的東西，所以是幻化宗。因為它是緣起的，就它本身自身來講，它沒有，所以是本無宗。

就我能夠認得它自身來講，識含偏重表象的認識，體證必須內心能夠無執無著，體證到它本身沒有（緣起故）。從何處去體證呢？從這個對象本身的色法、緣起之後，成為認知的對象，而去認識其色相，所以是即色宗。

所以，不同層面都指向同樣的旨趣。但不同的講法，仍有層次的差別。佛教中有所謂「方便法門」，對不同的人講不同的東西。所以最初步，從常識上來看，對一般人來講，大概是說有、執著、人生的價值、樹立各種不朽。對一般世俗而言，最開始時會跟他講什麼？講一切都是幻化而已，但他不相信，這跟他的常識相違背，為什麼幻化？跟世俗是一個完全對立的觀念，此時就離開了，完全不接觸，要等他來找你，才能跟他談。

但他何時會來找你？在世俗的經驗中，透過生命的經驗以後，發現一切怎麼變化得那麼快？尤其是關於自己的變化，正如李白〈將進

酒〉：「高堂明鏡悲白髮，朝如青絲暮成雪。」對於自身身軀變化的感受，在這時候會稍微接近幻化的想法，漸漸地，等到他相信，願意接這個現實好像幻化，回來提問時，就接著跟他講因緣、講識含。看到、感受所有這些東西，從後來唯識宗的講法，是用眼、耳、鼻、舌、身、意，人的意識。最後、所有的這些東西跑到哪裏？到末那識及阿賴耶識。

那麼，你看到的這些東西，全部都是因緣所生，再仔細去認知它，再給它分析出來，全部是因緣所生、湊合而成。所以，覺得現在鏡子中白髮蒼蒼，跟以前滿頭青絲，有什麼不一樣？那些變化，也是個幻化。那是什麼東西主導你，在你的意識。於是，接下來就會問，那該怎麼辦？就是要慢慢去認識到所有的這些東西本身是空的，所以本無。但是要認識那些東西是空的，心裏要心無，不要執著它，要達到這種心無的地步。問題是怎麼去做呢？就得回到現實世界去做，那就像支道林所說的「即色遊玄」，掉入其中，但不受其影響，如莊子所說「至人之用心若鏡，應物而不傷」。

所以，其實六家七宗是從不同層面來說，要論其次第，從外一層一層往內深入。最難的是在即色中能夠心無，能夠遊玄，就像人在泥淖中，能夠往上，而不會沉入泥淖裏。那是很困難的，為什麼？因為在往前、往上走的過程，現實中各式各樣的障礙會將你往下拉。所以開始時是很難的，這在佛教中的觀念，就是個人的業、業報。其中，當離岸邊很近時，過程中遇到美景，人就停頓著欣賞美景，忘了要離開這泥淖，所以那些美景也是一種障礙，此美景正是禪宗所說的流連光影。就是人的境界到了某個境界階段時，意識、心地比較常出現讓人愉快、優美的景致，對此、人很容易喜歡而沈溺其中。但是，不能執著，一執著就停頓在那裏，甚至往下沉，所以禪宗就稱為流連光影。在世間的知識中，最容易讓人流連光影就是藝術、文學這一類的

東西。所以，文人、看他的淺深不同，大部分流連光影，純粹的文人，浸潤其中；下一等的文人，就是以其文學、藝術作為牟利工具，當此時文學、藝術就沒有什麼意義，也是掉在泥淖中。

所以六家七宗其中差別，是因為要說法，從不同的層面來講。這是大致上六家七宗的意思，了解之後，就可以來看《肇論》的〈物不遷論〉、〈不真空論〉及〈般若無知論〉。

〈物不遷論〉要旨析論

討論〈物不遷論〉之前，先將全文重點鈎勒如下：

0 有物流動，人之常情。余則謂之不然。

1 即動而求靜，以知物不遷，明矣！

2 物不相往來，明矣！既無往返之微朕，有何物而可動乎！

3 聲聞悟非常以成道，緣覺覺緣離以即真。

　言去不必去，閑人之常想；稱住不必住，釋人之所謂往耳。

4 言常而不住，稱去而不遷。

5 談真有不遷之稱，導俗有流動之說。

6 人之所謂住，我則言其去。人之所謂去，我則言其住。然則去住雖殊，其致一也。

其要旨解析如下：

1 自0至2駁「有物流動」，標舉「物靜而不遷」。

2「5 談真有不遷之稱，導俗有流動之說」，謂物之流動或不遷，皆方便應機之說。非執於「物靜而不遷」。

3 因此，導俗之時，以常、靜駁「物動」，然而不執於常靜。

（「言常而不住，稱去而不遷」，此句為對句故，語意糾纏。意謂：對「去」、「動」之說，稱言「常」、「不遷」之義，而「常」、「不遷」非死寂不動【不住】。）

　　4 常人言「去」、言「動」，不須限制於此，而有「不遷」、「靜」之說。釋人言「住」（不遷、靜），不須限制於此，而有「去」、「動」之說，然此「去」、「動」之說有「住」（不遷、靜）為本，始為釋人所謂「去」、「動」（往）。

　　5 要而言之，人稱「不遷」、「靜」（住），僧肇則救之以「遷」、「動」（去）。反之，人稱「遷」、「動」（去），僧肇則救之以「不遷」、「靜」（住）。

　　前面部分等於序，後面才真正講內容。先陳述經驗現象：

> 夫生死交謝，寒暑迭遷，有物流動，人之常情。余則謂之不然。何者？

大家都認為這樣子，物在變化流動當中，僧肇不認為如此。

> 《放光》云：法無去來，無動轉者。

　　《放光般若》談法性，意謂：無動，亦無動的主體。早期的般若經典，翻譯有很多種，有的大本、有的小本，還有的是擷取一段來翻譯。所謂的法，不動，萬物現象世界背後，也沒有一個最高的超越主體使其活動。跟一般談的形上學不一樣。形上學最後推到絕對存有，推到道；宗教則推到神、上帝。

> 尋夫不動之作，豈釋動以求靜？必求靜於諸動。必求靜於諸

動，故雖動而常靜；不釋動以求靜，故雖靜而不離動。然則動
靜未始異，而惑者不同，緣使真言滯於競辯，宗途屈於好異。
所以靜躁之極，未易言也。何者？

《放光般若》說：法性無去無來無動轉。如何認識法性之不動？從萬
法認識法性。如何從萬法認識法性？人所認識的萬法，非動即靜，因
此，只能從萬法的動靜入手。如何從萬法的動靜入手？從萬法之動推
求其靜。（豈釋動以求靜？必求靜於諸動。）為何從萬法之動推求其
靜？一方面，所觀萬法之動不離靜，另一方面，萬法之靜不離動。

夫談真則逆俗，順俗則違真。違真故迷性而莫返，逆俗故言淡
而無味。緣使中人未分於存亡，下士撫掌而弗顧。近而不可知
者，其唯物性乎！然不能自已，聊復寄心於動靜之際，豈曰
必然！

因為從法性之真入手，則不合世俗經驗，不合世俗經驗，則言淡而無
味。（夫談真則逆俗，……逆俗故言淡而無味。）若隨順世俗經驗，
又難以顯現法性之真，世俗仍然迷溺於一般經驗而難入法性之真（順
俗則違真，違真故迷性而莫返），這是動靜終極之理不易言說的原
因。

中等資質者無法辨明其理，（緣使中人未分於存亡）魯鈍者根本
掉頭不顧，（下士撫掌而弗顧）能夠接近動靜終極之理的宗途，（凌
案：依文脈，「近而不可知者」，「不」字疑為衍文。）恐怕只有從物
性之空吧。（近而不可知者，其唯物性乎！）

雖然如此，還是從動靜之間來談：

《道行》云：「諸法本無所從來，去亦無所至。」《中觀》云：
「觀方知彼去，去者不至方。」斯皆即動而求靜，以知物不
遷，明矣！夫人之所謂動者，以昔物不至今，故曰動而非靜。
我之所謂靜者，亦以昔物不至今，故曰靜而非動。動而非靜，
以其不來。靜而非動，以其不去。然則所造未嘗異，所見未嘗
同，逆之所謂塞，順之所謂通。苟得其道，復何滯哉！傷夫！
人情之惑也久矣！

《道行般若》說：一般經驗，萬法之來有來處，萬法之去有去處。但
是說起法性，卻無來處，也無去處。（諸法本無所從來，去亦無所至）
《道行般若》和《中觀》這二句話，都是從一般經驗裏「動」的現象
去推論其原理而知「靜」，由此而知萬物本性（法性）不動。（斯皆即
動而求靜，以知物不遷，明矣）

那麼，一般經驗和和法性經驗有何差別？

表面看來，沒有差別。一般經驗從現象看，物有成壞，所以昔日
之物既壞滅，就不可能至今仍在。因此認為萬物「動而非靜」。（夫人
之所謂動者，以昔物不至今，故曰動而非靜）。

我也從經驗現象看，物有成壞，所以昔日之物既壞滅，就不可能
至今仍在。但是接下來就不同了，我認為萬物「靜而非動」。（我之所
謂靜者，亦以昔物不至今，故曰靜而非動。）何以不同？一分鐘前，
有一個東西在這裏，一分鐘後呢？事情已經變了，不再是前面的事情
了。古代希臘哲學家 Heraclitus 說：「濯足長流，舉足復入，已非前
水。」腳不能二次都放在同一個水流中，為什麼？水不斷流動，故水
非今水，腳再踩下去，已是另一個水流。一個事物從 A 到 B 點，這
是世俗的觀點。X 這個東西，在 A 的時候有沒有跑到這裏來（B），
這邊已經變成 XB 了，因為昔物不來。這裏面關鍵有一個主體 X，世

俗常識上的看法，X 主體從昔物不至今，表象變化從 A 到 B，這時有一個主體 X；僧肇則沒有講得很清楚，只是說「靜而非動，以其不去」，X 在此處而「不去」，就表示沒有這個主體，因主體也是緣起的。這是二者要有分別之處，即世俗的觀念、哲學上的觀念有一個主體，而僧肇沒有。

> 目對真而莫覺。既知往物而不來，而謂今物而可往。往物既不來，今物何所往？何則？求向物於向，於向未嘗無。責向物於今，於今未嘗有。於今未嘗有，以明物不來。於向未嘗無，故知物不去。覆而求今，今亦不往。是謂昔物自在昔，不從今以至昔。今物自在今，不從昔以至今。故仲尼曰：「回也見新交臂非故。」如此，則物不相往來，明矣！既無往返之微朕，有何物而可動乎！然則旋嵐偃嶽而常靜，江河競注而不流，野馬飄鼓而不動，日月歷天而不周，復何怪哉！

為清眉目，此段解析如下：

一　一般觀點：物是遷動的。

論證：昔物不至今。

論證過程：

A.「昔物不至今」＝有一物。在時空中。此物在昔日存在。此物在今日不存在。

B. 從存在到不存在的原因是壞滅。

C. 若一物不壞滅，則此物不遷。

D. 今此物壞滅，

E. 故遷。

二　僧肇觀點：物不遷。

　　論證：昔物不至今

　　論證過程：

　　A.「昔物不至今」＝有一物。在時空中。此物在昔日存在。此物在今日不存在。（求向物於向，於向未嘗無。責向物於今，於今未嘗有。）

　　B. 物若遷，則須時空。

　　C. 就時間言，有前際、後際。

　　D. 則物遷於前際後際。

　　E. 若然，則前際為此物，後際亦為此物，始可言物遷。

　　F. 前際為昔，後際為今。

　　G. 則此物在前際為有（存在），在後際亦為有（存在）。

　　H. 但是此物在前際為有，在後際為無。（昔物不至今）

　　I. 故物不遷。

　　所謂「今物而可往」，是指（XA）跟（XB）是同一個，有延續性的主體，不變。依世俗的觀點講，物存在於時間序列，在時間序列上就物的動態來看，「昔物不至今」，它的表象，過去跟現在不一樣，所以「昔不至今」。僧肇會說「往物既不來，今物何所往」，僧肇以為不存在不變的主體，既無不變的主體，主體又如何可能回到過去？反過來說，主體既有運動，又怎麼會有延續性？

　　講物不遷要區分出現象、本性兩個層次。從世俗觀點而言，現象在變化，所以世俗上說昔物不來，也就是往物不來。但是往物不來，是從活動上講，有沒有往物這個東西？有，世俗的觀點認為有，所以有主體。僧肇的觀念就不一樣，就現象的變動，往物不來的觀念是一樣的，可是進一步說既然往物不來，今物也不到過去，那物何嘗有動？並沒有動。所以僧肇所說的物沒有動，並不是就現象上講，而是就更上一層次，萬法的本性來講。

論辯若不進入到修證，不從修證的角度去談，會有點困難。就現象來講，有昔、有今，看到現象不斷的在變化，這是世俗的觀點。既然這樣變化，所以說現象有在動，而動一定有運動者，一定有個主體，所以從現象背後聯繫著一個主體。

以僧肇來看也是如此，如果從現象去看，也是從昔到今，但是僧肇不說它（現象、物）動，換一個方向說：「昔物不來，今物又不至昔」，就中斷了，就沒有動了，就是不動了，就是靜了。僧肇其實從這個地方要講靜，是要從現象中把它（靜）提上去，超出現象上的動靜，提升上去時，這個是什麼東西呢？是個法。這個法配合前面，是不是操控現象上的動？沒有。所以說「無動轉者」。這個上面這個法，只是這樣認知有什麼意思？只是口舌知識，這也就是形上學的困難。必須在這裏邊現象的變動，加進人的因素，人的一種感受。

從人的感受這個的因素，佛教就有諸如成、住、壞、空、苦、業等等說法，然後由這些說法經過一個過程，然後上升到體證。從人的感受中往上升去到體證，體證時到內心寂然，就是既不動也不靜。到寂然時，那是一個人的精神所至，也可以說這是一個法。所以就變成是內外的說法，這邊是內，那邊是外。但是談外的始終，世俗觀點也正確。所以真正要碰觸的是談內，這個時候就不是解決世俗觀點上的正確或錯誤，而是解決世俗觀點中的感受，自身的感受是一個痛苦的，成住壞空的，是來解決這個問題。

所以，宗教跟形上學、哲學，不一樣的地方不在於思辨，而在於實踐、體證上。僧肇在說的時候確實不容易說清楚，他的講法，世俗的人也不一定能夠接受。尤其到後邊，僧肇也跟著鳩摩羅什和慧遠談法性論，慧遠談法性論為實有，而僧肇認為不是這樣子。其實這兩個都對，要看對誰講。慧遠他們認為，如果沒有一個實有的法性，那追求法性做什麼？其實，這是從多數人的層次來看。僧肇跟鳩摩羅什認

為法性並非實有，是從很高的境界時來看，般若是畢竟空，不能執為實有。因為執為實有時，一般說不盡，必須從修證，而在修證上就會變成很執著，一實有就執著，執著後就再往下沈淪。所以這二個說法都對，要看在什麼境界談。

慧遠是站在普及大眾的立場來講，所以比較接近淨土，只要一心阿彌陀佛，這就是信仰，至於最後要否放掉，那是到高境界的事情。而僧肇他們的說法發展到唐、宋，就拉到利根，最高的境界。有沒有佛？沒有。所以古代說為利根，為頓根，就是這樣的意思。可以說對絕大多數的人，真的是需要一個崇仰的對象作為標竿，這跟知識學問沒有關係。這是二條不同的路子，是對不同境界的人來講。因此，在中國佛教史的立場而言，為什麼淨土宗也很興盛，因為被大多數人所需要，只要一心相信有佛，就一直做工夫，然後就慢慢接近到高的境界，然後就無佛。

這兩個學習的特徵上，有利有弊，因此講般若空，到唐、宋後容易走到禪宗的路子，就是這個意思。禪宗的路子對不對？對。有《金剛經》作為經典，走到歧途時，有《楞嚴經》作為說明，因為走到極點還執為實有時，很容易掉進蘊魔。這就是它們二者的分別。

第二十講
僧肇〈不真空論〉釋義

〈不真空論〉要義

現在直接進入〈不真空論〉的本文，前面的序就先略過。

> 試論之曰：《摩訶衍論》云：諸法亦非有相，亦非無相。《中
> 論》云：諸法不有不無者，第一真諦也。

僧肇開始先引《摩訶衍論》：「諸法亦非有相，亦非無相」，也引用
《中論》：「諸法不有不無者，第一真諦也。」這二句話。世俗人總落
在有無對立的二邊，從般若的角度則不落二邊，非有非無就是不落二
邊，中道第一義諦。

> 尋夫不有不無者，豈謂滌除萬物，杜塞視聽，寂寥虛豁，然後
> 為真諦者乎？

如何去認識那個不有不無的般若呢？不是否定萬物，不聽、不看，然
後一切斷滅、「寂寥虛豁」的世界才叫作真諦。這個方式是不對的。
那要怎麼辦？

> 誠以即物順通，故物莫之逆；即偽即真，故性莫之易。

就是說必須即用見體，從現象生滅的當下，了知其本性是不生不滅。
從諸法的生滅相固然為偽、不真，但一旦契入般若空相，了知諸法本
性是空，「諸法從本來，常見涅槃相」。所以「性莫之易」，諸法本不
生滅，般若之性從不改變。

> 性莫之易，故雖無而有；物莫之逆，故雖有而無。

諸法的本性雖空，但因緣起而成為萬物。華嚴宗稱為「不變隨
緣，隨緣不變」。雖因緣有，但實際上體認到本性是空，因此不會去
執著，一執著就會互相忤逆。

> 雖有而無，所謂非有；雖無而有，所謂非無。如此，則非無物
> 也，物非真物；物非真物，故於何而可物？故經云：色之性
> 空，非色敗空。以明夫聖人之於物也，即萬物之自虛，豈待宰
> 割以求通哉？

並不是說沒有萬法，沒有萬物了。這個物並不是實體的有，而是因緣
生的有。色相的本性是空的，並不是說把色呈現以後，就把空給消除
掉。聖人對萬物的態度，是從萬物中體認到其本來就是空的，而不是
把萬物經過一一分析後才發現原來是空的。

> 是以寢疾有不真之談，《超日》有即虛之稱。

這是《維摩詰經》中的話，這一段話講得很真實，就是說學道在哪裏
學？在人間學，在現象世界中學。並不是離開現象世界，將自己封閉
起來，成為孤零零的一個人，然後在那個地方去學道。所以我常用一

個比喻，就好像雲遮蔽了陽光，並不是去把雲撥開，讓陽光顯露。而是陽光顯露時，雲霧自然就消散了。這個是一樣的意思，雲霧就相當於真實的世界，當本心流露，真實世界中就一目了然。

> 然則三藏殊文，統之者一也。故《放光》云：第一真諦，無成無得；世俗諦故，便有成有得。

從真諦而言，沒有得到什麼，也沒有完成。因為體認諸法性空，是因緣所生，所以無執無著，因此就體認了第一真諦。但對第一義諦的體認是即於世俗之中，在世俗諦中沒有任何的執著時，就是對第一真諦的體認。

> 夫有得即是無得之偽號，無得即是有得之真名。真名故，雖真而非有；偽號故，雖偽而非無。是以言真未嘗有，言偽未嘗無。二言未始一，二理未始殊。

「偽號」就是虛假，暫時用這個名稱說有得。從世俗諦來講有得，其實是因緣假合，故謂假有。從真諦而言，則無所得、無所成，故謂非有。二種說法看似不一致，但是背後的道理沒什麼分別。二言，指是真諦或者俗諦，真名或偽號；二理，是講有跟無，第一真諦跟世俗諦沒有什麼差別。

> 故經云：真諦俗諦，謂有異耶？答曰：無異也。此經直辯真諦以明非有，俗諦以明非無。豈以諦二而二於物哉？

真諦、俗諦並非斷裂成二截。對世間法沒有執著，了知空性，不落二

邊，沒有執著，執有不可，執無也不可。

> 然則萬物果有其所以不有，有其所以不無。有其所以不有，故
> 雖有而非有；有其所以不無，故雖無而非無。雖無而非無，無
> 者不絕虛；雖有而非有，有者非真有。若有不即真，無不夷
> 跡，然則有無稱異，其致一也。

萬物都有其空性，謂之「有其所以不有」；因緣所生，同時也呈現其
現象，謂之「有其所以不無」。雖有，但是假合，故「不即真」。雖
無，但現象宛然，故「不夷跡」。有無雖然異稱，但是最後終趨是一
樣的。

> 故童子歎曰：說法不有亦不無，以因緣故，諸法生。《瓔珞
> 經》云：轉法輪者，亦非有轉，亦非無轉，是謂轉無所轉。此
> 乃眾經之微言也。何者？謂物無耶，則邪見非惑；謂物有耶，
> 則常見為得。

如果說一切都是虛無的，那麼外道的邪見就是正確的，不是迷惑
之言；如果說物是真的有，所謂常見就是事物是永恆、永遠不滅的，
這樣的說法也是對的了。但實際上這二種，邪見、常見都是不對的。
物的無不是徹底的虛無，物的有也不是真實的有。

> 以物非無，故邪見為惑；以物非有，故常見不得。然則非有非
> 無者，信真諦之談也。故〈道行〉云：「心亦不有亦不無。」
> 〈中觀〉云：「物從因緣故不有，緣起故不無。」尋理即其然
> 矣！

諸法因緣生，但邪見迷惑，認為一切虛無。諸法雖因緣生，但自性空，邪見迷惑，執一切實有。實際上，非有非無，不是從知識、語言上去說，而是從內心上去說。非有非無，就是不執著於有，也不執著於無，無所執著，這就是真諦。

> 所以然者，夫有若真有，有自常有，豈待緣而後有哉？譬彼真無，無自常無，豈待緣而後無也？若有不自有，待緣而後有者，故知有非真有。有非真有，雖有不可謂之有矣。不無者，夫無則湛然不動，可謂之無。萬物若無，則不應起，起則非無，以明緣起，故不無也。

現象萬物，若是真有、常有，那不待因緣生。若是真無，就不待緣散而無。依因待緣，就不能謂之常有常無。

> 故《摩訶衍論》云：一切諸法，一切因緣，故應有。一切諸法，一切因緣，故不應有。一切無法，一切因緣，故應有。一切有法，一切因緣，故不應有。尋此有無之言，豈直反論而已哉？若應有，即是有，不應言無；若應無，即是無，不應言有。言有是為假有，以明非無，借無以辨非有。此事一稱二，其文有似不同，苟領其所同，則無異而不同。

緣起，所以是有。但是性空，故又為無。非有非無，不落二邊，才是真諦。

> 然則萬法果有其所以不有，不可得而有；有其所以不無，不可得而無。何則？欲言其有，有非真生；欲言其無，事象既形。象形不即無，非真非實有。然則不真空義，顯於茲矣。故《放

光》云：諸法假號不真。譬如幻化人，非無幻化人。幻化人非
真人也。

萬法假名有，但這種存有狀態是因緣生的關係，是暫時的假有，
所以稱為「假號不真」。用比喻來說，現代的虛擬就很容易，有沒有
虛擬的世界？有。但虛擬的世界並非真實的世界。就是這個意思。講
幻化人，就如虛擬的世界，只不過說人們都在虛擬的世界中顛倒流
轉，最後以虛擬為真實，如此而已。

夫以名求物，物無當名之實；以物求名，名無得物之功。物無
當名之實，非物也；名無得物之功，非名也。是以名不當實，
實不當名，名實無當，萬物安在？

語言跟實體不能等同，可說非常基本的思維。我們常追求的是那個
名，而遺忘了這個實，但是找到了這個實之後，還有進一步的問題，
沒有體認那個實是空的。所以世俗之人，落在現實生活中常是這樣
子，那個東西好貴，而所以貴是因為它的名而貴，這是第一層。等到
碰到實，發現實是空。落實到現實生活中，就是這樣子。

故〈中觀〉云：物無彼此。而人以此為此，以彼為彼，彼亦以
此為彼，以彼為此。此彼莫定乎一名，而惑者懷必然之志。然
則彼此初非有，惑者初非無。既悟彼此之非有，有何物而可有
哉？

這很像《莊子·齊物論》的論調，〈齊物論〉也是講彼此是非之辨。
這是〈中觀〉所說的，本來物沒有彼此，都是因緣所生，但人因認知

的關係，因利用的關係，把這個視為這個，那個視為那個，然後去比較出其中的價值，別人也是如此，結果大家就產生不一致。

> 故知萬物非真，假號久矣。是以《成具》（佛說的《成具經》）立強名之文，園林（指莊子）託指馬之況。如此，則深遠之言，於何而不在？是以聖人乘千化而不變，履萬惑而常通者，以其即萬物之自虛，不假虛而虛物也。故經云：甚奇！世尊！不動真際，為諸法立處。非離真而立處，立處即真也。然則道遠乎哉？觸事而真。聖遠乎哉？體之即神。

從萬物當中去體認到萬物本身是空的，不待將萬物析壞，才知萬物是假的、空虛的。立處即真，所在、所依就是真的。雖然是因緣而生的假有，但若能不執著，則生滅的當下就是不生不滅。隨遇而安，所遭遇的任何人事物，都能不動，安然自在，就是「觸事而真」、「體之即神」。

　　以上是〈不真空論〉的大意。整體關鍵，就在於體認緣起，能夠了解不有亦不無。然而要真實的去因觀照而真實體認到於緣起，則在於工夫或修證。這種修證的過程，儒、道二家都有，但以佛教講得最仔細，儒、道則較為疏略。

僧肇的思維方式

　　僧肇撰〈物不遷論〉、〈不真空論〉、〈般若無知論〉。其論說方式如三潭映月，使人觀水月而思明月。茲以下表明其理路。

一　人類生命現象（俗諦、世間知識）

欲望——智力→認知	對象	事實判斷	動靜	尋逐	得失
			形態		
			結構		
			性質		
		價值判斷	真假		
			善惡		
			美醜		
情緒——情感					
苦樂					
生——循環——死					

　　依世間知識、俗諦，因智力的認知能力是部分的、有限的，從而依生存欲望之需，而必須認知對象的動靜、形態、結構、性質，以便利用，又必須將對象比較、選擇，以便獲取。因此，從僧肇所論的焦點來看，萬物「遷流」，且有「真假」，而這些認識源於俗諦的智力之知。

二　緣起觀之下的生命現象

緣起性空 ↓					
欲望——智力→認知	對象	事實判斷	動靜	尋逐	得失
			形態		
			結構		
			性質		
		價值判斷	真假		
			善惡		
			美醜		
情緒——情感					
苦樂					
生——循環——死					

　　在緣起性空的觀照下，生命現象的本性是空的。以欲望為根的一切尋逐、執著，就像水中撈月。說水中有月，固然不實，因為水月性空。說水中無月，也不如實，因為緣起生月。因此以「不有」說月，「有」明其緣生，「不」言其性空。又以「不無」說「法（性）」，「無」明其性空，「不」言其緣起。「不有不無」則不落兩邊，是為中道。「不有」之故，能遊於「不有」（有情世間）而度眾生。「不無」之故，得免斷滅，而諸法（萬物）滋榮。

　　由此以觀〈物不遷論〉、〈不真空論〉、〈般若無知論〉，其意了然。自「不有」的「不」言之，則萬物不遷；自「不無」的「不」言之，則諸法皆有而遷流不息。自「不有」的「不」言之，則諸法皆假，皆空，自「不無」的「不」言之，則諸法昭然。而所以能如此者，唯其般若之智普照真俗。

〈物不遷論〉、〈不真空論〉、〈般若無知論〉是從不同的層面去談同樣一件事情。一個從運動變化，一個從真假，一個從認知，來談這個問題。我們一般的認知都是用智力，智力認知到一個對象，由於對象都是個別的、有限的，所以會將對象區隔開來，如這是粉筆、這是黑板、那是桌子等等，對萬物乃能有個別的認知。為了對所認知的對象加以利用，所以要對於對象做真假、善惡、美醜的判斷。所有的判斷，最後得出來就是我們對於萬物的認識。

萬物都有動靜，隨其變動，而有轉化，遷流不止。但體認到般若之智的時候，所看到的現象，就超越動靜，謂之「不遷」。「物不遷」並不是真的是一切萬法、萬物都不變化，是講當由般若之智來觀照時，萬法遷流背後的本質是什麼？不掉進動跟靜的變化中，從這個角度謂之不動。在整個遷流的過程中，我們的生命在變動的過程中產生痛苦，按佛教的說法有各式各樣的痛苦，所謂八苦：生苦、老苦、病苦、死苦、愛別離苦、怨憎會苦、求不得苦、五陰熾盛苦，這些痛苦在〈物不遷論〉中被省略不談。萬物都在遷流，為什麼要談「物不遷」？因為人在自省時會發現這樣遷流的生命，其實是一種痛苦。要超越這樣的痛苦，就要回到般若之智。從般若之智來觀照所有的這個遷流，就好像一個人說在地上走太痛苦了；現在，到天上去看，就沒有痛苦。於是從天上看下來，地上所有的現象遷流，發現根本沒有動。為什麼沒有動？因為空。因為緣起，所以空。

但是如果從天上的觀點，真諦來看，物是不遷、物是不動的。所以對比來看，般若之智的對象是萬法之源、諸法之本，佛教稱之為緣起。如果換成道論或西洋哲學，會把諸法之本視為一個道，或者形而上的本體，但是在佛教無我論的前提下，實相一相，即是緣起。形上的道是什麼？是整體的、無限的，等於是超越個別跟有限。但佛教不從整體、無限來看，而說這是空，既然是空，當然抓不住，無法說其

是動、是靜。所以，就世俗的觀點來看，般若就是無知，因其不像世俗之智，能對萬物如粉筆、板擦起認知作用。般若之智，是另外一種形態的觀照。至於怎麼做到，那是另外一回事。

所以，般若之智所觀照的諸法，是個整體的、無限的，或者說是個空的。既然是如此，那麼由此延伸出來的所有判斷，有沒有真、假，善、惡，美、醜？都沒有。無真、無假，無善、無惡，無美、無醜，無動、無靜，也就是「諸法從本來，常現涅槃相」。但是以般若之智來觀照這個現實的世界，現實世界中現象，還存不存在？還在那個地方，只是沒有「實體」，只是暫時用名稱來稱呼。僧肇用偽名假號，這些偽名假號是暫時為了這個生命的需要，用很多名稱來判其是真、是假，是動、是靜，是美、是醜等等，但是根本上是沒有世俗的認知作用。因此，可以看到當挑選所謂「不真空」，就針對這個，就是從般若之智來觀照世間所有的這些事情，是不真、非真，意思也就是不落入真假的判斷，因為本質是空的，所以就成立〈不真空論〉。

此外，從認知的角度來看，世間的認知是有知之知，般若之智就則是無知之知。般若之智「無知」，不是跟有知、無知，相對的無知，而是屬於超越乎我們世俗的認知。所以「般若無知」的「無」，不是跟「有」相對的無，而是超越有無相對的無。

因此，這三篇實際上是從變動、從真假、從認知的方式來講。所以等於是一個影子，這個上面如果是道，是般若之智，那麼在世間會有個影子、倒影。那麼倒影過來，就像我在講《莊子‧大宗師》時，列了幾個道的倒影，道在世界上呈現的影像。基本上，僧肇的說法是針對這三個，而有了這三篇文章，這是他的特性。把握這一點的話，關於僧肇所講的內容，就能一下明白了。

其意等於是說，我要告訴你太陽是什麼，但是那個真正的太陽你看不到。太陽本身有沒有顏色？沒有。於是我拿什麼東西告訴你，拿

樹葉的綠色，拿一個花的紅色，再拿水的藍色，說太陽的光是這樣，用這樣的方式來講真正的太陽是什麼樣子，太陽就比喻為道，或者般若、涅槃，映現在萬物上面，萬物就呈現不同的樣子。所以，這樣一個思維的方式，延伸出來，換成儒家的方式可以說：我最根本的東西，最高層次的道也好，般若也好，會普現在萬物。因此，可以說它是體，這個是用；它是形而上，這個是形而下；它是本體，這個是現象。

這個理都說出來了，難就難在如何能夠進入般若之智？這就是僧肇所沒有談的。相對應之下，我們的認知本身夾帶了一些基本的特性，所有認知外在事物的這種現象判斷價值，最後是為了供養這個身體、生命。但是依佛教的觀點來看，這個身體、這個生命，基本是在流轉痛苦當中。所以，要從根源處去著手，要斬斷、拋棄掉對於所有事物的認知目的（對生命的執著），用前面所說道家的話來講就是欲望。你的認知是屬於欲望的工具，永遠不可能認識最後真實的樣子。現在只有一個辦法，就是捨棄欲望，這時的認知才能夠看到全面。因為欲望遮蔽了全面的、所謂般若之智的認知。這是唯一的一個方法。所以，不管是儒、道的學說，乃至於佛教、各種宗教，幾乎所有尋求最高的形而上的道，或者宗教的神、天主、佛，都有一個共同的特性，就是對所有欲望的銷盡。當這種欲望銷盡時，才有可能進入這種般若之智。

附錄一
評湯一介關於玄學產生原因之說

　　湯一介對玄學的產生，強調「思想發展的內在邏輯」。

　　案：所謂「內在邏輯」，湯氏意謂相對於農民起義、經學衰弊、逃入老莊而言。農民起義是社會、政治事件，經學衰弊是學術趨勢，逃入老莊則是士人的人生觀。三者如何促成玄學的產生？若視三者與玄學產生為因果關係，則是偶然因素，因為歷史的發展不是由絕對者操縱而必然如此，歷史事件的形成有選擇的因素在內，而選擇預設了自由意志，「自由意志」和「必然」是矛盾的概念。

　　近代學術研究頗受自然科學影響，而尋求必然因果，湯氏所受的馬列主義，也強調歷史發展的必然規律。這是湯氏說「從當時思想發展的內在邏輯方面分析」的原因。而所謂「當時思想」，係指經學。但是玄學的產生必然從經學的衰弊而來嗎？

　　首先，從歷史事件的歸因來看，湯氏已有歷史主義的取向。歷史主義的缺陷，見 Karl Popper《歷史主義的困窮》。

　　湯氏所說「思想的內在邏輯」，是指從才性論發展出有無、一多、聖人等問題，後者已經蘊涵於前者，是前者的深化。若然，只說明玄學從名理而來。可是湯氏所謂「當時思想」卻指經學。若說有「內在邏輯」，經學到才性論的內在邏輯又如何？

　　又，嵇康、阮籍被納入竹林玄學，二人論旨多不在有無、一多，則才性論到玄學的內在邏輯未顯。況且王弼晚嵇康十七歲，晚阮籍四歲，何以劉劭才性論不轉至嵇、阮？

　　湯氏所述內容都與玄學有關，只因受「內在邏輯」觀念的影響，而頗為牽強。

　　若改從「刺激 → 回應 → 選擇」的模式來看歷史事件，則無此弊。且所謂「思想內在邏輯只是選擇的可能途徑，它一方面受社會、政治、經濟條件限制，另一方面，受思想所涵可能發展的限制。由這個模式所獲的歷史知識，其價值在於提供吾人思考當代思想或問題時，可以知悉思想發展可能的變數有哪些，每一種選擇的利弊如何，最好的選擇是什麼。雖然如此，歷史發展並不完全如此理性，人們只是運用理性的歷史知識儘可能的去引導非理性的選擇。

　　由此而思考玄學的興起，可以從東漢士人所受的刺激說起。

　　官僚需求的人數遠低於士人人數。

　　於是士人逐漸從不滿的批判轉變到新的人生觀、價值觀，而所從事的學問也從經學轉向《易》、《老》、《莊》。

　　同時，士人仍以官僚為活動舞臺。官僚組織的人才甄選方式是察舉、徵辟，由此而發展出人物品鑒，成為專門之學則是才性論。

　　東漢的衰亡並沒有改變環境刺激來源的性質，士人仍然必須思考經學不足以登進之後的人生觀、價值觀，也必須思考人才任用的方式。可是人才來源在士族是不變的，其間只有曹操時期處戰亂之際而稍有增益，即「因任授官，循名責實」，但是為期甚短。

附錄二
自然與名教的深層結構

一　自然與名教的深層結構

道

↓　　　　　↑　　　　　↓

清靜	仁慈

↓　　　　　↑　　　　　↓

內修其心

↑

自然	名教
樂（和）	禮
社會生活→自然與藝術→逍遙精神	規範的正當性／合理性←社會生活

↑

出口

↑

欲望凌越規範的失衡——平衡——規範壓制欲望的失衡

欲望→	←規範

↑

以規範緩解

↑

衝突

↑

資源有限或不均

↑

現象	本性	對象	質量
欲望	佔有—滿足	——價值—— 食物‧財產‧權力‧ 名譽‧地位‧美貌	因抽象能力而無限
社會性			

↑

智力‧技術

↑

現象	本性	對象	質量	衝突
欲望	吞噬—滿足	食物	有限	自然生態平衡
生物性				

二　內修其心的關鍵

欲望→ ↑ 智力	認識對象→ 區分價值→	尋逐→ 爭奪／合作→	得→ 失→	情緒 情感
循環				

附錄三
《老子指略》的論題

說明：《老子指略》各本斷章不同。茲將斷為八章者，以阿拉伯數字 1 至 8 標示。一本則以小數點歸於斷為八章者。如 1.1 為第一章，2.1 為第七章。

〈老子指略的論題〉依各章旨趣重編為五項論題。

A　論老子指歸

老子的旨趣是什麼？如何了解老子的旨趣？	
5.1	老子之書，其幾乎可一言以蔽之。噫！崇本息末而已矣。觀其所由，尋其所歸，言不遠宗，事不失主。文雖五千，貫之者一；義雖廣瞻，眾則同類。解其一言以蔽之，則無幽而不識；每事各為意，則雖辯而愈惑。
對老子旨趣的誤解，其原因是什麼？	
2.5	然則，老子之文，欲辯而詰者，則失其旨也；欲名而責者，則違其義也。故其大歸也，論太始之原，以名自然之性，演幽冥之極以定惑罔之謎。因而不為，損而不施；崇本以息末，守母以存子；賤夫巧術，為在未有；無責於人，必求諸己；此其大要也。
2.7	然致同塗異，至和趣乖，而學者惑其所致，迷其所趣。觀其齊同，則謂之法；賭其定真，則謂之名；察其純愛，則謂之儒；鑒其儉嗇，則謂之墨；見其不係，則謂之雜。隨其所鑒而正名焉，順其所好而執意焉。故使有紛紜憒錯之論，殊趣辯析之爭，蓋由斯矣。
2.9	故使同趣而感發於事者，莫不美其興言之始，因而演焉；異旨而獨構者，莫不說其會歸之微，以為證焉。夫途雖殊，必同其歸；慮雖百，

	必均其**致**。而舉夫歸致以明至理，故使觸類而思者，莫不欣其思之所應，以為得其義焉。
2.6	而法者尚乎齊同，而刑以**檢**之。名者尚乎定真，而言以正之。儒者尚乎全愛，而譽以進之。墨者尚乎儉嗇，而矯以立之。雜者尚乎眾美，而總以行之。夫刑以檢物，巧偽必生；名以定物，理恕必失；譽以進物，爭尚必起；矯以立物，乖違必作；雜以行物，穢亂必興。斯皆用其子而棄其母。物失所載，未足守也。
如何了解老子的旨趣？	
2.8	又其為文也，舉終以證始，本始以進終；開而弗達，導而弗牽。尋而後既其義，推而後盡其理。善發事始以首其論，明夫會歸以終其文。

B　論萬物之宗

萬物為什麼會存在？ 萬物因「無形無名者」而得以存在。	
1.1	夫物之所以生，功之所以成，必生乎無形，由乎無名。**無形無名者，萬物之宗也**。
如何知道無形無名是萬物存在的理由？ 因為部分（個體）預設整體。	
1.2	不溫不涼，不宮不商。聽之不可得而聞，視之不可得而彰，體之不可得而知，味之不可得而嘗。故其為物也則**混成**，為象也則**無形**，為音也則**希聲**，為味也則無呈。故能為物品之宗主，苞通天地，靡使不經也。
1.3	若溫也則不能涼矣，宮也則不能商矣。形必有所分，聲必有所屬。故象而形者，非大象也；音而聲者，非大音也。
部分（個體）預設整體固然可以理推而至，部分彼此之間是相對獨立的，那麼如何從部分感知整體？ 當部分彼此之間沒有主宰的時候，就可以感知整體。此理可以施於人群。 為什麼此理可以施於人群？（王弼無說。）	

1.4	然則，四象不形，則大象無以暢；五音不聲，則大音無以至。四象形而**物無所主焉**，則大象暢矣；五音聲而**心無所適焉**，則大音至矣。故執大象則天下往，用大音則風俗移也。無形暢，天下雖往，往而不能釋也；希聲至，風俗雖移，移而不能辯也。
1.5	**是故天生五物，無物為用。聖行五教，不言為化。**是以「道可道，非常道；名可名，非常名」也。五物之母，不炎不寒，不柔不剛；五教之母，不皦不昧，不恩不傷。雖古今不同，時移俗易，此不變也，所謂「自古及今，其名不去」者也。
1.6	天不以此，則物不生，治不以此，則功不成。故古今通，終始同；執古可以御今，證今可以知古始；此所謂「常」者也。無皦昧之狀，溫涼之象，故「知常曰明」也。物生功成，莫不由乎此，故「**以閱眾甫**」也。

C　論名形者失其常真

	既然「無形無名者」是整體，而言說只能施於部分（個體），為什麼可以言說「無形無名者」？可以言說整體？ 因為部分（個體）顯現整體之一端。 那麼，如何從部分（個體）言說整體？
2.1	夫奔電之疾猶不足以一時周，御風之行猶不足以一息期。善速在不疾，善至在不行。故可道之盛，未足以官天地；**有形之極，未足以府萬物**。
2.2	是故歎之者不能盡乎斯美，詠之者不能暢乎斯弘。名之不能當，稱之不能既。名必有所分，稱必有所由。有分則有不兼，有由則有不盡；不兼則大殊其真，不盡則不可以名；此可演而明也。
4	名也者，定彼者也；稱也者，從謂者也。名生乎彼，稱出乎我。故涉之乎無物而不由，則稱之曰道；求之乎無妙而不出，則謂之曰玄。妙出乎玄，眾由乎道。故「生之畜之」，不壅不塞，通物之性，道之謂也。「生而不有，為而不恃，長而不宰」，有德而無主，玄之德也。「玄」，謂之深者也；「道」，稱之大者也。名號生乎形狀，稱謂出乎

	涉求。名號不虛生，稱謂不虛出。故名號則大失其旨，稱謂則未盡其極。是以謂玄則「玄之又玄」，稱道則「域中有四大」也。
2.3	夫「道」也者，取乎萬物之所由也；「玄」也者，取乎幽冥之所出也；「深」也者，取乎探而不可究也；「大」也者，取乎彌綸而不可極也；「遠」也者，取乎綿邈而不可及也；「微」也者，取乎幽微而不可也。然則，「道」、「玄」、「深」、「大」、「微」、「遠」之言，各有其義，未盡其極者也。然彌綸無極，不可名細；微妙無形，不可名大。是以篇云：「字之曰道」，「謂之曰玄」，而不名也。

那麼，透過言說就可以充分認識「無形無名者」，是嗎？
不然。對無形無名者的言說都不是「無形無名者」自身。

2.4	然則，言之者失其常，名之者失其真，為之者則敗其性，執之者則失其原矣。是以聖人不以言為主，則不違其常；不以名為常，則不離其真；不以為為事，則不敗其性；不以執為制，則不失其原。

D　論絕聖棄智，素樸無為

3.2	夫欲定物之 本 者，則雖近而必自遠以證其始。夫欲名物之所由者，則雖顯而必自幽以敘其本。故取天地之外，以明形骸之內；明 侯王 孤寡之義，而從道一以宣其始。故使察近而不及流統之原者，莫不誕其言以為虛焉。是以云云者，各申其說，人美奇亂。或迂其言，或譏其論，若曉而昧，若分而亂，斯之由矣。
3.1	凡物之所以存，乃反其形；功之所以尅，乃反其名。夫存者不以存為存，以其不忘亡也；安者不以安為安，以其不忘危也。故保其存者亡，不忘亡者存；安其位者危，不忘危者安。善力舉秋毫，善聽聞雷霆，此道之與形反也。安者實安，而曰非安之所安；存者實存，而曰非存之所存；侯王 實尊，而曰非尊之所為；天地實大，而曰非大之所能；聖功實存，而曰絕聖之所立；仁德實著，而曰棄仁之所存。故使見形而不及道者，莫不忿其言焉。

對無形無名者的了解有何意義？（為什麼要了解無形無名者？）
因為不了解會給人帶來敵害。

5.2	嘗試論之曰：夫邪之興也，豈邪者之所為乎？淫之所起，豈淫者之所造乎？故閑邪在乎存誠，不在善察；息淫在乎去華，不在滋章；絕盜在乎去欲，不在嚴刑；止訟存乎不尚，不在善聽。故不攻其為也，使其無心於為也；不害其欲也，使其無心於欲也。謀之於未兆，為之於未始，如斯而已矣。
5.3	故竭聖智以治巧偽，未若見質素以靜民欲；興仁義以敦薄俗，未若抱樸以全篤實；多巧利以興事用，未若寡私欲以息華競。故絕司察，潛聰明，去勸進，剪華譽，棄巧用，賤寶貨。唯在使民愛欲不生，不在攻其為邪也。故見素樸以絕聖智，寡私欲以棄巧利，皆崇本以息末之謂也。
6.1	夫素樸之道不著，而好欲之美不隱，雖極聖明以察之，竭智慮以攻之，巧愈思精，偽愈多變，攻之彌甚，避之彌勤。則乃智愚相欺，六親相疑，樸散真離，事有其奸。蓋舍本而攻末，雖極聖智，愈致斯災，況術之下此者乎！
	如何學習無形無名者？
6.2	夫鎮之以素樸，則無為而自正；攻之以聖智，則民窮而巧殷。故素樸可抱，而聖智可棄。夫察司之簡，則避之亦簡；竭其聰明，則逃之亦察。簡則害樸寡，密則巧偽深矣。夫能為至察探幽之術者，匪唯聖智哉？其為害也，豈可記乎！故百倍之利未渠多也。

E 論絕「聖智無為」之名

7.1	夫不能辯名，則不可與言理；不能定名，則不可與論實也。凡名生於形，未有形生於名者也。故有此名必有此形，有此形必有其分。仁不得謂之聖，智不得謂之仁，則各有其實矣。夫察見至微者，明之極也；探射隱伏者，慮之極也。能盡極明，匪唯聖乎？能盡極慮，匪為智乎？校實定名，以觀絕聖，可無惑矣。
7.2	夫敦樸之德不著，而名行之美顯尚，則修其所尚而望其譽，修其所道而冀其利。望譽冀利以勤其行，名彌美而誠愈外，利彌重而心愈競。父子兄弟，懷情失直，孝不任誠，慈不任實，蓋顯名行之所招也，患

	俗薄而名興行、崇仁義，愈致斯偽，況術之賤此者乎？故**絕仁棄義以復孝慈**，未渠弘也。
8.1	夫城高則衝生，利興則求深。**苟存無欲，則雖賞而不竊**；私欲苟行，則巧利愈昏。故**絕巧棄利**，代以寡欲，盜賊無有，為足美也。夫聖智，才之傑也；仁義，行之大者也；巧利，用之善者也。本苟不存，而興此三美，害猶如之，況術之有利，斯以忽素樸乎！
8.2	故古人有歎曰：甚矣，何物之難悟也！既知不聖為不聖，未知聖之不聖也；既知不仁為不仁，未知仁之為不仁也。故絕聖而後聖功全，棄仁而後仁德厚。夫惡強非欲不強也，為強則失強也；絕仁非欲不仁也，為仁則偽成也。有其治而乃亂，保其安而乃危。後其身而身先，身先非先身之所能也；外其身而身存，身存非存身之所為也。功不可取，美不可用。故必取其為功之母而已矣。篇云：「**既知其子**」，而必「**復守其母**」。尋斯理也，何往而不暢哉！

附錄四
郭象注《莊子‧逍遙遊》術語系聯

一　郭注《莊子‧逍遙遊》

逍遙遊第一⁽¹⁾

1　夫小大雖殊，而放於自得之場，則物任其性，事稱其能，各當
　　其分，逍遙一也，豈容勝負於其間哉！

　　北冥有魚，其名為鯤。鯤之大，不知其幾千里也。化而為鳥，其
名為鵬⁽¹⁾。鵬之背，不知其幾千里也；怒而飛，其翼若垂天之雲。
是鳥也，海運則將徙於南冥。南冥者，天池也⁽²⁾。
　　齊諧者，志怪者也。諧之言曰：「鵬之徙於南冥也，水擊三千
里，摶扶搖而上者九萬里⁽³⁾，去以六月息者也⁽⁴⁾。」野馬也，塵埃
也，生物之以息相吹也⁽⁵⁾。天之蒼蒼，其正色邪？其遠而無所至極
邪？其視下也，亦若是則已矣⁽⁶⁾。
　　且夫水之積也不厚，則其負大舟也無力。覆杯水於坳堂之上，則
芥為之舟；置杯焉則膠，水淺而舟大也⁽⁷⁾。風之積也不厚，則其負
大翼也無力。故九萬里，則風斯在下矣，而後乃今培風；背負青天而
莫之夭閼者，而後乃今將圖南⁽⁸⁾。
　　蜩與學鳩笑之曰：「我決起而飛，槍榆枋而止，時則不至而控於
地而已矣，奚以九萬里而南為？⁽⁹⁾」適莽蒼者，三餐而反，腹猶果

然；適百里者，宿舂糧；適千里者，三月聚糧〔10〕。之二蟲又何知〔11〕！

小知不及大知，小年不及大年〔12〕。奚以知其然也？朝菌不知晦朔，蟪蛄不知春秋，此小年也。楚之南有冥靈者，以五百歲為春，五百歲為秋；上古有大椿者，以八千歲為春，八千歲為秋。此大年也。而彭祖乃今以久特聞，眾人匹之，不亦悲乎〔13〕！

1 鵬鯤之實，吾所未詳也。夫莊子之大意，在乎逍遙遊放，無為而自得，故極小大之致，以明性分之適。達觀之士，宜要其會歸而遺其所寄，不足事事曲與生說。自不害其弘旨，皆可略知耳。

2 非冥海不足以運其身，非九萬里不足以負其翼。此豈好奇哉？直以大物必自生於大處，大處亦必自生此大物，理固自然，不患其失，又何處心於其間哉。

3 夫翼大則難舉，故搏扶搖而後能上，九萬里乃足自勝耳。既有斯翼，豈得決然而起，數仞而下哉！此皆不得不然，非樂然也。

4 夫大鳥一去半歲，至天池而息；小鳥一飛半朝，搶榆枋而止。此比所能則有間矣，其於適性一也。

5 此皆鵬之所憑以飛者耳。野馬者，游氣也。

6 今觀天之蒼蒼，竟未知便是天之正色邪，天知為遠而無極邪。鵬之自上以視地，亦若人之自是天。則止而圖南矣，言鵬不知道里之遠近，趣足以自勝而逝。

7 此皆明鵬之所以高飛者，翼大故耳。夫質小者所資不待大，則質大者所用不得小矣。故理有至分，物有定極，各足稱事，其濟一也。若乃失乎忘生之（主）【生】而營生於至當之外，事不任力，動不稱情，則雖垂天之翼不能無窮，決起之飛不能無困矣。

8 夫所以乃今將圖南者，非其好高而慕遠也，風不積則夭閼不通故耳。此大鵬之**逍遙**也。

9 苟足於其性，則雖大鵬無以自貴於小鳥，小鳥無羨於天池，而榮願有餘矣。故小大雖殊，**逍遙**一也。

10 所適彌遠，則聚糧彌多，故其翼彌大，則積氣彌厚也。

11 二蟲，謂鵬蜩也。對大於小，所以均異趣也。夫趣之所以異，豈知異而異哉？皆不知所以然而自然耳。自然耳，不為也。此**逍遙**之大意。

12 **物各有性，性各有極**，皆如年知，豈跂尚之所及哉！自此已下至於列子，歷舉年知之大小，各信其方，未有足以相傾者也。然後統以無待之人，遺彼忘我，冥此群異，異方同得而我無功名，是故統小大者，無小無大者也；苟有乎大小，則雖有大鵬之與斥鴳，宰官之與御風，同為累物耳。其死生者，無死無生者也；苟有乎死生，則雖大椿之與蟪蛄，彭祖之與朝菌，均於短折耳。故**遊**於無小無大者，無窮者也；冥乎不死不生者，無極者也。若夫**逍遙**而繫於有方，則雖放之使**遊**而有所窮矣，未能無待也。

13 夫年知不相及若此之懸也，比於眾人之所悲，亦可悲矣。而眾人未嘗悲此者，以其**性各有極**也。苟知其極，則毫分不可相跂，天下又何所悲乎哉！夫物未嘗以大欲小，而必以小羨大，故舉小大之殊各有定分，非羨欲所及，則羨欲之累可以絕矣。夫悲生於累，累絕於悲去，悲去而性命不安者，未之有也。

湯之問棘也是已 (1)。窮髮之北有冥海者，天池也。有魚焉，其廣數千里，未有知其脩者，其名為鯤。有鳥焉，其名為鵬，背若泰山，翼若垂天之雲，摶扶搖羊角而上者九萬里，絕雲氣，負青天，然

後圖南，且適南冥也。斥鴳笑之曰：「彼且奚適也？我騰躍而上，不過數仞而下，翱翔蓬蒿之間，此亦飛之至也，而彼且奚適也？」此小大之辯也(2)。

1 湯之問棘，亦云物各有 極 ， 任之 則條暢，故莊子以所問為是也。
2 各以 得性 為至， 自盡 為 極 也。向言二蟲殊異，故所至不同，或翱翔天池，或畢至榆枋，則各稱體而足，不知所以然也。今言小大之辯，各有 自然之素 ，記非跂慕之所及，亦各安其天性，不悲所以異，故再出之。

故夫知效一官，行比一鄉，德合一君，而徵一國者，其自視也亦若此矣(1)。而宋榮子猶然笑之(2)。且舉世而譽之而不加勸，舉世而非之而不加沮(3)，定乎內外之分(4)，辯乎榮辱之竟(5)，斯已矣(6)。彼其於世，未數數然也(7)。雖然，猶有未樹也(8)。夫列子御風而行，泠然善也(9)，旬有五日而後反(10)。彼於致福者，未數數然也(11)。此雖免乎行，猶有所待者也(12)。若夫乘天地之正，而御六氣之辯，以遊無窮者，彼且惡乎待哉(13)！故曰：至人無己(14)，神人無功(15)，聖人無名(16)。

1 亦猶鳥之自得於一方也。
2 未能齊，故有笑。
3 審自得也。
4 內我而外物。
5 榮己而辱人。
6 亦不能復過此。

7 足於身。故閒於世也。

8 為能自是耳，未能無所不可也。

9 泠然，輕妙之貌。

10 苟有待焉，則雖御風而行耳，不能以一時而周也。

11 自然御風行耳，非數數然求知也。

12 非風則不得行，斯必有待也。唯無所不成者無待耳。

13 天地者，萬物之總名也。天地以萬物為體，而萬物必以 自然 為正。自然者，不為而自然者也。故大鵬之能高，斥鴳之能下，椿木之能長，朝菌之能短，凡此皆自然之所能，非為之所能也。不為而自能，所以為正也。故乘天地之正者，即是順萬物之性也；御六氣之辯者，即是遊變化之途也；如斯以往，則何往之有窮哉！所御斯乘，又將惡乎待哉！此乃至德之人 玄同彼我 者之逍遙也。苟有待焉，則雖列子之輕妙，猶不能以無風而行，故必得其所待，然後逍遙耳，而況大鵬乎！夫唯與物 冥 而循大變者，為能無待而常通，豈【獨】自通而已哉！又順有待者，使不失其所待，所待不失，則同於大通矣。故有待無待，吾所不能齊也；至於各安其性，天機自張，受而不知，則無所不能殊也。夫無待猶不足以殊有待，況有待者之巨細乎！

14 無己，故順物，順物而至矣。

15 夫物未嘗有謝生於自然者，而必欣賴於針石，故理至則迹滅矣。今順而不助，與至理為一，故無功

16 聖人者，物得性之名耳，為足以名其所以得也。

堯讓天下於許由，曰：「日月出矣而爝火不息，其於光也，不亦難乎！時雨降矣而猶浸灌，其於澤也，不亦勞乎！夫子立而天下治，而我猶尸之，吾自視缺然。請致天下。」

> 許由曰：「子治天下，天下既已治也⁽¹⁾。而我猶代子，吾將為名乎？名者，實之賓也，吾將為賓乎⁽²⁾？鷦鷯巢於深林，不過一枝；偃鼠飲河，不過滿腹⁽³⁾。歸休乎君，予無所用天下為⁽⁴⁾！庖人雖不治庖，尸祝不越樽俎而代之矣⁽⁵⁾。」

1 夫能令天下治，不治天下者也。故堯以不治治之，非治之而治者也。今許由方明既治則無所待之，而治實由堯，故有「子治」之言，宜忘言以尋其所況。而或者遂云治之而治者堯也，不治而堯得以治者許由也，斯失之遠矣。夫治之由乎不治，為之出乎無為也，取於堯而足，豈借之許由哉！若謂拱默乎山林之中，而後得稱無為者，此莊老之談所以見棄於當塗，【當塗】者自必於有為之域而不反者，斯之由也。

2 夫自任者對物，而順物者與物無對，故堯無對於天下，而許由與稷契為匹矣。何以言其然邪？夫與物冥者，故群物之所不能離也。是以無心玄應，唯感之從，汎乎若不繫之舟，東西之非己也，故無行而不與百姓共者，亦無往不為天下之君矣。以此為君，若天下自高，實君之德也。若獨亢然立乎高山之頂，非夫人之有情於自守，守一加之偏尚，何得專此！此故俗中之一物，而為堯之外臣耳。若以外臣代乎內主，斯有為君之名而無任君之實也。

3 性各有極，苟足其極，則餘天下之財也。

4 君之無用，而堯獨有之。明夫懷豁者無方，故天下樂推而不厭。

5 庖人尸祝，各安其所司；鳥獸萬物，各足於所受；帝堯許由，各靜其所遇；此乃天下之至實也。各得其實，又何所為乎哉？自得而已矣。故堯許之行雖異，其於逍遙一也。

肩吾問於連叔曰：「吾聞言於接輿，大而無當，往而不返。吾驚怖其言，猶河漢而無極也，大有徑庭，不近人情焉。」

連叔曰：「其言謂何哉？」

曰：「藐姑射之山，有神人居焉，肌膚若冰雪，淖約若處子（1）。不食五穀，吸風飲露（2）。乘雲氣，御飛龍，而遊乎四海之外。其神凝，使物不疵癘而年穀熟。吾以是狂而不信也（3）。」

連叔曰：「然，瞽者無以與乎文章之觀，聾者無以與乎鐘鼓之聲。豈唯形骸有聾盲哉？夫知亦有之（4）。是其言也，猶時女也（5）。之人也，之德也，將旁礴萬物以為一世蘄乎亂，孰弊弊焉以天下為事！之人也，物莫之傷（6），大浸稽天而不溺，大旱金石流土山焦而熱（7）。是其塵垢秕糠，將猶陶鑄堯舜者也，孰肯以物為事（8）！」

1 此皆寄言耳。夫神人即今所謂聖人也。夫聖人雖在廟堂之上，然其心無異於山林之中，世豈識之哉！徒見其戴黃屋，佩玉璽，便謂足以纓紱其心矣；見其歷山川，同民事，便謂足以憔悴其神矣。豈知至至者之不虧哉！今言王德之人，而寄之此山，將明世所無由識，故乃託之於絕垠之外，而推之於視聽之表耳。處子者，不以外傷內。

2 俱食五穀而獨為神人，明神人者非五穀所為，而特稟自然之妙氣。

3 夫體神居靈而窮理極妙者，雖靜默閒堂之裡，而玄同四海之表，故乘兩儀而御六棄，同人群而驅萬物。苟無物而不順，則浮雲斯乘矣；無形而不載，則飛龍斯御矣。遺身而自得，雖淡然而不待，坐忘行忘，忘而為之，故行若曳枯木，止若聚死灰，事以云其神凝也。其神凝，則不凝者自得矣。世皆齊其所見而斷之，豈嘗信此哉！

4 不之至言之極妙，而以為狂而不信，此知之聾盲也。

5 謂此接輿之所言者，自然為物所求，辦知之聾盲者為無此理。

6 夫安於所傷，則傷不能傷；傷不能傷，而物亦不傷之也。

7 無往而不安，則所在皆適，死生無變於己，況溺熱之間哉！故至人之不嬰乎禍難，非避之也，推理直前而自然與吉會。

8 堯舜者，世事之名耳；為名者，非名也。故夫堯舜者，豈直堯舜而已哉？必有神人之實焉。今所稱堯舜者，徒名其塵垢秕糠耳。

宋人資章甫而適越，越人斷髮文身，無所用之。堯治天下之民，平海內之政。往見四子藐姑射之山，汾水之陽，窅然喪其天下焉（1）。

---

1 夫堯之無用天下為，亦猶越人之無所用章甫耳。然遺天下者，固天下之所宗。天下雖宗堯，而堯未嘗有天下也，故窅然喪之，而嘗遊心於絕冥之境，雖寄坐萬物之上，而未始不逍遙也。四子者，蓋寄言以明堯之不一於堯耳。夫堯實冥矣，其跡則堯也。自跡觀冥，內外異域，未足怪也。世徒見堯之為堯，豈識其冥哉！

惠子謂莊子曰：「魏王貽我大瓠之種，我樹之成而實五石。以盛水漿，其堅不能自舉也。剖之以為瓢，則瓠落無所容。非不呺然大也，吾為其無用而掊之。」

莊子曰：「夫子固拙於用大矣。宋人有善為不龜手之藥者，世世以洴澼絖為事。（1）客聞之，請買其方百金。聚族而謀曰：『我世世為洴澼絖，不過數金；今一朝而鬻技百金，請與之。』客得之，以說吳王。越有難，吳王使之將。冬，與越人水戰，大敗越人，裂地而封之。能不龜手，一也；或以封，或不免於洴澼絖，則所用之異也。今子有五石之瓠，何不慮以為大樽而浮乎江湖，而憂其瓠落無所容？則夫子猶有蓬之心也夫（2）！」

惠子謂莊子曰：「吾有大樹，人謂之樗。其大本擁腫而不中繩墨，其小枝卷曲而不中規矩。立之塗，匠者不顧。今子之言，大而無用，眾所同去也。」

莊子曰：「子獨不見狸狌乎？卑身而伏，以候敖者；東西跳梁，不避高下；中於機辟，死於罔罟。今夫斄牛，其大若垂天之雲。此能為大矣，而不能執鼠。今子有大樹，患其無用，何不樹之於無何有之鄉，廣莫之野，彷徨乎無為其側，逍遙乎寢臥其下。不夭斤斧，物無害者，無所可用，安所困苦哉^{（3）}！

1 其藥能令手不拘坼，故常漂絮於水中也。
2 蓬，非直達者也。此章言物各有宜，苟得其宜，安往而不逍遙也。
3 夫大小之物，苟失其 極 ，則利害之理均；用得其所，則物皆逍遙也。

二　術語系聯

系聯方法

1 取郭象注一條，分析其論題。例如：郭注「逍遙遊」：「夫 小大 雖殊，而放於 自得 之場，則物任其 性 ，事稱其能，各當其 分 ， 逍遙 一也，豈容勝負於其間哉！」本條注文包括主體（小大）、方法（自得。任其性、當其分）、結果（逍遙），於是得一分析模式，如下表。
2 依次觀郭注各條。凡字義訓詁者捨之，尋涉及思想者，依前述分析模式增補、修改原分析模式。
3 一篇術語繫聯完成後，以索引逐一檢索其他各篇術語，並且依 2 步驟修改原分析模式。最後得一解讀郭象思想的完整分析模式。
4 最後依論題逐一解說郭象思想。

人			困境	工夫	境界
物	質	羨欲	勝負	自得	逍遙
天地	性命			足性	遊
萬物	性分		厝心	處心	安
	理		為／有為	無為	
	極		任/自任	順物	
	自然之素		困	自勝	
			悲	適性	
			不安	至當	
				自然	
				不為	
				齊死生	
				玄同	
				無待	
跡				冥	

三 思想大綱

A

1 「物」泛指人與萬物。

2 就個體而言，「物」（人與萬物）是有限的，稱為「性」、「分」，或合稱「性分」。正因有限，個體與其他萬物並在於世，個體之間互相依賴而生存，所以稱為「有待」。

3 「物」的「性分」是天生的，稱為「自然」。這是「自然」的意義之一。郭象注「神人無功」說：「夫物未嘗有謝生於自然者，而必

欣賴於針石，故理至則跡滅矣。今順而不助，與至理為一，故無功。」

4 由於「物」的「性分」是天生的，自有其自身的特性，稱為「理」。「物」循其特性而活動，自有其活動的法則，也稱為「理」。「物」的活動必涉及個體之間的互動，稱為「事」，而互動又有其法則，也稱為「理」。

5 由於「物」是有限的，其活動有一定限度，稱為「極」。

B

6 將「物」的活動聚焦於「人」，而以「人」為主體、為主動者之時，人的活動現象就稱為「跡」。

7 人的活動（文化、文明）勢必改變萬物和自身天生的存在狀態，這種改變的活動，稱「為」或「有為」，又稱「任」、或「自任」。

8 人的活動動機出於本能欲望，稱為「羨欲」。

9 改變萬物和自身天生的存在狀態所需的能力，稱為「心」，其運用則稱為「厝心」。「心」在此主要指智力。

C

10 人的活動在改變萬物和自身天生的存在狀態時，並不如預期的好，甚至衍生新的難題，這難題就其處境而言，稱為「困」，就其心理狀態而言，稱為「悲」、「不安」。「悲」是情感狀態不良的代稱。

D

11 化解新難題的方法，郭象首先注意到現實層面，即「性分」。「性分」究指什麼？這是個模糊的概念。從鯤、鵬與小鳥之喻來看，「性分」指生而有之的限制。若由此類比人類，則只能區別人與其

他生物的不同限制，無法區別個人之間天生限制的不同。因此就生而有之的限制而言，「性分」一詞不是表述郭象思想適當而有效的概念。

郭象常將「性分」與「待」、「極」這二個概念結合，而主張「性各有極」、「無待」。人之有限者（極）為其一身及智能，無限者為其欲望。欲望的滿足永遠需要條件（有待）。因此，郭象所謂「性分」應是兼指智能和欲望。就智能而言，雖然人各不同，卻有極限，此即「性各有極」。就欲望而言，則是「有待」。就本能欲望而言，人不可能「無待」，而「有待」又有所困，因此，在「無待」和「有待」之間，只能以足於所待、足性、適性（欲望）來解困。而足性、適性是自覺的，自覺是智能的反思，則足性、適性也意指智能知止、知足。

然而，欲望至何種地步始為足性、適性？這不可能有答案。因為即使是最微小的欲望，也永遠遷流不息，並且很可能在遷流不息中擴張，因此，足性（欲望）不是解困方法的本意。困是來自欲望，而欲望永遠指向對象，並且有控制對象的意向。控制對象勢必改變、扭曲對象以從己，於是對象失其本性，失其自然。於是解困的關鍵在不控制、改變、扭曲對象，以保對象的自然。對象既得保其自然，我當然也處於自然。我若不處於自然，對象勢必因我的控制、改變、扭曲而失其自然。因此「足性」的核心意義就指足於自然之性，而不再指智能、欲望之性。物、我皆自然，則物、我齊。就我心泯除物、我的分別而言，稱為「冥」、「忘」。就我心泯除之念亦無而言，稱為「玄」。就我心不再控制、改變、扭曲物而言，稱為「無為」、「無心」。就我不再耽溺對物的欲望而言，稱為「無待」。就我與物的互動而言，稱為「順物」、「遊」。

12 要而言之，足於自然之性時，我心的狀態稱為「逍遙」、「安」。

13 既然「逍遙」、「安」，不論處於何時何地皆然，皆能與物冥合。則
堯與許由各安其處，無勝負於其間。

E 評論

14 郭注「蜩與學鳩笑之」：「苟足於其性，則雖大鵬無以自貴於小鳥，
小鳥無羨於天池，而榮願有餘矣。故小大雖殊，逍遙一也。」（注
9）隱然將大鵬、小鳥無所軒輊，不合莊子詞意。郭注這種觀點也
見於後文解說「堯讓天下於許由」等。為什麼郭象會如此曲折解說
莊子？其理由見另文〈郭象注逍遙遊辨正〉。

附錄五
郭象注《莊子‧逍遙遊》辨正

1　〈逍遙遊〉

郭注：「夫小大雖殊，而放於自得之場，則物任其性，事稱其能，各當其分，逍遙一也，豈容勝負於其間哉！」

凌案：

郭象所謂「小大雖殊」指斥鷃、學鳩與鯤、鵬，乃至〈逍遙遊〉一篇所舉一切大小之物。舉以喻人，則指個人的才性德操。個人所以不能逍遙，是因為在才性德操之間較量勝負。在才性德操之間較量勝負不僅使個人不得逍遙，也使事物不得任其性，稱其能。

但是「事物」指什麼？

個人的才性德操發之於外，顯於事功，以魏晉言語名之，就是「名教」。由於個人之間的才性德操有勝負高下，於是以己為是，而操控外物，操控人、事，可能導致人不得其安，事不得其理，自身也困於其中，而使物、我皆不不當其分。這就是事物不能任其性、稱其能，而物、我皆不能當其分的原因。

如此思路，近於老子的「有為」之說，即「為者敗之」。與莊子偏重個人逍遙者不同。依郭象思路，若要逍遙，必須「放於自得之場」。易言之，人在「場」中往往不能自得，那是因為在個人之間的才性德操較量勝負。所以要「放於自得之場」，就必須泯除個人之間才性德操的勝負較量。

然而如何才能泯除？這個工夫的論題，郭象在他處注解以「冥」、「」玄同彼我」等說法解之。

A

2 北溟有魚

「鵬鯤之實，吾所未詳也。夫莊子之大意，在乎逍遙遊放，無為而自得。故極小大之致，以明性分之適。達觀之士，宜要其會歸，而遺其所寄，不足事事曲與生說，自不害其弘旨，皆可略之耳。」

凌案：

「無為」是工夫，「自得」、「逍遙遊放」是境界。但是「無為」工夫從何入手？如何是「無為」工夫之境？郭象以為「明性分之適」。

「性分」是東漢以來的才性論觀念，「明性分之適」預設了個人的才性不同，也預設了一般人時常不明其「性分之適」，而導致物、我皆不得任其性、稱其能。所以郭象提出「明性分之適」作為逍遙自得的工夫、方法。

才性雖然是先天的，但是後天的學習和環境影響會程度不等的改變先天的性分，那麼人如何恰如其分的了解自己的性分？再者，人的言行外發的動力是欲望和意志，才性屬於智力和性格，是被欲望和意志引導而對外物作勝負的價值判斷。因此，「明性分之適」不是探本之論，試提一問「如何明性分之適」即可知之。欲明性分之適仍須從欲望這個根源入手。

正因魏晉玄學有才性論此一論題，當其目標在聖人時，自然從才性的角度思考，而質疑是否須有成為聖人的才性，於是衍生「聖人可不可學」的問題。其實，這是個假問題。聖人圓備，超乎秉賦的才

性。易言之，才性正是成為聖人所需超越的人性，而不是成為聖人的
條件。

3 「非冥海不足以運其身，非九萬里不足以負其翼，此豈好奇哉？直
　 以大物必自生於大處，大處亦必自生此大物。理自固然，不患其
　 失，又何厝心於其間哉！」

凌案：
　　「理固自然」，此「理」指生而為大物之理，以喻「性分」。人的
性分各不相同，而一般人常於其間較量勝負，而有得失之心。因此，
郭象所謂「不患其失」即是「足於性分之內」、「明於性分之適」的結
果。然而如何始能不患其失？依郭象的解釋，仍然是「明於性分之
適」。此說錯誤已見前文。

4 「夫翼大則難舉，故搏扶搖而後能上，九萬里乃足自勝耳。既有斯
　 翼，豈得決然而起，數仞而下哉？此皆不得不然，非樂然也。」

凌案：
　　所謂「不得不然」，係緣於「性分」之故。

5 「夫大鳥一去半歲，至天池而息，小鳥一飛半朝，搶榆枋而止，此
　 比所能，則有閒矣，其於適性，一也。」

凌案：
　　「此比所能，則有閒矣」，謂「性分不同」。「其於適性，一也」則
指「明於性分之適」。

6 「今觀天之蒼蒼，竟未知便是天之正色邪？天之為遠而無極邪？鵬
之自天以視地，亦若人之自地視天，則止而圖南，言鵬不知道里之
遠近，趣足以自勝而逝。」

凌案：

「鵬之自天以視地，亦若人之自地視天」，謂各有其性分。「趣足
以自勝而逝」說明鯤、鵬「足於性分之適」。

7 「此皆明鵬之所以高飛者，翼大故耳。夫質小者所資不待大，則質
大者所用不得小矣。故理有至分，物有定極，各足稱事，其濟一
也。若乃失乎忘生之主，而營生於至當之外，事不任力，動不稱
情，則雖垂天之翼，不能無窮，決起之飛，不能無困矣。」

凌案：

「理有至分，物有定極」，謂質之大小，各有性分。「各足稱事，
其濟一也」，意謂不論秉質大小，各足於性分之內，則物稱其任，事
稱其能，皆能濟於逍遙。

所謂「失乎忘生之主，而營生於至當之外」，「生之主」、「至當」
皆指性分。

8 「夫所以乃今將圖南者，非其好高而慕遠也，風不積則天閼不通故
耳，此大鵬之逍遙也。」

凌案：

「非其好高而慕遠也，風不積則天閼不通故耳」，謂性分如此，
非營生於至當之外。

9 「苟足於其性，則雖大鵬，無以自貴於小鳥，小鳥無羨於天池，而
　榮願有餘矣。故小大雖殊，逍遙一也。」

凌案：

　　大鵬、小鳥，各有性分，足於性分之內，其逍遙相同。

10 「二蟲，謂鵬蜩也。對大於小，所以均異趣也。夫趣之所以異，豈
　知異而異哉？皆不知所以然而自然耳。自然耳，不為也。**此逍遙之
　大意。**」

凌案：

　　大鵬與蜩異趣，謂性分不同。「夫趣之所以異，豈知異而異哉？
皆不知所以然而自然耳」，謂忘其性分不同，始為足於其性。此即自
然。因此，「忘」是工夫，「自然」是境界。「不為」即「無為」。

11 「**物各有性，性各有極**，皆如年知，豈跂尚之所及哉！自至以下，
　至於列子，歷舉年知之大小，各信其一方，未有足以相傾者也。苟
　有乎大小，則雖大鵬之於斥鷃，宰官之於御風，同為累物耳。**齊死
　生者，無死無生者也。**苟有乎死生，則雖大椿之與蟪蛄，彭祖之與
　朝菌，均於短折耳。故遊於無小無大者，無窮者也；冥乎不死不生
　者，無極者也。若夫逍遙而繫於有方，則雖放之使遊而有所窮矣，
　未能無待也。」

凌案：

　　「物各有性，性各有極」，謂性分。逍遙須「忘」其性分而後
生，須冥兩端而後易。然而如何忘？如何冥？

12 「夫年知不相及若此之懸也，比於眾人之所悲，亦可悲矣。而眾人未嘗悲此者，以其性各有極也。苟知其極，則毫分不可相跂，天下又何所悲乎哉！夫物未嘗以大欲小，而必以小羨大，故舉小大之殊，各有定分，非羨欲所及，則羨欲之累可以絕矣。夫悲生於累，累絕則悲去，悲去而性命不安者，未之有也。」

> 凌案：
>
> 　　莊子本節所敘，窮極小大，旨在說明價值判是逍遙的障礙。而價值判斷預設知識，知識預設欲望。知識是欲望的工具，價值判斷則提供欲望選擇的標的。而郭象自才性殊異之較量說明價值判斷，亦合莊生之旨，能隨世變而巧為說解。但是「足於性分之內」的工夫入手處不在性分，而在欲望。

B

湯之問棘也是矣

1 「湯之問棘，亦云物各有極，任之則條暢，故莊子以所問為是也。」

2 「各以得性為至，自盡為極也。向言二蟲殊翼，故所至不同，或翱翔習池，或畢志榆枋，直各稱體而足，不知所以然也。今言小大之辯，各有自然之素，既非跂慕之所及，亦各安其天性，不悲所以異，故再出之。」

3 「亦猶鳥之自得於一方。」

4 「未能齊，故有笑。」

5 「審自得也。」

6 「內我而外物。」

7 「榮己而辱人。」

 8 「亦不能復過此。」

 9 「足於身，故閒於世也。」

10 「唯能自是耳，未能無所不可也。」

11 「冷然，輕妙之貌。」

12 「苟有待焉，則雖御風而行，不能以一時周也。」

13 「自然後風行耳，非數數然求之也。」

14 「非風則不得行，斯必有待也。唯無所不乘者無待耳。」

15 「天地者，萬物之總名也。天地以萬物為體，而萬物以自然為正。
　自然者，不為而自然者也。故大鵬之能高，斥鷃之能下，椿木之能
　長，朝菌之能短，凡此皆自然之所能，非為之所能也，不為而自
　能，所以為正也。故乘天地之正者，即是順萬物之性也；御六氣之
　辯者，即是遊變化之途也。如斯以往，則何往而有窮哉！所遇斯
　乘，又將惡乎待哉！此乃至德之人玄同彼我者之逍遙也。苟有待
　焉，則雖列子之輕妙，猶不能以無風而行，故必得其所待，然後逍
　遙耳，而況大鵬乎！夫唯與物冥而循大變者，為能無待而常通，豈
　獨自通而已哉！又順有待者，使不失其所待，所待不失，則同於大
　通矣。故有待無待，吾所不能齊也，至於各安其性，天機自張，受
　而不知，則吾所不能殊也。夫無待猶不足以殊有待，況有待者之巨
　細乎！」

凌案：
　　莊子以列子為猶有所待，猶有未至。郭象則強調得其所待，而後
逍遙。得其所待即「足於性分之適」。莊子以乘天地之正，而御六氣
之辯者為無待，並無有待與無待之別。郭則象分別無待與有待，視與
物冥而循大變者為無待。有待若能順之而不失其所待，則與無待同。
郭象所以作此分別，係受才性論之影響。

郭象分別玄同彼我之逍遙與順有待而不失其所待之逍遙，二者通同。然於二者之分別無所說明。其實，「玄同彼我」是逍遙的精神境界之描述，「順有待而不失其所待」是指方法。由此方法，則能玄同彼我。而不是有「玄同彼我」和「順有待而不失其所待」這兩種逍遙。

16 「無己，故順物，順物而至矣。」

17 「夫物未嘗有謝生於自然者，而必欣賴於針石，故理至則跡滅矣。今順而不助，與至理為一，故無功。」

18 「聖人者，物得性之名耳，未足以名其所以得也。」

凌案：無己自內而言，無功、無名自外而言。

C

堯讓天下於許由

1 「夫能令天下治，不治天下者也。故堯以不治治之，非治之而治者也。今許由方明既治，則無所代之，而治實由堯，故有「子治」之言。宜忘言以尋其所況。而或者遂云：「治之而治者，堯也；不治而堯得以治者，許由也。」斯失之遠矣！夫治之由乎不治，為之出乎無為也，取於堯而足，豈借之許由哉！若謂拱默乎山林之中而後得稱無為者，此莊老之談所以見棄於當塗，當塗者自必於有為之域而不反者，斯之由也。」

凌案：

《莊子‧逍遙遊》敘堯讓天下於許由，而許由不受。儼然許由高德，非堯所能望其項背。而郭象注以為：「無為而治，取於堯已足，

豈借之許由哉！」則以許由為贅餘，悖莊生意。原其所由，非刻意詭反，特借莊生之言以申其說耳。

《莊子‧逍遙遊》云：

堯讓天下於許由，曰：「日月出矣，而爝火不息，其於光也，不亦難乎！時雨降矣，而猶浸灌，其於澤也，不亦勞乎！夫子立而天下治，而我猶尸之，吾自視缺然，請致天下。」許由曰：「子治天下，天下既已治也，而我猶代子，吾將為名乎？名者，實之賓也，吾將為賓（實）乎？鷦鷯巢於深林，不過一枝；偃鼠飲河，不過滿腹，歸休乎！君，予无所用天下為。庖人雖不治庖，尸祝不越樽俎而代之矣！」

堯何如人也？儒者以為古聖王也。莊生亦知儒者以堯為古聖王也。古聖王豈欺人哉？則其致天下於許由果發乎真心，果以許由之德出乎其上也。古聖王豈以天下為戲哉？則其致天下於許由果發慎意，果以許由之德出乎其上也。古聖王豈虛辭謙遜哉？則其致天下於許由果發乎深衷，果以許由之德出乎其上也。若堯請致天下於許由非發乎真心，出於慎意，本諸深衷，則堯不成其為堯矣。以聖王之德，竟致天下於許由，許由之德真出乎聖王之上可知矣。然則許由之德何如？若許由受堯之位，充其量與堯比德，安能出乎聖王之上。故許由不受堯位，此其所以出乎聖王之上也。不受堯位何以出乎聖王之上？堯之聖在其懷仁顧義，以民為心。仁義之見於天下，非禮莫能。禮者所以養民之欲，使心饜足。然人心豈有饜足之日哉？固將蹈禮之際而犯之。既以禮顯仁彰義，豈容禮際漫生，將必嚴刑峻法以遏之。人畏刑法，則不敢蹈禮之際，於是天下安定。由是言之，堯欲成其聖，必將以嚴刑峻法曲成仁義之德。斯則悖矣！何者？仁義所以致愛，刑法所以傷人，既致其愛則不傷人，既傷人則弗能致其愛。此堯所以自視缺然者乎！

　　方堯將以嚴刑峻法曲成仁義之德，非權位莫之能行，而執權位之柄者，非君莫屬。故君者，名也，權位者，實也。許由深知堯以嚴刑峻法曲成仁義之德而天下大治，若受堯之位，將為名乎？有名無實，則不及堯之能用權以治天下，故必至為實。苟為實，則將受堯之位，蹈堯之行，而以傷人致其愛，終至悖理。此許由所以既不為名，復不為實也。

　　夫鷦鷯巢於深林，不過一枝；偃鼠飲河，不過滿腹，是何迂愚之言也！鳥獸豈可比於人。許由既能深辨名實而不受堯位，則其迂愚殆有深意乎！鷦鷯、偃鼠出乎自然之欲，故無機心，人以其心之無量而造文明之欲，故尚機心。無機心，則有懼而無憂，其懼自然。以人觀之，固甚可憫。尚機心，則既懼且憂，復以機心憂其所憂所懼，如輪周旋，至乎老死而後已，亦甚可憫。人知憫鷦鷯、偃鼠自然之懼，而獨不知憫其機心所伏之憂懼，此其故何哉？存幸獲名位利祿之喜樂也，故能忍其憂懼。及其瀕臨老死，乃知喜樂憂懼，糺纏相生，終不獲已。原其所自，莫不出乎機心。故鷦鷯、偃鼠之言非迂愚也，蓋喻消其機心也。機心既消，則無適而不可。其居名實也正，而不據聖行暴；其不居名實也曠，而逍遙乎人間之世。堯者知機心之病而不能免，此其所以自視缺然也，若許由者，但無所用其機心以治天下。二人之道不同，故庖人有其治庖之道，而尸祝不與之同，故不代；猶堯有其機心以治天下之道，而許由不與之同，故不代。

　　堯之天下，懷仁顧義，禮樂為階，德位是尚，名利是從。許由之天下亦然。其所異者，堯鼓其民以機心徇德位名利，遂不免小大之辨，營營而待，如蜩、如學鳩。許由若有天下，將息其民之機心，無待而逍遙乎天下。

　　今郭象乃反莊生之意。郭象亦主無為而治，與老莊之旨合。其所爭者，無為而治出乎堯而非出於許由。若然，將何以解堯之讓位於許

由？何以解堯之自視缺然？揆莊生意，不在誰能無為而治。堯也、許由也，特虛言寄意耳，後人不明，拘執而解，遂以許由為不治而治天下，堯則以治而治天下。許由，隱者也，又引申解之，以為拱默山林乃不治而治。拱默山林，則無治可言，安得云不治而治？郭象欲駁其謬，不得要領，遂以莊生之虛言寄意為實言宣說。從莊老見棄於當塗入手，則不見棄於當塗者必堯之說，既主無為而治，則無為而治者必堯，如是乃能使無為之說不見棄於當塗。此郭象之思路也。至若舉許由之言「子治天下，天下既已治也」以證無為而治者堯，殆取其明意，而不取其諷意也。然郭象何以牽掛當塗之棄取莊老？囿於時政也。莊生則超然乎古今之政，故以典型之堯為為喻而隱貶之，而寄無心於許由。

2 「夫自任者對物，而順物者與物無對。故堯無對於天下，而許由與稷契為匹矣。何以言其然邪？夫與物冥者，故（固）群物之所不能離也。是以無心玄應，唯感之從，汎乎若不繫之舟，東西之非己也，故無行而不與百姓共者，亦無往而不為天下之君矣。以此為君，若天之自高，實君之德也。若獨亢然立乎高山之頂，非夫人有情於自守。守一家之偏尚，何得專此！此故俗中之一物，而為堯之外臣耳。若以外臣代內主，斯有為君之名而無任君之實也。」

3 「性各有極，苟足其極，則餘天下之財也。」

4 「均之無用，而堯獨有之，明夫懷豁者無方，故天下樂推而不厭。」

5 「庖人尸祝，各安其所司，鳥獸萬物，各足於所受，帝堯許由，各靜其所遇，此乃天下之至實也。各得其實，又何所為乎哉！自得而已矣。故堯、許之行雖異，其於逍遙一也。」

D

肩吾問於連叔

1 「此皆寄言耳。夫神人即今所謂聖人也。夫聖人雖在廟堂之上，然其心無異於山林之中，世豈識之哉！徒見其戴黃屋，佩玉璽，便謂足以纓紱其心矣，見其歷山川，同民事，便謂足以憔悴其神矣，豈知至至者之不虧哉？今言王德之人，而寄之此山，將明世所無由識，故乃託之於絕垠之外，而推之於視聽之表耳。處子者，不以外傷內。」

凌案：

2 「俱食五穀而獨為神人，明神人者非五穀所為，而特稟自然之妙氣。」

3 「夫體神居靈而窮理極妙者，雖靜默閒堂之裏，而玄同四海之表。故乘兩儀而御六氣，同人群而驅萬物。苟無物而不順，則浮雲斯乘矣，無形而不載，則飛龍斯御矣。遺身而自得，雖淡然而不待。坐忘行忘，忘而為之，故行若曳槁木，止若聚死灰，是以云其神凝也。其神凝，則其不凝者自得矣。世皆齊其所見而斷之，豈嘗信此哉！」

4 「不知至言之極妙，而以為狂而不信，此知之聾盲也。」

5 「謂此接輿之所言者，自然為物所求，但知之聾盲者謂無此理。」

6 「夫聖人之心，極兩儀之至會，窮萬物之妙數，故能體化合變，無往不可，旁礡萬物，無物不然。世以亂故求我，我無心也。我苟無心，亦何為不應世哉？然則體玄而極妙者，其所以會通萬物之性，而陶鑄天下之化，以成堯舜之名者，常以不為為之耳。孰弊弊焉勞神苦思，以事為事，然後能乎！」

7 「夫安於所傷，則傷不能傷。傷不能傷，而物亦不傷之也。」

8 「無往而不安，則所在皆適，死生無變於己，況溺熱之間哉！故至
人之不嬰乎禍難，非避之也，推理直前而自然與吉會。」

9 「堯舜者，世事之名耳。為名者，非名也。故夫堯舜者，豈直堯舜
而已哉？必有神人之實焉。今所稱堯舜者，徒名其塵垢粃糠耳。」

10 「夫堯之無用天下為，亦猶越人之無所用章甫耳。然遺天下者，固
天下之所宗。天下雖宗堯，而堯未嘗有天下也，故窅然喪之，而嘗
遊心於絕冥之境，雖寄坐萬物之上，而未始不逍遙也。四子者滿蓋
寄言堯之不一於堯耳。夫堯實矣，其跡則堯也。自跡觀冥，內外異
域，未足怪也。世徒見堯之為堯，豈識其冥哉！故將求四子於海外
而據堯於所見，因謂與物同波者，失其所以逍遙也。然未知至遠之
所順者更近，至高之所會者反下也。若乃厲然以獨為至，而不夷乎
俗累，斯山谷之士非無待者也，奚足預至極而遊無窮哉！」

E

惠子謂莊子曰魏王貽我大瓠之種……惠子謂莊子曰吾有大樹

1 「其藥能令手不拘坼，故常漂絮於水中也。」

2 「蓬，非直達者也。此章言物各有宜，苟得其宜，安往而不逍遙
也。」

3 「夫小大之物，苟失其極，則利害之理均，用得其所，則物皆逍遙
也。」

凌案：

　　莊子說：「若夫乘天地之正，而御六氣之辯，以遊無窮者，彼且
惡乎待哉？」則莊子認為無待而後能逍遙。惠子視物須有其用，因此
大瓠亦須有其用。今大瓠既不能盛水漿，又不能為瓢，則無其用。既

無其用，則可以掊之。以此推論，人也必須有其用，若無其用，也可以掊之。然而人要有其用，必須居位，若不能居位，雖有能而無用。可是人不可能一生皆居於位，一旦去位，則是無用之時，若因此而掊之，斷無此理。因此以惠子物須有用的觀點推論，將導致「有用則生，無用則死」的荒謬結論。再者，物有功能而要發揮效用必須有適當的條件，此即有待。人有能力而要發揮其效用，也必須有適當的條件，如天時，地利，人和，這也是有待。而人不可能永遠條件具備，永遠處於有用的狀態。一旦無用，將以什麼態度來面對？如果不能善於面對無用之時，將心困身疲而不得逍遙。由此可知，惠子關注定用，即明確的效用，而莊子關注大用，即可能的效用。定用明確而具體，大用則只是可能的、潛在的、不具體的、未顯現的，從惠子的眼光來看，大用因未顯現而不可知，等於無用。惠子注意的是功利，而莊子注意的是素養、態度。二者所論層次不同。若要定其優劣，惠子之說將留下「有用則生，無用則死」的難題而顯得不是究竟之論。莊子則能含容惠子之論，又能化解無用之時的心理困境。能力既然需要適當的條件才能發揮效用，當人能安於無用時，即心境能夠不因期待條件而受困，即心境能夠無待而逍遙。一旦條件具備而有用時，有用必須實現目標，目標實現就成為有用的條件，由於已有無待的素養，於是也能夠在面對目標時具有無待而逍遙的心境。惠子則不然，有定用之時，固然能夠發揮其效能，一旦無用，將因素無所養而不斷運其巧智，以求有用，如狸狌之東西跳梁，中於機辟，死於網罟。

　　郭象從「物各有宜」、物各有極入手，而以得其所宜為逍遙的方法。然而所謂「宜、極」是指物的本身條件，「宜」也應包含時勢條件，即時宜。善處時宜必須具備無待的精神素養，而具備無待的精神素養者當然已知其性之所宜。因此，郭象只解釋了性之宜，而未解釋時之宜。

又：

　　郭象於逍遙遊所標大旨而為莊子所無者，足性一也，治出乎堯二也。二者皆郭象時代思潮有以致之。足性之說出於才性論，治出乎堯則出於調和自然與名教。郭象稱：「故理有至分，物有定極，各足稱事，其濟一也。」人之才性各異，而其逍遙可以同者，須有一理由。此理由可逕由工夫而致，而不辨其才性之異。然郭象既受才性論影響，遂有「聖人是否可致」之問。彼時有可致與不可致二說。郭象足性之說屬於聖人可致。

附錄六
《莊子‧逍遙遊》釋義

一

　　鯤化為鵬是萬物一體的寓言。萬物一體則理應齊物，齊物就是不對外物施以價值評斷。但是鵬、蜩、學鳩、斥鴳、朝菌、蟪蛄、冥靈、大椿、彭祖、乃至眾人之間卻有大小之辯的較量，而不以為物齊，在萬物之間立下價值判斷。〈逍遙遊〉即質疑這些價值判斷將陷於無窮後退，而使人困於其中，不得逍遙，悖離生命自然之性。雖然〈逍遙遊〉出以寓言，其論理之跡仍然歷歷可尋。

　　人對萬物施以價值判斷是追求生存所需而必有的事實。生命就是個生存欲望，外物有益於生存則有價值，有害生存則為負價值，無益無害則沒有價值可言。因此，對外物施以價值判斷是必有且必須之事。可是細審整個生命活動，包含了工作和休息兩種現象。工作有偵察、攻擊、防衛、逃避等活動，以獲取生存資源或維護生命不受傷害。休息則有睡眠和遊戲，以恢復體能和紓解工作所帶來的各種壓力、情緒。工作和休息，以戰國時代的觀念來說，就是「一張一弛」之道。以遊戲為休息時，人是快樂的。思維到以遊戲為休息而快樂時，人喜歡這快樂，也同時反襯出不喜歡偵察、攻擊、防衛、逃避等工作所帶來的焦慮、緊張、恐怖的不快樂情緒。進而思維到攻擊的工作給別人帶來不快樂的情緒，而心生不忍、不喜歡。喜歡和不喜歡就是價值判斷。在這個層次，價值判斷的對象是工作和休息所帶來的心境。在工作層次中的價值判斷，其對象是益己或害己的外物，益己者

有價值而為人所喜歡，害己者則反之。於是工作層次中的價值判斷（以益己或害己為準），不論正面或負面，放在整個生命的價值判斷中，都屬於負面的、令人不喜歡的範圍，除非工作的內容不是偵察、攻擊、防衛、逃避以獲取一己生存資源，而是獲取，保全一切人的生存，由此而心生快樂，而喜歡這快樂。

然而人的處境常在偵察、攻擊、防衛、逃避以求生存資源的工作中，習於對外物作益己或害己的價值判斷，甚至以此為唯一的價值判斷，遺忘了整個生命喜歡快樂的價值判斷，而淪於工作之前、之中的緊張、焦慮，工作之後有所得的狂喜，有所失的憤怒、悲哀，既得而經久之後的惆悵，如是輪轉不息，甚至以此為常，而堅持其工作層次中益己或害己的價值判斷。作為休息的遊戲，和睡眠一樣，只是生理所需，缺乏更積極的意義。於是整個生命困於工作和休息所帶來的情緒輪轉中，也許不以為意，至老死而不知；也許耿耿於懷，卻陷於無可如何的悲哀。

人的這種處境，莊子視之為不得逍遙的原因，越乎此則是逍遙而遊。〈逍遙遊〉就藉寓言點出不得逍遙的原因和臻於逍遙的境界。至於如何臻於逍遙的工夫，則非本篇重心。

二

人不能逍遙的原因在於「有待」，即人的活動是有條件的。如果能夠「乘天地之正，而御六氣之辯」，則能無待以遊乎無窮。唯有至人、神人、真人能之，因為無己、無功、無名。三者又以無己為根，功依己而有，名依功而有。

人的活動以己為根，即以自我觀念為根。在語言上呈現為「我的……」。自我觀念以身體為根本。凡益於身體者為有用、有價值；

害於身體者為負價值；對身體無益害者為無用，無所謂價值。自我觀念又從身體擴大到美貌、財富、地位、權力、才能、道德、名譽等一切社會建構的事物，並且在其中施以價值判斷。但是這些價值判斷必須有其依據，如果進一步追問這些依據之所據，將陷於無窮後退。姑不論價值判斷依據無窮後退的困境，每個人總是依自己的存在狀態來判斷外物的價值。外物的價值受自我觀念影響，而侷限於有益或有害、有用或無用、需要或不需要。然而自我的存在狀態皆有其條件，這條件就是莊子所說的「有待」。不僅如此，自我的存在狀態是不斷擴充的過程，從身體而知識、而財富、而地位、而權力、而名譽、而道德不斷的擴充，直到老死。倘若這擴充帶來的是喜悅，便是生命的正道，可是帶來的確是貪婪，又美之以進取的價值；執迷，又美之以堅定的價值；傲慢，又美之以自尊的價值；憤怒，又美之以正義價值。要而言之，這自我的擴充帶來的是不真不誠，進而戕賊外物，遂至輪轉其中而不得逍遙。大鵬、蜩、學鳩、斥鷃、朝菌、蟪蛄、冥靈、大椿、彭祖、眾人、宋榮子、列子等寓言，正是從較量、從價值判斷中透露自我存在狀態的條件永無圓滿之期。

就身體而言，人總是崇尚高大、魁梧，而輕鄙瘦弱、矮小，並以動物為喻，貴虎豹，輕犬羊，尊鷹鵠，賤燕雀。於是莊子以鯤化為鵬而徙於南冥侈言其大。從地理而言，北冥南冥是海之大；從變化而言，鯤化為鵬是變化之大；從遷徙而言，鵬自北冥而至南冥需六月，是時間之大（長）；從身軀而言，鯤身幾千里，鵬背幾千里，翼若垂天之雲，是形體之大；從活動而言，水擊三千里，摶扶搖而上九萬里，是動作之大。似此大物，由人論之，自應尊之榮之，以為一切準繩。然而鯤、鵬之大果真為一切準繩嗎？大鵬高舉於天地之間，天地之大勝於大鵬不知凡幾。吾人見天色蒼蒼，高遠無極，崇偉無限，以為蒼蒼是標準顏色。然而標準無色（正色），應是無所依憑，無所假

借，若有所依憑、假借，則不能為正。天之蒼蒼也不過是自大地仰視而顯如此顏色而已，它有所假借，如何能為正色？天地之大勝於大鵬不知凡幾，猶不能有所謂正色，大鵬豈能以其數千里之形，九萬里之扶搖而為一切準繩？

大鵬也是有所依憑。其所依憑者為風，若風不狂大，則無法展翼扶搖。猶如舟船依憑於水。水不深，大舟不能行於其上，若以草芥為舟，則杯水足以載之。因此，依憑大風，鵬鳥得以翱翔虛空，背負青天，而遠飛南冥。

鵬鳥之大固然不足以從形體上作為一切的準繩，如果因此而像蜩、學鳩、斥鷃自足於榆枋之間、蓬蒿之間，以之為是，譏諷大鵬之飛南冥為多餘，這又是另一種拘執而不得逍遙。天地間的禽蟲，何止大鵬、蜩、學鳩、斥鷃，所待之風有大小之外，猶待資糧，始有力飛躍。有的需三餐而後能至蒼莽的郊野，有的需隔宿之糧而飛百里，有的則聚糧三月而後遠適千里。莫不因形異而憑藉的條件隨之而異。

人不只尊尚形軀高大，也欽羨年壽長久。年壽越長，所知越多。於是以為知識寡陋不如博聞，生命短夭不如長壽。朝菌的生命不過一日之間，因此不知什麼是晦，什麼是朔。蟪蛄的生命不過三月之間，因此不知什麼是春，什麼是秋，於是人們以之為短命。傳說彭祖八百歲，以長壽聞名於世。若要以年歲論，楚國南方有樹，名曰冥靈，以五百年為春、五百年為秋，其一年等於人類兩千年。上古有樹，名曰大椿，以八千年為春、八千年為秋，其一年等於人類三萬二千年。人們在年壽上較量長短，聽起來不是淺薄得可悲嗎？

身軀大小，年壽長短，人們在此建立起價值觀，尊大賤小，崇壽鄙夭，或足於短小而譏嘲非類。殊不知無論大小長短，都有所恃，其存在與活動都需要內在和外在條件。而價值之說預設了立足己之所有，冀慕己之所無。己之所有依賴的條件需要維護，己之所無而欲

有，也必須追求所需的條件。於是終其一生，禁錮在各種條件的維護和追逐之中，至死方休，而不得逍遙。

人不只在身體的大小壽夭上建立起價值觀，既生於社會，也在知識、才能、德行上建立起價值觀。於是有些人的智能足以效力官職，有些人的名行能治一鄉，有些人的德能堪為國君，統理一國。他們視自己的才德有用，有價值，且有高下之分，猶如大鵬、蜩、學鳩、斥鷃以自己為準繩，而心生較量。可是宋榮子不以為然而非笑之。何故？人們以知識、才德、名譽為榮、為價值而競趨，這些榮寵、價值來自他人所加，而他人願加我榮寵、價值的因由不只一端，則榮寵價值自外而至，並非必然。一旦不至，則努力將徒然，心生怨悶，甚至自此頹喪，無復生理。因此，宋榮子嚴明榮辱究竟是外至或內生。若由外至，即使舉世之人的美譽，也不會因此而動心而奮勉，即使舉世之人的非毀，也不會因此而喪志而退縮。宋榮子的內省而至此為止，可謂能卓然樹立而不隨俗浮沈，因此不汲汲於世務。雖然如此，宋榮子之德仍然有所未至。何故？

人在生活中所面臨的有些事務無法獨立完成，需要眾力，因此有社會的公共事務。從事公共事務者應有兩項條件：才能和德行。才能以完成公共事務，德行則使從事公共事務者不至於侵吞公共利益，或假借公共權力壓榨特定的個人。然而在人口數量超過一定數量的社會，完成公共事務的數量、時間，和所需的知識就越頻繁，於是從事公共事務者缺乏足夠的時間處理個人事務，尤其是個人的經濟需要。因此，不得不從公共資源中提取一部分作為他們個人的生活資源。而使他們的資源來源和一般人不同。一般人從直接生產獲取個人資源，從事公共事務者則從一般人的捐輸（強制義務）中獲取個人資源。後者具有兩種特性，一方面因公共事務為眾人謀利而獲美譽，另一方面從公共資源比從直接生產可以獲得更多的個人資源，包括財利、權

力、地位。這兩種特性造成從事公共事務者既可能具有真實才德而為眾人謀利，也可能只是沽名釣譽而從公共資源獲取非分的利益。從經驗來看，又以後者居多。這也是宋榮子猶然笑之而不汲汲於公務的因由。

然而宋縈子何以「猶有未樹」？「猶有未樹」包含了有所樹和有所未樹。宋榮子有所樹者是耿介而不隨俗流，有所未樹者也在此。何以言之？

前文提到，個人在社會公共事務中有兩種特性：一是以真實才德謀公利，一是以沽名釣譽謀私利。宋榮子「定乎內外之分，辯乎榮辱之境」，而不汲汲於世務，是為了碱砭沽名釣譽以保私利的不真不誠。則其耿介是依不真不誠而立，耿介這正面的價值判斷是依虛偽這負面的價值判斷而立。以莊子「有待」的觀點來看，耿介以虛偽為條件，耿介待乎虛偽。宋榮既然秉此價值觀念，則在實踐上必須利除虛偽者，即使未付諸行動，也深固於心念之中。於是去除虛偽者一念越強，越有可能淪為狠戾，而成為狠戾的耿介。一旦流為狠戾的耿介，耿介已經不足以掩其狠戾之惡。如是將何以逍遙！所以說宋榮子「猶有未樹」。

列子御風，其行輕妙。風行天上，已喻超然遠引，不似宋榮子以耿介矯激流俗。宋榮子矯激流俗，因此對流俗求全責備，必欲去除虛偽者。列子則矯激有可能流為狠戾，所以不汲汲於求全責備。列子御風而免於以足行地，則宋榮子的矯激猶如以足行地。以足行地則執於地，執於流俗，以風行天則超乎地，而不執於流俗。雖然如此，列子仍然有所待，列子御風而行仍須有其條件。列子之所待是什麼？

列子風行天上，超然遠引，這是相對流俗和宋榮子以足行地而有。如果沒有流俗的不真不誠，沒有宋榮子的耿介矯激，則不需有列子的不執流俗與耿介。因此，列子之所待是流俗與宋榮子。其超然遠

引猶脫略未盡，猶有列子與流俗，宋榮子的彼我之辨。此辨雖微，與大鵬、蜩、學鳩、斥鴳、朝菌、蟪蛄、冥靈、大椿、彭祖、眾人的小大之辨本質相同，一旦潰決，仍然回到繁複無窮的大小之辯中，仍然復返無有已時的價值判斷中，而不能齊物，不能逍遙。

以列子御風而行，仍然不能無待，如何使能無待？莊子以「乘天地之正，而御六氣之辯」喻之，而以「至人無己、神人無功、聖人無名」明之。

「天地之正」對萬物之偏言之，而超乎萬物之偏。「六氣之辯」對一氣之化言之，而超乎一氣之化。從器世界來看，萬物為道用所顯，各得一偏。在類比上，小大之辯皆以一偏衡斷外物。小大之辯既有所待而不得逍遙，則執萬物之一偏亦然。唯有乘天地之正始能不落萬物之一偏，而流於大小之辯。六氣不論是指哪六種氣（詳見郭注），以喻超乎個別的整體。若僅執一氣之化，亦如執萬物之一偏，而流於大小之辯。唯有御六氣始能無偏無頗。以道論（存有論）言之，「天地之正」、「六氣之辯」都是喻「道」。「道」無所待，而顯於萬物，以人為喻，則遊乎無窮。然而人如何始能無待而遊乎無窮？

人因大小之辯，困於繁複無盡的價值判斷中，而不能逍遙。大小之辯的癥結在有我，以我的存在狀態衡斷一切外物。因此，人須無我無己，始能無待。無我無己始於有我有己。如果沒有「我」，沒有「己」，將何從無（作動詞）「我」？何從無（作動詞）「己」？既無（作動詞）「我」，則誰去無（作動詞）？必有一無（動詞）之者。既有一無（動詞）之者，則是有「我」有「己」。因此，不僅「無」（否定詞）我，亦無（否定詞）無我者（否定主體）。如是乃能臻於莊子所說無待的「至人」。

生命就是欲望，欲望是「我」的欲望，「我」的欲望必定外發為「功」（事）與「名」。如果無「我」無「己」走遏滅我的欲望，則形

同自殺。自殺是與生命本性矛盾的，莊子主逍遙，而不主自殺，則無我無己應是對欲望所成就的「功」與「名」為而不執、存而不執。不執就是無勝心、無據心。因此，唯有無己的至人能無功無名，如是無待而遊於無窮。

三

　　為什麼堯欲讓天下於許由？為什麼許由不受？這是了解莊子這段寓言的關鍵。堯以日月、時雨比許由，以爝火、涓水之浸灌自比，認為許由出，則天下治，因而惶愧猶尸天子之位，願讓許由。表面看來，堯有謙德，其實仍存小大之辯，仍有治與不治的價值判斷橫於胸中。這就是有我有己有待，許由則不然。許由說：堯治天下，而天下亦已治平。表面看來，許由胸襟廣闊，而無嫉賢之心。倘若如此，許由也有大小之辯，也有價值判斷橫於胸中。其實不然。堯治天下的成效如何，這不足以擾動許由之心。也許如堯所知，其治天下猶有缺憾，也許如後人所傳，堯治天下已臻至治。治或不治都有其主、客觀條件。許由則超越此治或不治的小大之辯。既無小大之辯，則小者安於小，大者安於大，而無以小代大或以大代小之理。因此，許由不代堯而治天下。假使許由為君，也將戮力治之。若不為君，則安其為民之事，而不代堯為君。如是方能游於為君與為民之外，適性逍遙。

　　如果許由代堯為君，則是以堯為不足，則有小大之辯的價值判斷存於其心。以流俗眼光觀之，君是權力、地位之名，而權力、地位為實。代堯為君是既為此名，也為此實。然而權力、地位的名實又和所為而來？不過為此身體的生存而有。身體生存之所需不過飲食而已，如鷦鷯巢於深林，如偃鼠飲於河，何其有限！權力、地位對此何所用！但是許由並不是否定權力、地位，而是自足於為民。如果許由適

為君，則亦自足於君之權力、地位。如是始為無待而逍遙。擴而言之，舉凡一切與時移異的文明價值之物，許由皆如是觀之，因此，能隨所欲而皆可，而逍遙。

堯之讓與許由之辭，郭象解釋說：

> 夫能令天下治，不治天下者也。故堯以不治治之，非治之而治者也。今許由方明既治，則無所代之，而治實由堯，故有「子治」之言。

郭象將這段寓言的焦點放在「治天下」，可謂偏離莊子在此的旨趣。莊子並未說堯以什麼方式（有為或無為）治天下，而郭象卻引申堯以不治（無為）治天下。郭象的解釋是為了牽合魏晉玄學中名教與自然之論，因此將這段寓言「小大之辯」的旨趣轉移到「治天下」。郭象認為堯以不治（無為）而治天下，不必拱默於山林才稱為無為。倘若拱默於山林才是無為，則莊、老之說將見棄於當塗，而當塗者也將在有為之域，而不知內省至無為。因此郭象是從政治思想解讀莊子這段寓言中無待的生命境界。

四

世人以小大之辯而定外物的價值，由此而供養一身之所需。外物既因價值高低為人所競逐，於是機心紛起，窮年不止，陰沈深刻，糾纏不已。藐姑射神人則不然，其心純素，莊子以「肌膚若冰雪，綽約若處子」喻之。世人既然競逐外物，外物之富貴者莫如五穀、酒漿、乘軒車、御怒馬。然而為此而困於爭鬥所導致的焦慮、緊張、恐懼、興奮，不得逍遙。藐姑射神人則不然。彼無所待而逍遙遊於四海之

外，超乎流俗。莊子以「不食五穀，吸風飲露，乘雲氣，御飛龍」喻之。流俗為奔競外物，而心念流轉不息，憂煩不止。藐姑神射神人則因純素而凝神無憂。流俗於奔競之中不免戕賊外物，以遂其欲。藐姑射神人則與物無傷，外物皆因住其性，得遂其生，莊子則以「使物不疵癘而年穀熟」喻之。

即使世俗有不以奔競外物為事，而以平治天下為志者，其人誠然值得崇敬。但是如果只以其所謂善所謂是為一律，以此繩墨外物，不知外物各足其性，則將與物相刃相靡，無有已時，若非傷物，即為物所傷，大悖平治天下之初衷，這也是另一種小大之辯的流弊。藐姑射神人則不然，彼知外物各足其性，因此無小大之辯存乎其間，與萬物為一。一於何處？一於萬物各自本性。於是既不傷物，亦不為物所傷，莊子則以「大浸稽天而不溺，大旱、金石流、土山焦而不熱」為喻。藐姑射神人所以能迥異於流俗，在於無己。無己則無勝心與據心。勝心據心生出小大之辯，流轉於競逐，或自命為天地之正，糾舉一切不合於己的外物，而與物相刃相靡。無己則無勝心與據心，不以凌轢外物為事，因此能超乎小大之辯。超乎小大之辯不是沒有小大之辯，而是小大之辯不足以攖擾其心。於是與物遨遊而莫之傷。然而無己不是一蹴可幾，而是一段工夫歷程。稍具工夫，已足以治事，已知不需汲汲以物為事，斷斷於小大之辯。對此，莊子以「其（藐姑射神人）塵垢粃糠，將猶陶鑄堯舜者也」喻之。

大凡以物為事，而汲汲奔走天下者，莫不以物為用。有用為大，無用為小；有用為有價值，無用則無價值。而物之有用與否，又以我所知所見所定為準繩。然而萬物各異其性，我所定為有用者未必切於人，甚至為多餘。猶如越人斷髮文身，章甫之冠，無所用之。又如藐姑射之山、汾水之陽之民，不需聖王德息，生活自如，而堯治天下之術之德遂成多餘。宋人與堯的寓言正言物各有其性，及觀小大之辯為多餘。

五

以有我之故，物有利於我者為有用，必欲得之；有害於我者為有損，必欲毀之；於我無利無害者為無用，初不知如何處之，繼而憂其為害，故棄之。大瓠不能盛水漿，不能為瓢，以惠施有我之心觀之，誠然無用而應掊之。

然而萬物之用，皆有所切，而不能遍用。若切於物，則其用宏，不然，物雖利而懵然無知。宋人雖有善不龜手之藥，未盡其用。客得之而為吳將，裂地封侯，則切於物而盡其用。惠施不識大瓠之用，猶如宋人不識不龜手之藥須切於物而後能盡其用。惠施以有我之心觀大瓠，大瓠本非世用之物，因此不知如何安處之。彼不知物在世用之外，猶有存於江湖者。以世用觀之，江湖之物誠然無用。以江湖觀之，物乃有無用之用。

惠施之結習，非片言可消。雖然莊子告知以江湖之物，無用之用，惠施仍然狃其所習，而以為莊子之言如樗之臃腫、卷曲。惠施可謂以火宅為絢爛而安之，不知危將及之。

於是莊子必須從世用切物轉至世用危身以喻之。大凡世用，以多為貴，故云多才多藝。世用雖多，終不能周。既不能周，則有所窮。況且逞其世用之時，或傷物、或為物所傷，非唯不得逍遙而已，將喪於自詡自得之世智之下。猶如狸狌巧用，東西跳樑，而不免中於機辟，死於罔罟。機辟罔罟何以有之？緣狸狌之巧用而有。擴而言之，文明產物亦如狸狌巧用，以對治外物為本性。此對治活動乃外化為客觀活動。凡利用此對治活動者莫不宛轉生死於其間。唯有知犛牛、大樹無用之用，而安之若素，始能無己無待，遊於對治活動之中，無所困苦。

附錄七
《莊子‧齊物論》釋義

一　前言

　　古今注《莊子》及闡明其思想者，代不乏人，頗有精義。大體而言，近世之前，因注釋體例之故，除長於訓詁之外，闡明《莊子》思想多散入注中，難見系統；近世學者以論文體例之故，能董理《莊子》思想系統，但是《莊子》各篇行文語脈卻難以勾連。《莊子》文章本縱橫恣肆，一篇之中，思路飛躍，往往有礙理解，尤以〈齊物論〉為然。若能先明思想系統，一篇之中的思路應能怡然理順，然而思想系統又據各篇縱橫的語意重構而得。為了便於理解《莊子》文意，宜先明其思想系統，而後通釋文意，便能知其脈胳。今先取〈齊物論〉試為解說。

　　〈齊物論〉全文由有我和無我的種種解說交錯形成。如果以提問為引導，而系統的組構本篇思想，第一個問題可從南郭子綦和顏成子游的對話提起，即「什麼是自我？」南郭子綦和顏成子游的對話統括全篇思想的首尾：自我和無我。因此全篇思想就是從自我推演到無我的過程。當提出「什麼是自我？」這個問題時，這個問題本身就是一項知識、一句語言，而提出這個問題的人也自知提問題者是自己。因此，回答這個問題只能從知識和語言入手。從知識和語言入手只能就其本性和功能入手，而不能就其內容入手。如果從內容入手，將漫汗而無所歸。於是第二個問題就是「知識和語言的本性與功能是什麼？」如果知識和語言的本性與功能是圓滿而無缺陷，莊子也不必談

「道」和至人、聖人的無我之境。因此,第三個問題是「知識和語言的蔽陷是什麼?」既然知識和語言有蔽陷,也就是自我有蔽陷,那麼,如何才能挽救其蔽陷是合理的思路。這個思路緣知識和語言而起,其解答必須是非知識、非語言的。而知識和語言本是思路,即前述提問程序所屬的思路,因此其解答也是非思路的。所謂思路即邏輯思維,因此其解答是非邏輯思維的。然而這個非知識、非語言、非邏輯思維的解答卻必須由邏輯思維、語言、知識的方式來說明。這個解答,莊子稱之為「道」,於是第四個問題便是「道的涵意及其表述方式是什麼?」由於「道」是以邏輯思維、知識、和語言的方式表述,而「道」本身卻是非邏輯思維、非知識、非語言的,因此即使說明了,也理解了「道」的涵意及其表述方式,仍然無法體認「道」。可是既然說明了,也理解了「道」的涵意及其表述方式,當然也肯定「道」是能夠體認的,既然能夠體認,它卻是非邏輯、非知識、非語言,又必須以邏輯、知識、語言的方式表述,那麼要表述對「道」的體認便與表述「道」的涵意有所不同。表述「道」的涵意是緣於知識和語言而有,在知識和語言中,表述一概念的意義常是使用規範的語言,如「某是……。」因此表述「道」的涵意也模擬這種規範表述。相對照之下,表述「道」的體認便須用另一種方式以示區隔。這另一種方式即模擬描述的語言,於是第五個問題便是「道的體認及其表述方式是什麼?」對這個問題,莊子以描述至人、聖人的狀態來回答。

　　「自我的意義」、「知識和語言的本性」、「自我的蔽陷」、「道的涵意及其表述方式」、「道的體認及其表述方式」這五個問題就是〈齊物論〉的思想系統。

二　思想綱要

（一）自我的意義

〈齊物論〉藉南郭子綦和顏成子游的對話，以人籟、地籟喻有我，以天籟喻無我。人籟和地籟都有主導者使竅穴發聲。人籟的主導者是以口，以口吹氣而成人籟。地籟的主導者是大塊噫氣所成的風，風使萬竅作聲。萬竅則喻萬物。天籟並不是在人籟、地籟之外別有一籟。只要沒有主導者，眾竅聲自己出，人籟、地籟就是天籟。

人籟、地籟和天籟所喻的有我和無我，意在點出人類文明的狀況。人類自視為文明的創造者，為萬物的尺度。這就是有我的世界觀，是人籟、地籟之所喻。在這個觀念中，人自覺與其他萬物不同，這個自覺就是自我的自覺，有我的自覺，並且自覺為其他萬物的主導者、控制者。人將所認識的萬物以知識構成世界體系，以語言表此世界體系，並且自認為那就是萬物的原貌，即使對此世界體系中的萬物有價值判斷，那些價值判斷也是客觀而公正的。這就是有我的意義：一個擁有真理和公正的主導者、操控者。

然而從自我的知識形成來看，知識緣欲望而有，又發揮其作用而滿足欲望，而賴以實現此欲望的知識卻不具有普遍的真理和公正，於是造成自我的困境。〈齊物論〉有相當篇幅來破除這個迷障。

（二）知識和語言的本性

1　知識

「自我」本身就是一項知識，它指自覺到我和外物有別。因此，知識構成的條件是我和物。由於以我為中心，則物可稱為「彼」。〈齊物論〉說：

> 非彼，無我；非我，無所取。

正是說明自我因物而立，物因自我而顯。如果沒有萬物，就沒有自我，至少不知道有沒有自我。如果沒有自我，也就沒有萬物，至少不知道有沒有萬物。

然而人卻自視為其他萬物的主導者、控制者，何以致此？

人依其認識官能而識物，而有知識。認識官能的作用又以實現、滿足生命欲望為目標。生命欲望是以個體之姿呈現，而賴吞噬外物以維生為本性。因此，生命欲望隱含主導、控制外物的本性。認識的本性卻不然。認識所以可能，必須一方面依附在生命欲望，另一方面則保全外物。於是認識本身陷於兩難。若隨順生命欲望，則滅外物，外物滅，認識亦不可得。若全外物，則生命欲望滅，生命欲望滅，認識亦不可能。這個兩難因外物繁頤且生生不息而後解。認識可以隨順實現、滿足生命欲望，而不虞外物盡滅。於是主導和控制外物的自我形成。

因認識能力的特性之故，對外物認識不是全面而整體的，而是部分且分解的。對外物以個體的方式認識，對個體又以分解其成素的方式認識。至於整體，則是以人所具的一切知識依生命欲望需要的緩急而組成。隨著知識的增加，整體的大小範圍因而改變，即世界觀因而改變。整體既然會改變，則反證人所認識的整體不是真正的整體，而是暫時設置的整體。這種部分且分解的認識特性，莊子稱之為「封」或「畛」。〈齊物論〉說：

> 古之人，其知有所至矣！惡乎至？有以為未始有物者，至矣！盡矣！不可以加矣！其次以為有物矣，而未始有封也。其次以為有封焉，而未始有是非也。是非之彰也，道之所以虧也。道

之所以虧，愛之所以成。果且有成與虧乎哉？果且無成與虧
乎哉？

又說：

夫道未始有封，言未始有常，為是而有畛也。請言其畛：有左，
有右，有倫，有義，有分，有辯，有競，有爭。此之謂八德。

「封」和「畛」正指出部分而分解的認識特性。這個特性造成個體及
其分野。而無數個體依人認識所能及的範圍構成整體，這就是〈齊物
論〉所說的「成」。此「成」（整體）由認識而有，認識以實現、滿足
生命欲望為目標，所以說是「愛之所以成」。這個暫時設置的整體，
擬想與真正的整體（道）相比，是殘缺不足的，莊子稱之為「虧」。
「道」無所謂成或虧，所以〈齊物論〉說：「果且有成與虧乎哉？果
且無成與虧乎哉？」意謂說有固然不可，說無亦不可。說成與虧是從
知識的立場而言。

　　依認識的特性立了許多個體，依有限的認識範圍立了整體
（成），依實現、滿足生命欲望的目標，在許多個體之間立了真偽、
是非、可不可。自我以此方式主導、控制了外物。這些判斷的目的是
為了實現或滿足自我的生命欲望。因此，「真」、「是」、「可」是有利
於自我的生命欲望，「偽」、「非」、「不可」則反之。於是自我就以真
偽、是非、可不可的分辨主導、控制外物，並且必須認為這些知識是
絕對正確而公正的，否則就失去發揮主導、控制外物的理由。

　　但是自我認為其知識絕對正確卻因自我指誰而變為相對正確。自
我因彼（物）而立，外物繁賾，則自我所指是浮動的。當自我指人類
時，外物便是指萬物。自我指某群體時，外物便指其他群體和萬物。

自我指某個人時，外物便指其他個人、群體、和萬物。如是便有無數的自我及其所主張的真偽、是非、可不可等價值判斷，而造成相對的真偽、是非、和可不可。所以〈齊物論〉說：

> 是亦彼也，彼亦是也。彼亦一是非，此亦一是非，果且有彼是乎哉！果且無彼是乎哉！

由於認知的分解本性，使知識呈現了「封畛」的本性。由於是實現、滿足生命欲望的工具，知識必須組合為暫時設置的整體，即「成」、「小成」。由於知識所指涉的外物對生命欲望有利有害，必須將「小成」的知識內容區分為是非的價值判斷。封畛、小成、是非這些本性使知識成其為知識，但是也埋下了自我陷於困境的因子。

2 語言

從認知來說，「自我」的內涵是個體生命欲望和知識的混合。從表現來說，則必須再加上語言。（廣義的說是符號。）如果沒有語言，生命個體將停在肉體感官互動、接觸的層次，「小成」和「是非」的知識本性也無由形成。透過語言，知識從感官層次提升到抽象層次。語言使知識得以表現、外顯，觸及客觀世界（外物），復由客觀世界對生命欲望的回饋，而調整知識的內涵。因此，知識和語言在相互牽引中，不斷深化、強化「自我」的內涵。

語言在深化、強化「自我」內涵的功能中，雖然其意義和知識未必完全符合，而有言不盡意的情況，其本性則和知識的本性一致。知識有封畛，語言也有封畛，所以〈齊物論〉說：「道未始有封，言未始有常，為是而有畛也。」〈齊物論〉在此表達兩層觀念：道無封，言有封；道有常，言無常。語言有封畛是緣於它所表達的知識有封

畛，而語言無常是緣於知識的小成。小成的知識是為了生命需要而作的暫時設置，語言在此當然不是無常，而是有其約定俗成的用法和意義。但是知識本有價值判斷（是非）的本性，語言也緣之而有此本性。價值判斷有其依據，這個依據必須有成其為依據的理由，如是無窮追溯。而這些無窮追溯都賴語言而得以進行。所以〈齊物論〉說：「是亦一無窮，非亦一無窮。」殆謂每一小成知識中價值判斷的依據都是無窮無盡的，則語言中價值判斷意義的無常隨之而具。

語言意義的無常不僅見於價值判斷的語句中，也見於描述語句。雖然語言在小成知識中有其約定俗成的用法和意義，但是這意義是隨知識而有的。知識因其封畛本性對外物的認識僅及部份表象，語言表之，則只呈現局部意義。為了理解其全面意義，一語詞須解釋才能呈現更多層面的意義。但是更多層面的意義也是無窮的，因為即使對特定外物的表象能完全描述，特定外物和其他事物的直接、間接關係也是無窮的。雖然在語用中，語意的解釋有其限度，以便應用，但是緣此而認為語意可確切不移，則是過甚其詞的說法。因此從語意的無窮解釋點出語意的無常。〈齊物論〉說：

> 天地與我並生，而萬物與我為一。既已為一矣，且得有言乎！既已謂之一矣，且得無言乎！一與言為二，二與一為三。自此以往，巧曆不能得，而況其凡乎！

雖是談論以語言表述「道」係無窮後退解釋，其中也包含了語意無常的觀點。

除了封畛、無常之外，語言也隨著表述知識而有是非。這些本性在小成的知識體系中發揮了實現和滿足生命欲望的功能，本屬常態，也無可批評。但是一旦自我自覺到自身的困境時，都必須深入批判知

識和語言的這些本性，以尋求超越困境的方法。而〈齊物論〉對自我的困境有深入的分析。

（三）自我的困境

自我以生命欲望為核心，而裹以知識。無數的自我各自樹立一套真偽、是非，與可不可的標準，則不能不陷於衝突矛盾，演為鬥爭。於是憑其知識日夜營構智巧，以求實現、滿足自我的生命欲望。這是自我所必需且必然的。但是在實現、滿足自我的生命欲望之際，同時夾雜著憂心、焦慮、嫉恨、憤怒、喜樂、悲哀的輪轉，這是自我的生命欲望極力要迴避，卻又必然遭遇的。既極力迴避，又必然遭遇，迴避牽引著遭遇降臨，遭遇又激起迴避急切，於是自我在這兩股力量互絞之中越沈越深。對這種困境，〈齊物論〉有非常深切的描述：

> 大知閑閑，小知閒閒。大言炎炎，小言詹詹。其寐也魂交，其覺也形開。與接為構，日以心鬥。縵者、窖者、密者，小恐惴惴，大恐縵縵。其發若機栝，其司是非之謂也。其留如詛盟，其守勝之謂也。其殺若秋冬，以言其日消也。其溺之所為之不可使復之也。其厭也如緘，言其老洫也。近死之心，莫使復陽也。喜怒哀樂，慮嘆變慹，姚佚啟態。樂出虛，蒸成菌，日夜相代乎前，而莫知其萌。已乎！已乎！旦暮得此，其所由以生乎！

從自我形成之際，就已經埋下陷入困境的因子，隨著知識的繁複，這個困境愈益糾纏，而脫困的方法唯有超越自我，臻於無我。

（四）道的涵意及其表述方式

　　既然自我感受到自身的困境是本欲求樂，卻陷於喜怒哀樂憂悲嫉羨的輪轉之中，自我也認識到知識和語言是助長困境的工具，那麼要超越困境就必須在知識和語言之外另覓方法，以使自我超脫喜怒哀樂憂悲嫉羨輪轉的困境。因此，這方法必須是「非知識」、「非語言」的。由此方法而至的心境不屬喜怒哀樂憂悲嫉羨等情感，因此，這心境是「非情感」的。這心境可名之為「道」，而這方法則是體「道」的工夫。

　　然而任何非情感的心境，非知識、非語言的工夫，只要經過言說，就成為知識，而表諸語言。因此，以情感、知識、語言的方式表述「道」係採用詭辭的方式。詭辭就是從情感、知識、語言的立場去自我否定。自我否定的結果不是虛無，因為虛無仍是知識取向之所至。自我否定的結果是把知識、語言、情感逼至絕境，而跳躍、超越至「道」的心境。〈齊物論〉中的詭辭就從知識、語言、欲望和情感表述「道」。〈齊物論〉說：

> 道惡乎隱而有真偽，言惡乎隱而有是非。道惡乎往而不存，言惡乎存而不可。道隱於小成，言隱於榮華。

小成知識是認知的對象，小成知識透過語言的解釋而明其意義。如今卻否定小成知識及其語言解釋對「道」的認知和解釋功能，則知識和語言至此困窮。知識和語言的功能只在分辨真偽、是非，如是則體「道」的心境是無真偽、無是非的。然而若說「道」無真偽、是非，則與知識、語言有真偽、有是非相對，仍然落入真偽、是非之中。所以「道」不是無真偽、無是非，而是「非真偽」、「非是非」，意謂不落入真偽、是非之辨中。

有真偽、是非則預設知識、語言是分裂外物的，若不分裂外物，則無從比較，也就無所謂真偽是非。〈齊物論〉說：

> 其分也，成也。其成也，毀也。凡物無成與毀，復通為一。惟達者知通為一，為是不用而寓諸庸。庸也者，用也。用也者，通也。通也者，得也。適得而幾矣。因是已，已而不知其然謂之道。

知識和語言也必須將外物分裂，這是認知的本性。分裂外物而成就知識和語言的表述功能，同時也破毀了對「道」的體認。既成復毀就是詭辭，由此襯映「道」通為一。然而說「道」通為一仍然落入語言層次，而有「道」與「一」之別。因此，「已而不知其然」，不知「道」通為一，始為體「道」。

知識和語言既然分裂外物而識之表之，則外物成為個體或個別概念而有其界域。若無界域，則外物為一而無分裂。莊子稱此界域為「封」為「畛」。〈齊物論〉說：「道未始有封，言未始有常。為是而有畛也。請言其畛：有左，有右，有倫，有義，有分，有辯，有競，有爭。此之謂八德。」在知識和語言的領域內，以封畛成就其功能，不論是客觀的方位如左右，道德的判準如倫義，是非的釐清如分辯，和權力的獲取如競爭，都賴知識和語言而完成。然而知識和語言必須自我否定其封畛，才能表述「道未始有封」，而不是表述「道無封」。如果「道無封」，則和知識、語言的有封相對，而落入是非之辯。

知識和語言是實現、滿足欲望的工具，因此，也可以從欲望這個層面表述「道」是「非欲望」。〈齊物論〉說：

> 古之人，其知有所至矣！惡乎至？有以為未始有物者，至矣！

盡矣！未可以加矣！其次以為有物矣，而未始有封也。其次以為有封焉，而未始有是非也。是非之彰也，道之所以虧也。道之所以虧，愛之所以成也。

「愛」是對特定對象的欲望，而對特定對象的認識可以從本能之知到理性之知。既然愛成則道虧，則「道」不是無欲望，而是「非欲望」。如果「道」是無欲望，則與有欲望相對，而落入是非的層次。在知識、語言的領域中，愛的對象既可以是從本能到理性的對象，且人們常以理性的對象之價值高於本能的對象，甚至是生命價值之所在，然而從愛成道虧來看，對理性對象之愛仍然未至於「道」。因此，〈齊物論〉說：

夫大道不稱，大辯不言，大仁不仁，大廉不嗛，大勇不忮。道昭而不道，言辯而不及，仁常而不成，廉清而不信，勇忮而不成。五者圓而幾向方矣！

這種表述方式可以用「大某不（非）某」的格式施於一切愛的對象上，它無非顯出「道」是「非欲望」的。

當愛成之時，對於所愛的對象，若出於利用，則主導之，操控之；若出於善意，則以己之所謂善主導之，操控之。「道」則無此。〈齊物論〉說：

非彼，無我；非我，無所取。是亦近矣，而不知其所為使。若有真宰，而特不得其眹。可行己信，而不見其形，有情而無形。百骸，九竅，六藏，賅而存焉，吾誰與為親？汝皆說之乎？其有私焉？如是皆有為臣妾乎？其臣妾不足以相治乎？其

> 遞相為君臣乎？其有真君存焉？如求得其情與不得，無益損乎
> 其真。一受其成形，不忘以待盡。與物相刃相靡，其行盡如
> 馳，而莫之能止，不亦悲乎！

對於所愛，能直接主導、操控，則直接主導、操控，不能直接主導、
操控，則以組織間接主導、操控。這是欲望知識、語言領域內的常
態。「道」則不然。操控者與一切被操控者的關係類似「道」與萬物
的關係，都是一與多的關係，但是「道」沒有主導、操控的意志，而
是「不知其所為使」，是「非主導」、「非操控」的。

　　要而言之，以知識、語言表述不屬知識、語言領域的「道」，只
能借詭辭的方法。所以〈齊物論〉說：

> 以指喻指之非指，不若以非指喻指之非指也；以馬喻馬之非
> 馬，不若以非馬喻馬之非馬也。天地，一指也，萬物，一馬也。

自體「道」而觀萬物，則天地萬物莫不齊。因此，一指一馬乃至萬物
無不齊。但是在知識、語言的領域內，指與馬乃至萬物皆不同，因此
一指一馬乃至萬物都不是「道」。如今要以知識、語言表述「道」，只
要提到一指、一馬，就指涉知識、語言領域之內的指、馬，而不是體
「道」而觀的指、馬，不是能夠體現「道」的指、馬。這就是「以指
（知識、語言的肯定表述）喻指（現象之指）之非指（道相之指）」
的意義。因此，只能「以非指（知識、語言的否定表述）喻指（現象
之指）之非指（道相之指）」。伸出手指而說它不是手指，這個表述在
知識、語言領域之內是矛盾的，沒有意義的，卻由此而逼出「道」。
於是這個矛盾而沒有意義的表述變成了有意義的詭辭。

　　欲望、知識、語言是生命的事實，是生存必不可少的成素，也是

自我陷於困境的因素。從知識、語言來思維、表述這個困境，而逼出超越的途徑時，這個途徑——道——猶然是從知識、語言的領域來擬想，對騷動不安的各種情緒、情感之流轉仍然無法柔服，但是至少認知到困境，也認識到困境可以超越，而不是只感受和認知到困境而無可奈何，甚至不認為那是自我的困境而隨之生死其間。〈齊物論〉在此是緣欲望、知識、語言而說「道」的涵意，這是「道」的體認之端。

（五）道的體認及其表述方式

從「道」的涵意，吾人只能知那是「非知識」、「非語言」、「非欲望」、「非情感」，卻仍然無法知道那究竟是什麼。若要知道那究竟是什麼，就得有方法。然而方法是知識、語言領域中的概念和語詞，因此，體認「道」必須是「非知識的方法」。其實「非知識的方法」是個詭辭，它逼出體認「道的工夫」。〈齊物論〉中並沒有提到這個工夫，而見於〈人間世〉：

> 若一志，無聽之以耳，而聽之以心。無聽之以心，而聽之以氣。聽止於耳，心止於符，氣也者，虛而待物者也。唯道集虛。虛者，心齋也。

在未體認「道」時，自我的心識遍滿知覺和理性知識，這些知識又遍滿真偽、是非、可不可的價值判斷。要體認「道」就必須消去這些價值判斷。因此，須凝神專一，先識得感官知覺知識所隨附的價值判斷，而後消去之。這就是「無聽之以耳」。因為感官知覺知識和自我生命欲望的關聯最直接，其價值判斷也最強固。理性知識雖然也以實現、滿足生命欲望為目標，但是其內容是抽象的思想，與自我生命欲望的關聯是間接的，甚至理性知識可以暫時擱置自我生命欲望的需

求，以純理為其內容。不過，即使是純理的理性知識，也是為了提供自我控物外物的法則或尋求存在的理由和價值，因此，仍有是非和可不可的判斷必須消去。所以在「無聽之以耳」之後，繼之以「無聽之以心」。在理性知識的價值判斷消去之後，外物只以其與人類認識特性相應的存在方式呈現，此時正是「聽之以氣」。聽之以氣即是吾心虛靈，虛靈即不對外物作價值判斷，而以「心齋」喻之。這就是體認「道」的心境──無我。

自我的特性就是認識外物和對外物作各種價值判斷，心齋之時的無我則是消去一切價值判斷，如是則自我和無我共同之處就是純然認識外物。自我在認識外物和作各種價值判斷時，其目標是為了實現、滿足生命欲望，從而也帶來各種機心和喜怒哀樂等情緒或情感，傷害了生命。雖然自我的知識活動有一部分暫時和滿足生命欲望無關，如科學、藝術、學術的知識活動或專一的工作，但是這一切知識活動的結果終將關聯到實現、滿足生命欲望。正因如此，科學、藝術、學術，乃至各種工作在達到高度成就時，常被冠上「某某藝術」之名，那是因為這些高度成就必須在排除得失及其所帶來的各種情緒好惡而專心一志時才有所成。這樣的心情類似無我之境，卻不等於無我之境。當從這些知識活動離開時，仍然瀰漫著實現、滿足生命欲望的需求，從而帶來各種機心和喜怒哀樂等情緒，包括以這些高度成就的知識為工具所帶來的得失哀樂之情。無我之境則不然，直接以一切知識的價值判斷為消去的對象，直到無可消去，外物純然呈現，自無各種機心及其所牽引的哀樂。這樣的無我之境，緣於自我知識有所蔽而說是「明」，緣於自我知識、機心所帶來的哀樂相循而說是「至樂」。

經過體「道」工夫而臻心齋之時，那是一種心境。在欲望、知識、語言的領域內，也有心境，不過那是自我受制於利害的心境，是充滿了各種思慮、情緒、情感交織而成的心境。於是描述體「道」心

境也只能以受制於利害的心境來映照，〈齊物論〉說：

> 至人神矣！大澤焚，而不能熱；河漢沍，而不能寒。疾雷破
> 山，風振海，而不能驚。若然者，乘雲氣，騎日月，而遊乎四
> 海之外，死生無變於己，而況利害之端乎！

一切利害莫大於死生，體「道」的心境能超乎死生的擾動，則自我的
困境也隨之消弭，而臻於無我。所謂「死生無變於己」的「己」正是
無我的「己」。常人以「己」為形骸，一旦化為**蝴蝶**，必定驚駭恐懼
無比，〈齊物論〉則以莊周化蝶、蝶化莊周都能栩栩然適志，喻不為
死生擾動的體「道」心境。

二　釋義

（一）人籟、地籟與天籟 —— 自我與無我

> 南郭子綦隱机而坐，仰天而噓，苔焉似喪其耦。

南郭子綦憑机而坐，仰天而噓。何以仰天而噓？噓為吐氣。低首
吐氣是有所慨歎，**仰天而噓則其氣舒張，其情朗然**。朗然之情如何？
苔焉似喪其耦。耦即偶配。心與身為偶。心所營構的一切知識都是為
了此身的生存。於是心與外物相因相倚，而成自我。又以自我主導、
控制外物，雖然供養了此身，也陷入困境。**喪偶則心不與外物對立，
而臻無我之境。**

> 顏成子游立侍乎前，曰：「何居乎？形固可使如槁木，而心固
> 可使如死灰乎？今之隱机者，非昔之隱机者也。」

　　南郭子綦弟子顏成子游見其師情態，驚訝莫名。驚訝南郭子綦為何與往日不同，而形如槁木，心如死灰。依常人之見，活著是生機蓬勃，如草木欣榮，死了才無動無靜，如槁木死灰。生機蓬勃是因為自我與外物對立，進而求獲外物，以滿足欲望，因此窮其精神、體力，活躍於萬物之間。其中歷經一切善、惡、真、偽、美、醜、機巧，而悲喜怨怒憂恨嫉羨，也視為生命本如此，甚至以此為生命活力的表徵。如今<u>南郭子綦不與外物對立，**臻於無我之境，從常人生命奔競活潑的習見來看，誠然如槁木死灰，毫無生趣**</u>。但是南郭子綦並未死亡，而是呈現了生命的另一面。因此顏成子游大為驚訝，而不得不問。

　　　　子綦曰：「偃，不亦善乎，而問之也！今者吾喪我，汝知之乎？女聞人籟而未聞地籟，女聞地籟而未聞天籟夫！」子游曰：「敢問其方。」子綦曰：「夫大塊噫氣，其名為風。是唯無作，作則萬竅怒呺。而獨不聞之翏翏乎？山林之畏佳，大木百圍之竅穴，似鼻，似口，似耳，似枅，似圈，似臼，似洼者，似污者；激者，謞者，叱者，吸者，叫者，譹者，宎者，咬者，前者唱于，而隨者唱喁。泠風則小和，飄風則大和，厲風濟，則眾竅為虛。而獨不見之調調，之（刁刁）【刀刀】乎？」子游曰：「地籟則眾竅是已，人籟則比竹是也。敢問天籟。子綦曰：「夫吹萬不同，而使其自己也，咸其自取，怒者其誰邪！」

　　無我之境是工夫積漸而致，若說明其境，可依理說，也以依物而喻。南郭子綦答覆顏成子游是依物而喻，取人籟、地籟、天籟為喻。南郭子綦先敘地籟。人籟易知，因此略而不說，而由顏成子游問天籟時敘及。南郭子綦所敘地籟可以詳細鋪衍，也可以一語盡之。一語盡之即

「夫吹萬不同」。若詳細鋪衍，可以比莊子〈齊物論〉所述更豐富，甚至有些地籟難以言語描述。這猶如詳細鋪陳人類知識，可以從過去的知識鋪衍到現在的知識，乃至未來的知識，但是一言以盡之，則這些知識各不相同，其所同者，都是自我主導、控御外物的知識，一如人籟、地籟都有主導者。人籟的主導者是口，地籟主導者是風。天籟則無主導者。無主導者何以名為天籟？正因無主導者，人籟、地籟各盡其聲，所以說：「夫吹萬不同，而使其自己也，咸其自取。怒者其誰也？」因此，<u>不是在人籟、地籟之外別有一籟可名為天籟者，消去人籟、地籟中的主導者，天籟立現</u>。由此以喻不是在自我之外別有一我可名為無我者，消去自我主導、控御外物的特性，即是無我。至於如何而臻無我，南郭子綦依物而喻，因聲而說，其方法在心齋。（見前文「壹、思想綱要四」。）

（二）近死知心 —— 自我的困境

　　大知閑閑，小知閒閒；大言炎炎，小言詹詹。

無我的智慧是大智，有我的知識是小智。發為言語，無我的言談是大言，有我的言談是小言。<u>大智何以是「閑閑」？小智何以是「閒閒」？</u>無我大智不以主導、控御外物而滿足生命欲望為目標，因此無所得，也無所失。無所得失，則不陷悲喜怒憂恨嫉羨的糾纏。於是從容暇豫，與物逍遙，情態閑閑。自我小智以主導、控御外物而滿足生命欲望為事，得失交戰胸中，窮盡一切機巧，分此辨彼，伺察利害。因此自視聰明善，縫中別隙，故名「閒閒」（間間）。<u>大言何以是「炎炎」（淡淡）？小言何以是「詹詹」？</u>無我大智之言不以奔競求勝以主導外物為事，於是激不起心中欲求的波濤，而令人覺得淡乎寡味，故稱「炎炎」（淡淡）。自我小智之言既長於伺察明辨，其言談自是苛碎，故稱「詹詹」。

> 其寐也魂交，其覺也形開，與接為搆，日以心鬥。縵者，窖
> 者，密者。小恐惴惴，大恐縵縵。

人既習於小智小言的聰明伺察，甚至以此為生命的大成就。若要使人
樂於知道生命中另一面，必須先使人反身詳審小智小言的蔽陷。<u>小智
小言的蔽陷如何？</u>既出於主導、控制外物，則勝心據心充盈，無時無
刻不以此為念，於是夢中思之，醒時付諸行動，與外物相遭相遇，莫
不以鬥心待之。鬥心不欲曝白而為外物所乘，於是深匿如縵如窖，一
以隱密為上。然而深匿的鬥心之中充滿憂慮和恐懼，唯恐失敗。

> 其發若機栝，其司是非之謂也；其留如詛盟，其守勝之謂也；
> 其殺若秋冬，以言其日消也；其溺之所為之，不可使復之也；
> 其厭也如緘，以言其老洫也；近死之心，莫使復陽也。喜怒哀
> 樂，慮嘆變熱，姚佚啟態；樂出虛，蒸成菌。

深匿的鬥心一旦顯露而與外物遭遇，甚為可畏。以己為是，攻人
之非，猛銳如箭矢，自機弩飛奔而去。為了爭得勝利，堅忍不動，有
如盟誓。其殺機深沈，如自秋而冬，日趨消亡。鬥心沈陷在攻伐、爭
勝、殺機的泥淖不能復拔，有如緘繩層層密封，除了毀滅枯竭，別無
其他。如此近乎死亡的鬥心，已經不再有絲毫生機。而<u>鬥心顯露與外
物相遭相遇之時，其心情又如何？</u>乍喜乍怒乍哀乍樂，憂慮歎氣驚恐
疑忌，在如是壓力下，又不免以放縱狂悖宣洩其氣。本欲追求最終的
快樂，卻被纏繞在如此雜沓的情緒中，像在虛空中水氣蒸發而成的菌
菇，只是幻影而已。

> 日夜相代乎前，而莫知其所萌。已乎，已乎！旦暮得此，其所
> 由以生乎！

　　鬥心既已沈陷而輪轉於攻伐、爭勝、殺機、喜怒哀樂、憂煩驚
恐、放縱狂悖之中，想尋其從何而生，已迷離而不知。本欲求生，竟
落死機，一旦如此，實由鬥心所致。然而鬥心果何從而生？

（三）成心——自我困境的成因

> 非彼無我，非我無所取。是亦近矣，而不知其所為使。若有真
> 宰，而特不得其眹。可行己信，而不見其形，有情而無形。

　　鬥心起於自我。然而自我果真是外物的主宰而主導、控制外物
嗎？其實不然。<u>若無外物，則無自我；若無自我，亦無認取外物者</u>。
如是思維，便近乎真宰、真我。真宰不主導被主導者，控制被控制
者。<u>如是思維何以只是近乎真宰、真我，而不即是真宰、真我？</u>尚未
有實踐工夫之故。自我以視外物，必有兆端，循兆端以盡其末，則能
知外物本末，從而控御外物。真宰則無此兆端。自我亦可踐履然諾
信，然諾之信以言行為驗，言行則表於身形。真宰亦有然諾之信，但
是不顯於言行之形。自我是實在的，有形骸。真宰也是實在的，卻無
形骸。

> 百骸，九竅，六藏，賅而存焉，吾誰與為親？汝皆說之乎？其
> 有私焉？如是皆有為臣妾乎？其臣妾不足以相治乎？其遞相為
> 君臣乎？其有真君存焉？如求得其情與不得，無益損乎其真。

　　雖然如此說明，仍很難思議真宰。不如<u>用有形骸的自我來比況</u>。

自我具備了百骸、九竅、六臟，自我有所愛欲，則有所厭棄，可是自我特別鍾愛那一部分的百骸、九竅、六臟？沒有。自我不特別鍾愛形骸的某一部分。由此類比於真宰，真宰也不特別鍾愛自我所認識某一外物。另一方面，百骸、九竅、六臟都是自我形骸中的一部分，自我對它們都非常珍愛。失去任何一部分，對自我都是莫大的傷害，因此自我對形骸的每一部分都視為私有，依其功能，層層操控，以保自我的生存，就此而言，真我和自我截然不同。真我會像自我這樣嗎？真我會把自我所認識的一切外物都視為私有，極為珍愛嗎？真我會把自我所認識的一切外物依功能而層層操控，就像君臣依次控御嗎？不然。如果認為真君就在對外物的層層操控之中，於是由此尋覓真君，不論自認為尋得與否，對真君並沒有絲毫增損。因為真君本不在其中。

> 一受其成形，不忘以待盡。與物相刃相靡，其行盡如馳，而莫之能止，不亦悲乎！終身役役而不見其成功，薾然疲役而不知其所歸，可不哀邪！人謂之不死，奚益！其形化，其心與之然，可不謂大哀乎？人之生也，固若是芒乎？其我獨芒，而人亦有不芒者乎？

如果真君像自我一樣有其形骸，又不像自我那樣漸次亡盡，那麼真君將與外物不斷爭鬥，相刃相靡。那過程就像飛馬奔馳而停不下來，這不是像自我輪轉於喜怒哀樂憂恨疑忌那樣悲哀嗎？如此勞役一生而無所成，疲憊困頓而不知歸向何處，不是很悲哀嗎？所以<u>真君不在形骸中尋求</u>，若向形骸中求，就算真君形骸不死，又有何益？向形骸中求真君者，其形骸不斷變化，心也隨之而變化，能不說是莫大的悲哀嗎？然而眾人盡向形骸求真君，難道人的生命本就這麼芒昧？既然眾人盡向形骸求真君，難道只有我是芒昧的，而眾人實有其不芒昧之處？

　　夫隨其成心而師之，誰獨且無師乎？奚必知代而心自取者有之？愚者與有焉。未成乎心而有是非，是今日適越而昔至也。是以無有為有。無有為有，雖有神禹，且不能知，吾獨且奈何哉！

　　自我以其所知為完密，於是有了成心，並且以其成心為準繩，衡斷一切。既然如此，誰沒有一套成心作準繩？何必等到詳察成心發用的結果竟是喜怒哀樂憂恨疑忌在眼前輪轉不息，才知道有成心作祟，只要自我認取外物就開始有成心了，連愚蠢的人也有成心，何必善於機巧的人才有。若沒有成心，卻對外物衡斷其是非，這是不可能的，就像惠子說：今天到了越國，同時昔日到了越國。這麼說是矛盾的，是把虛無當作實有。可是一般人衡斷一切外物的是非，卻說自己沒有成心，這就是把虛無當作實有，即使是神禹無法理解這種矛盾的說法，我又可奈何！

（四）是非與明——價值判斷的相對性和判準的無窮追溯

　　夫言非吹也，言者有言，其所言特未定也。果有言邪？其未嘗有言邪？其以為異於鷇音，亦有辯乎，其無辯乎？

　　自我的知識構成一套體系，騰播為言談。然而自我的知識是分解外物而成的，而且是以主導、控制外物的方式形成的，因此，對自我每一知識的理解都仰賴對另一知識的理解。換句話說，對自我每一知識的解釋將陷於無窮無盡。由此以觀，自我的言談不像無我的天籟。自我以其知識主導控御外物，必須自視為正確、確定，但是他看起來是說了話，他所說的話卻因需要無窮無盡的解釋，而變得不確定。這麼看來，自我果真說話了嗎？或不曾說過？自我認為自己所說的話和

無意義的鳥鳴有所不同，真有不同嗎？或毫無差別。

> 道惡乎隱而有真偽？言惡乎隱而有是非？道惡乎往而不存？
> 言惡乎存而不可？道隱於小成，言隱於榮華。故有儒墨之是
> 非，以是其所非而非其所是。欲是其所非而非其所是，則莫若
> 以明。

真我、至道為什麼會隱沒而有自我所作的真偽之辨？真我的言談
為什會隱沒而有自我所作的是非之辨？至道本是無處不在，至道之言
本是無處不可用，然而自我的小成知識遮蔽了至道，自我之言的不斷
修飾和解說遮蔽了真我之言，這是小成知識的本性使然。所以才有儒
者和墨者各立一套衡斷是非的知識，以肯定對方所否定的，或否定對
方所肯定的，執意對立。如果不執意對立，齊一看待，初步就得肯定
當初自己所否定的，否定當初自己所肯定的，以進至無所肯定，無所
否定，那就不如用「明」的工夫。為什麼？

> 物無非彼，物無非是。自彼則不見，自知則知之。故彼出於
> 是，是亦因彼。彼是方生之說也，雖然，方生方死，方死方
> 生；方可方不可，方不可方可；因是因非，因非因是。是以聖
> 人不由，而照之於天，亦因是也。是亦彼也，彼亦是也。彼亦
> 一是非，此亦一是非。果且有彼是乎哉？果且無彼是乎哉？彼
> 是莫得其偶，謂之道樞。樞始得其環中，以應無窮。是亦一無
> 窮，非亦一無窮也。故曰莫若以明。

外物若不是由那個自我（譬如儒者）來認取，就是由這個自我
（譬如墨者）來認取，依自我來看，從他人的立場認取外物是無知

的，只有從自己的立場認取外物才是明智的。可是如果沒有他人，就不會有自我意識，沒有自我，也無從認取他人，甚至衡斷他人。所以說：彼由是而生，是（此）也因彼而生。這就是彼和是（此）一時俱生之說。而自我認取外物無時或已，於是彼和是一時俱生，一時俱滅；一時俱滅，一時俱生。認取外物之外，又有所衡斷，於是認可自我的同時，不認可他人；不認可他人的同時，認可自我。這都是彼和我相待而立所致。所以聖人不陷於是非可不可之辯，而以超乎其上的「天」來觀照。這也是順著是非而超越是非。為什麼如此？此和彼是相因相待的，無彼則無此，無此則無彼，所以二者本一，此就是彼，彼也是此。然而彼卻立了一個確然不移的是非判準，此也立了一確然不移的是非判準，每一個是非判準又仰賴另一個判準來保証其確然不移。如此無窮無盡，果真有彼和此的分別嗎？或果真有彼和此的分別？如果不將彼和此對立分別，這就稱為「道樞」。「道樞」才能體認圓環之理，圓環每一處都可以為中心，如此便能因應無窮的變化。因為是或非為了確然不移，都陷在無窮的追尋判準之中。所以說不如以「明」觀照是非。

（五）非指與道通——語言明道的方式與道的涵意

> 以指喻指之非指，不若以非指喻指之非指也；以馬喻馬之非馬，不若以非馬喻馬之非馬也。天地，一指也，萬物，一馬也。

自我的知識是分析外物而得，且作價值判斷。無我所體認的「道」則不對所認識的外物施以價值判斷，因此，在無我之境所認識的外物是齊等的。如是則任何外物都可是體道的表徵。然而以語言表述任何一物時，既可以表之為自我的知識，也可以視之為體道的表徵。如此則自我的知識和無我所體認的「道」在語言表述上就無法分

別。因此，以語言明道和以言語表述自我知識必須有所分別。一般語用總是把肯定的表述一物視為自我知識的表達，那麼，語言若要明道，便必須以否定的方式表述一物。所以，以「這是手指」一語說明「手指」此物不是「道」的表徵，不如以「這不是手指」一語來說明「手指」此物不是「道」的表徵。以「這是馬」一語來說明「馬」此物不是「道」的表徵，不如以「這不是馬」一語來說明「馬」此物不是「道」的表徵。這種語言明道的方式，從自我的知識立場來看，是錯誤的語用，因為指著某物，卻說「這不是某物」，若非認識錯誤，就是語用錯誤。但是就明道的方式來說，這是詭辭的語用。當詭辭不斷施用在外物時，人們就會察覺那不是語用錯誤，而是別有深意，將激發吾心放棄從自我的知識立場來認識外物，而轉向無我的方式認識外物。一旦有了這個轉向，所認識的外物雖然各自不同，卻都是齊等的。所以天地萬物就是一根手指，也是一匹馬，無有差等。

> 可乎可，不可乎不可。道行之而成，物謂之而然。惡乎然？然於然。惡乎不然？不然於不然。物固有所然，物固有所可。無物不然，無物不可。

「道」流行於萬物而成就「道用」。然而吾人何以知其如此？處於無我之境而體認「道」時，這個體認是在觀物之際完成。何以知道這是「道」的體認？無我以觀物時，泯除了對物的一切價值判斷，於是物皆不同，卻又無有等差。無有等差則物不受有我的知識扭曲，物皆不同則顯其本然。無有等差則顯「道」的流行、遍在，若有等差則流行有偏有圓，而「道」無偏圓之別。物皆不同則顯「道」之流行而成。這就是「道行之而成」之義。對於「道行之而成」可以不必言說表之，也可以言說表之。以言說表之，由於言說只能以物為對象，因

為「道」圓遍，而言說偏至、有限。以言說稱謂一物時是說其本然，而不施以價值判斷，否則無法以言說稱物以顯「道」的流行。此即「物謂之而然」之義。以言說稱謂一物時，可用肯定的方式，也可以用否定的方式。以肯定的方式是表此物為「道」之流行，為何能用肯定的方式，因為肯定了此物的本然。所以說「惡乎然，然於然」。以否定的方式是表此物不是「道」自身，為何能用否定的方式，因為否定了此物不是「道」自身，只是「道」的流行。這就是「惡乎不然，不然於不然」的意義。物原就有其本然，此本然就是個肯定，因而物原就有其肯定，不待自我的知識對物施以肯定或否定。推而廣之，無一物不具本然，無一物不具肯定。

> 故為是舉莛與楹，厲與西施，恢詭憰怪，道通為一。其分也，成也；其成也，毀也。凡物無成與毀，復通為一。唯達者知通為一，為是不用而寓諸庸。庸也者，用也；用也者，通也；通也者，得也；適得而幾矣。因是已。已而不知其然，謂之道。

既然萬物不同而無有等差正顯出「道」的流行以成，則自我知識對外物所施的大小、美醜之別亦可泯除。所以莛之小和楹之大，醜女與西施，乃至一切恢詭憰怪奇變之物，由「道」視之，其實無異。以自我認取外物的方式而言，是將外物分裂而識之，每一項認識包含了認知和價值判斷，進而實現欲望，因而是一項知識的完成。但是這知識的完成也摧毀了外物的本然。若依無我識之，則無所謂知識的完成，亦無所謂萬物的摧毀。萬物就其為「道」之流行而言，是通；就其齊等而言，是一。唯有通達此義的人才能了解通和一之理。也正因此而不取自我利用外物的態度，而將外物寄掛在「庸」。何謂「庸」？「庸」即平常而無殊異，既無殊異，則不取利用之心，而與

之游觀。這也是一種大用。大用則能通於萬物而心無掛礙，心無掛礙即是有得。有得就接近「道」了。循著有得而止其有得之心，既止其有得之心又消融止其有得之心，這就是體「道」。

> 勞神明為一，而不知其同也，謂之朝三。何謂朝三？狙公賦芋，曰：「朝三而暮四」，眾狙皆怒。曰：「然則朝四而暮三」，眾狙皆悅。名實未虧而喜怒為用，亦因是也。是以聖人和之以是非而休乎天鈞，是之謂兩行。

如果勞頓精神強使外物納入統一的體系，而不知萬物本皆齊等，這就叫「朝三」。什麼是「朝三」？狙公將芋餵養眾狙，說：「早上三芋，傍晚四芋。」眾狙憤怒，以為少。於是狙公改口：「早晨四芋，傍晚三芋。」眾狙以為多而喜悅不已。眾狙所食並未減少，卻一喜一怒，即是不明物本無異，而是自我的欲望作祟。人類的自我意識亦然，受生存欲望左右，以知識和價值判斷加諸外物，而造成喜怒哀樂憂怨疑忌輪轉不息，外物卻依然。所以聖人從自我知識所立的是非為基，而以無所是無所非和融之。和融之是為了泯除執固。然而泯除執固並不是捨棄是非，因此，止於天均，又存物之是非而無執固，二者並行，這就稱為「兩行」。

（六）愛成而道虧

> 古之人，其知有所至矣。惡乎至？有以為未始有物者，至矣，盡矣，不可以加矣。

古人的認知可以達於至極。什麼是達於至極？心與物冥合而以為不曾有物，這已是至極窮盡之知了，再也無法增益了。可是如果不曾

有物，何以能知不曾有物？如果不曾有物，那麼連不曾有物這句話也說不得。所以不曾有物不是果真不曾有物，而是表示沒有心物之別。若有心物之別，則將有物。但是說「沒有心物之別」時，這句話已是物（對象），已有心物之別。一如說「未始有物」時，這句話已是物。因此，沒有心物之別不是指心物果真無別，而是指心無執，無執則知其物而不求利用之，於是物現本然，心亦本然，所以無別。既無別則物亦心，心亦物，不知其為心或物，所以說「未始有物」。

　　其次以為有物矣，而未始有封也。

　　古人的認知比心無執而以為不曾有物次一等者，是以有執之心識物的階段。其間又有分別。當理解物齊之時，即萬物之間無較量，既無較量，則「未始有封（界）」。但是心知應該消除較量萬物之執。此時雖能知道物齊，卻執於「消除執著」一念，則「消除執著」者為我，於是「消除執著」一念仍然是物，而與我相對。這就是「以為有物」。

　　其次以為有封焉，而未始有是非也。

　　其次，既不能心無所執，也沒有強烈的去執之念，只認為外物之間是有差異的，此即「以為有封」。但是認為外物之間的差異是隨著欲望的需要而有變動，因此其間沒有絕對的是非、美醜、善惡等價值。這就是「未始有是非」。人對這樣的認知情況，只能隨順浮沈或淡然恬退。

　　是非之彰也，道之所以虧也。道之所以虧，愛之所之成。果且

有成與虧乎哉？果且無成與虧乎哉？有成與虧，故昭氏之鼓琴
也；無成與虧，故昭氏之不鼓琴也。昭文之鼓琴也，師曠之枝
策也，惠子之據梧也，三子之知幾乎？皆其盛者也，故載之末
年。唯其好之也，以異於彼，其好之也，欲以明之。彼非所明
而明之，故以堅白之昧終。而其子又以文之綸終，終身無成。
若是而可謂成乎？雖我亦成也。若是而不可謂成乎？物與我無
成也。是故滑疑之耀，聖人之所圖也。為是不用而寓諸庸，此
之謂以明。

　　此外，又有人認為外物之間不僅有差異，而且有絕對的是非、美
醜、善惡等價值，以符合自我主導、操控外物的本性和欲望，最後卻
陷於困境。所以越鮮明的標舉是非價值，至道就越受損害。而至道受
損害是因為心中形成執著的愛取。如果由無執之心觀之，果真有愛取
執著和虧損的至道嗎？果真沒有愛取執著和虧損的至道嗎？其實沒有
愛取執著，也沒有虧損的至道。若有愛取執著和至道虧損的分別之
念，這分別之念本身就是愛取執著，從而虧損至道，就像昭文鼓琴，
有五音分別。若是真的無執，就沒有愛取執著和虧損至道的分別之
念，這就像昭氏不鼓琴，沒有五音之別。所以昭氏鼓琴、師曠妙知音
律、惠子善於談辯，三人的知識幾乎登峰造極，而終身從事於此。正
因他們的喜好和無執者的喜好不同，又想把自己的知識傳授眾人，卻
由於三人所認識的並非無執者所認識的，所以像公孫龍那樣終身昧於
堅白的談辯，而不明至道。而他們的子弟又以如此文飾的知識芒昧一
生，而於至道無所成。像他們這樣，能說成就至道了嗎？若說是，我
也有知識，我也算成就了至道。像他們這樣，能說沒有成就至道嗎？
若說是，我的知識是物和我構成，那麼物和我也沒有成就至道。所以
看起來多智而光耀的知識是聖人所要泯除的，為此不取利用外物的態
度，而視外物為庸常，這就叫作「明」。

（七）語言的不定性

> 今且有言於此，不知其與是類乎？其與是不類乎？類與不類，
> 相與為類，則與彼無以異矣。

　　只要認識一物，總會以語言指稱它。以語言指稱一物時，總會作「是」或「不是」的事實判斷。這就是「其與是類」或「其與是不類」的意義。然而如何知道這個事實判斷是真或假，因此說「不知其與是類乎？其與是不類乎？」為了解答這個事實判斷的真假，需要作價值判斷。可是價值判斷需要個判準，而這個判準本身是正確的或不是正確的，又需要進一步判斷。如此將無窮後退。因此，只要以語言指稱事物，必定有是非之辯，必定有「是」或「不是」的事實判斷和價值判斷，卻又無法知其究竟「是」或「不是」，則果然「不知其與是類乎？其與是不類乎？」這時，人真是處於兩難的困境中，一方面，人的自我意識必須透過外物的肯定和一致性而圓滿實現，另一方面，人又無法以其知識和語言從外物獲得最終的肯定和一致性，始終流轉在不定的是非之辯中。因此，唯有冥合「是」和「不是」之辯，也就是「類與不類，相與為類」才能超越不定的是非之辯的流轉中，而後對此物和彼物沒有是非之辯，沒有價值判斷。

> 雖然，請嘗言之。有始也者，有未始有始也者，有未始有夫未
> 始有始也者。有有也者，有無也者，有未始有無也者，有未始
> 有夫未始有無也者。俄而有無矣，而未知有無之果孰有孰無
> 也。今我則已有謂矣，而未知吾所謂之其果有謂乎，其果無謂
> 乎？天下莫大於秋豪之末，而大山為小；莫壽於殤子，而彭祖
> 為夭。

　　以語言指稱此物和彼物，其中曲折之理雖然如此，若統萬物而言之，也是如此。萬物所同者為活動，活動有歷程，對歷程，人以語言表之，則說「有始」。這是個事實判斷，可是確然如此嗎？如果「有始」，其「始」是什麼？「始」於何時？何處？都不得其解。於是又說「有不曾有始」。可是確然如此嗎？「不曾有始」必須以「始」為基準，若不知「始」，也不可能知「不曾有始」。然而「有始」是否確然如此已不得其解，「不曾有始」更不可能得其解。於是以「不曾有不曾有始」代之。這樣的是非之辯將永不休止。為了遏止這永不休止的疑惑，不如回到「有始」之說。「有始」是否確然如此既然不得其解，不如回到萬物的存在來思維，因為在邏輯上存在先於活動。對於萬物的存在，以語言表之，則說「有有」。可是萬物不是永恆存在，存在之前是可能存在，存在之後是消失而不復存在，於是可說「有無」。那麼，萬物究竟是「有有」或「有無」？為了斷此是非，於是立了「不曾有有，不曾有無」一說為判準。然而這個判準確然如此嗎？不得不又立下「不曾有不曾有有，不曾有無」之說。如此將永無休止。忽然說有，忽然說無，不知究竟是有是無。如今我以語言來指謂萬物，卻永遠不定，不知所用的語言果真有意義呢？還是沒有意義？語言的不定性既然如此，那麼只能放在有限而相對之處來用。秋毫，人皆以為微末，可是與更纖細之物相較，就得說：天下莫大於秋毫。泰山，人皆以為高峻，可是和更雄偉的山嶽較量，就得說：泰山低矮。幼小而夭折的兒童，人皆以為短命，可是和生命更短暫生物比年，則是長壽。彭祖，人皆以為高壽，若與數千歲的生物較量，他是短折。語言的價值判斷、是非之辯竟是如此不定。

　　　天地與我並生，而萬物與我為一。既已為一矣，且得有言乎？
　　既已謂之一矣，且得無言乎？一與言為二，二與一為三。自此

以往，巧曆不能得，而況其凡乎！故自無適有以至於三，而況
自有適有乎！無適焉，因是已。

因此，冥合了語言所帶來的是非之辯，進而冥合了有是非和無是
非之辯，則天地與我並生，萬物與我為一。語言有分別性，萬物既與
我為一，則無分別，還需要語言嗎？可是既說「萬物與我為一」，就
使用了語言，而每一個語詞都必須解釋，那麼能不用語言嗎？既然用
了語言，「萬物與我為一」之意和表此意的「萬物與我為一」之言就
成了二物，「萬物與我為一」之言更需以一語解釋，則二物衍生為三
物。如此無窮曼衍，即使精於曆算也無法窮盡，更何況常人？從無到
有，都會衍生至三，何況從有到有的語言解釋？因此不需以語言分辨
至微，因循萬物本然即可。

（八）不道之道

夫道未始有封，言未始有常，為是而有畛也，請言其畛：有
左，有右，有倫，有義，有分，有辯，有競，有爭，此之謂八
德。六合之外，聖人存而不論；六合之內，聖人論而不議。春
秋經世先王之志，聖人議而不辯。故分也者，有不分也；辯也
者，有不辯也。曰：何也？聖人懷之，眾人辯之以相示也。故
曰辯也者有不見也。

「道」渾然為一，不曾有過分界。語言具有不定性，未曾恆常
過。因此，以語言指物，就有了畛域。在方位上，有左有右；在道德
上，有倫常有正義；在知識上，有分派有辯論；在利益上，有競爭有
掠奪。這稱為「八德」。這些都仰仗語言。所以六合之外的至道，聖
人不以言語陳述，六合之內的事務，聖人以言語陳述而不解說，一代

世務的經綸和先王的記錄，聖人解說而不爭辯。有可分的事物，也有不可分的至道。有可辯的知識，也有不可辯的至道。為什麼如此說？聖人體悟至道，不分不辯；眾人則以言語分辯至道，顯示其知見。所以說：「以言語分辯，則未見至道。」

> 夫大道不稱，大辯不言，大仁不仁，大廉不嗛，大勇不忮。道昭而不道，言辯而不及，仁常而不成，廉清而不信，勇忮而不成。五者圓而幾向方矣，故知止其所不知，至矣。孰知不言之辯，不道之道？若有能知，此之謂天府。注焉而不滿，酌焉而不竭，而不知其所由來，此之謂葆光。

大道不以言語闡述，大辯不以言語爭議，大仁不以一行之善為仁，大廉不以一事之介為廉，大勇不以狠忮逆物為勇。以言語明道則不是大道；以言語爭議，則未達大言；以一行之善為常，則不成其為大仁。以一事清介為廉，則不成其為大廉，以狠忮逆物為勇，則不成其大勇。如果以言語明道、以言語爭議、以一行之善、以一事清介、以狠忮逆物而都能圓通，反而是偏向方隅而未達大道。所以知道在無法以言語知識理解之處止步，就算是知識的極致了，過此以往，便不是言語知識的領域。有誰能知道不以言語爭議的大辯？不以言語陳述的大道？若有人能知道，這人的心懷可說是「天府」。天府的心懷，虛而為盈，如水注入卻不滿溢，自其中取酌也永不枯竭，而不知這心懷來由。這就叫「葆光」。

> 故昔者堯問於舜曰：「我欲伐宗、膾、胥敖，南面而不釋然。其故何也？」舜曰：「夫三子者，猶存乎蓬艾之間。若不釋然，何哉？昔者十日並出，萬物皆照，而況德之進乎日者乎！」

從前，堯請教舜說：「要討伐宗、膾、和胥敖三小邦，我已討伐了三小邦，南面而王，德高望重，心裏卻仍悵然若有失，不能釋懷，這是什麼緣故？」舜說：「正因南面而王，德高望重，以為行聖道於三小邦，可是三小邦仍然處僻陋的蓬艾之間，所以認為聖道不能廣被，而悵然不能釋懷。其實何必悵然！從前十日並出，普照萬物，何況盛德超乎十日，必定普照萬物。何必認為三小邦不能屈於自己的聖德而脫離僻陋是一椿缺憾。以一行之善為仁，就不是大仁，就不免悵然而不能釋懷。」

（九）至人無知——道的體認一

> 齧缺問乎王倪曰：「子知物之所同是乎？」曰：「吾惡乎知之！」「子知子之所不知邪？」曰：「吾惡乎知之！」「然則物無知邪？」曰：「吾惡乎知之！」雖然，嘗試言之。庸詎知吾所謂知之非不知邪？庸詎知吾所謂不知之非知邪？

齧缺問王倪說：「先生可知評斷外物有共同的是非標準？」王倪說：「我怎麼知道！」齧缺心想：既然不知，總該知道自己不知吧！於是又問：「先生可知自己所不知道的？」王倪說：「我怎麼知道！」齧缺又想，既然知道自己不知道，那也是一種知道，怎會說不知道，這豈不矛盾？於是又問：「那麼難道無法知道外物嗎？」王倪說：「我怎麼知道！既然你問了，我就勉強談談吧！人們各有不同的認知條件，譬如人和猿猴的認知條件不同在於身體結構。根據不同的認知條件而建立認知正確的標準，譬如人認為住在地面上的房屋是正確的，而猿猴認為居住在樹上是正確的。如果我說我知道某物，而你也肯定我，認為我所知道的是正確的，那麼你的肯定有什麼根據呢？你怎麼能做這判斷呢？如果我說我不知某物，而你也認為如此，認為我所說

的不知道確實是不知道，那麼你的判斷有什麼根據呢？你和我的認知條件不同，認知正確的標準也不同，你怎麼判斷我的認知呢？」

> 且吾嘗試問乎女：民濕寢則腰疾偏死，鰍然乎哉？木處則惴慄恂懼，猿猴然乎哉？三者孰知正處？民食芻豢，麋鹿食薦，蝍蛆甘帶，鴟鴉耆鼠，四者孰知正味？猿猵狙以為雌，麋與鹿交，鰍與魚游。毛嬙麗姬，人之所美也，魚見之深入，鳥見之高飛，麋鹿見之決驟。四者孰知天下之正色哉？自我觀之，仁義之端，是非之塗，樊然殽亂，吾惡能知其辯！

再者，我試問你：「人們睡在潮濕的地方，腰會酸痛，甚至半身不遂，可是泥鰍會嗎？人們住在樹上，會害怕摔下來，猿猴會嗎？那麼，人、泥鰍、猿猴三者誰住在最恰當的地方？人們愛吃牛羊犬豕，麋鹿喜歡吃草，蜈蚣以小蛇為美食，鴟和鴉耆好腐鼠，四者誰吃的是最正宗的美味？麋和鹿來往，泥鰍和魚同游，毛嬙、麗姬是人們公認的美女，可是魚見了潛入水底，鳥見了高飛天上，麋鹿見了立刻跑開，四者誰所見的是真正的美色？由我來看，人們建立了仁義標準，爭辯是非，搞得一團亂，我怎知他們的分別？若我知道他們的分別，我勢必也有一套是非準則，那麼豈非與他們一樣？」

> 齧缺曰：「子不知利害，則至人固不知利害乎？」王倪曰：「至人神矣！大澤焚而不能熱，河漢沍而不能寒，疾雷破山【飄】風振海而不能驚。若然者，乘雲氣，騎日月，而遊乎四海之外。死生無變於己，而況利害之端乎！」

齧缺聽了這一番話，便問說：「先生不知是非利害之辯，是否至

人本就不知是非利害之辯？」王倪說：「至人超乎是非利害之外，神妙至極。是非利害之大者莫如生死，大澤火焚，河漢冰凍、迅雷破山，狂風蕩海，常人都無法承受其熱其寒而驚駭，至人卻毫髮無傷。像這樣，至人將乘雲氣，騎日月，遊於四海之外，連死生都無法使他改變，何況只是利害而已。」

（十）聖人愚芚 ── 道的體認二

> 瞿鵲子問乎長梧子曰：「吾聞諸夫子，聖人不從事於務，不就利，不違害，不喜求，不緣道；無謂有謂，有謂無謂，而遊乎塵垢之外。夫子以為孟浪之言，而我以為妙道之行也。吾子以為奚若？」長梧子曰：「是（皇）【黃】帝之所聽熒也，而丘也何足以知之！且女亦大早計，見卵而求時夜，見彈而求鴞炙。予嘗為女妄言之，女以妄聽之奚。」

瞿鵲子問長梧子說：「我曾聽孔夫子的一段評論，聖人不汲汲從事世務，不因利而趨近，不因害而逃避，不因可獲喜樂而追求，不為有所攀附而修道，總之，無動機，無目的，任其去來。不道一語而實有深意，道盡言語又意在言外，無所指謂。聖人遊於塵垢的世俗事物之外。孔夫子認為這種說法荒唐而無指歸，我卻認為是妙道的實踐。不知先生認為如何？」長梧子說：「這連黃帝聽了都有所困惑，孔丘怎麼聽得懂呢！再說，你只聽孔丘評論時引述的聖人之道，便以為妙道，未免太急切，好像見到卵就馬上要見到雞，見到彈丸就立刻想見到炙熟的小鳩。聖人之道本難以言說，我就姑妄說說，你也姑妄聽聽。」

> 旁日月，挾宇宙？為其吻合，置其滑涽，以隸相尊。眾人役

役，聖人愚芚，參萬歲而一成純。萬物盡然，而以是相蘊。

聖人無我，以死生為晝夜，與萬物為一體，依循日月，懷藏宇宙，然而物情紛然，聖人為了救物而與之冥合，因此置其紛亂，自視為僕隸而與物相尊，庶免以德濟亂而益亂。當眾人奔馳競逐時，聖人則茫然無知。三萬歲之間，世情變化，何其雜沓，而人不隨之而茫，成其純一。由聖人觀之，萬物皆本然，由此相蘊積，雖三萬歲，猶然為一。

予惡乎知說生之非惑邪！予惡乎知惡死之非弱喪而不知歸者邪！麗之姬，艾封人之子也。晉國之始得之也，涕泣沾襟；及其至於王所，與王同筐床，食芻豢，而後悔其泣也。予惡乎知夫死者不悔其始之蘄生乎！

既然為一，生死無別，可是眾人卻悅生惡死，怎知悅生不是一場迷惑？怎知惡死不是像年少迷途而不知歸鄉，既安於他鄉，遂厭惡歸鄉，一旦歸鄉，始知厭惡歸鄉之非？這就好比麗姬。麗姬是麗戎艾地封疆之吏的女兒，當晉國擄獲她時，涕泣沾襟，而後被送到晉獻公處，與獻公同眠方床，飲食美饌。才後悔當初涕泗漣漣。由此觀之，怎知亡者不是處於安樂，而後悔當初汲汲求生呢？

夢飲酒者，旦而哭泣；夢哭泣者，旦而田獵。方其夢也，不知其夢也。夢之中又占其夢焉，覺而知其夢也。且有大覺而後知此其大夢也，而愚者自以為覺，竊竊然知之。君乎，牧乎，固哉！丘也與女，皆夢也；予謂女夢，亦夢也。是其言也，其名為弔詭。萬世之後而一遇大聖，知其解者，是旦暮遇之也。

夢見飲酒，晨起卻哭泣。夢見哭泣，晨起卻田獵。做夢時，不知是夢，而以為真，於是在夢中又夢，醒了之後才知道二夢是夢，而以為初夢是真。一旦徹底醒了之後，才知徹頭徹尾是個大夢。可是愚昧的人卻自以為醒著，了解得非常清楚分明，於是喜好的人，視之為君上，厭惡的人，視之如牧牛者，何其固陋！孔丘和你都在夢中，我說你們在夢中，這也是在夢中。這麼說來，一切都是迷夢，可是一切都是迷夢這說法必須是真實的，於是自相矛盾，稱之為「弔詭」。弔詭是為了逼出徹底的覺悟。然而萬世之後始逢大聖，洞澈大悟的人是何其難遇！

> 既使我與若辯矣，若勝我，我不若勝，若果是也，我果非也邪？我勝若，若不吾勝，我果是也，而果非也邪？其或是也，其或非也邪？其俱是也，其俱非也邪？我與若不能相知也，則人固受其黮闇。吾誰使正之？使同乎若者正之？既與若同矣，惡能正之！使同乎我者正之？既同乎我矣，惡能正之！使異乎我與若者正之？既異乎我與若矣，惡能正之！使同乎我與若者正之？既同乎我與若矣，惡能正之！然則我與若與人俱不能相知也，而待彼也邪？

是非的迷惑猶如死生覺夢的迷惑。假使我和你辯論，你贏了我，而我沒贏你，你果真對嗎？我果真錯嗎？我贏了你，你沒贏我，我果真對嗎？你果真錯嗎？或者我們都有些對，有些錯，或者我們都對，或者我們都錯。我和你無法互相了解，那麼，人們的爭辯本就沈晦不明。我要找誰來仲裁、釐清。讓與你看法相同的人來仲裁的話，既然與你相同，怎麼能仲裁？讓與我看法相同的人來仲裁的話，既然與我相同，怎麼能仲裁。讓與我們兩人看法不同的人來仲裁的話，既然和

我們兩人不同，怎麼能仲裁？讓與我們兩人意見相同的人來仲裁，既然和我們兩人不同，他就自相矛盾了，怎麼能仲裁？那麼我、你、他都不能互相了解，難道還要再找一個人來仲裁嗎？結果還不是一樣。

> 何謂和之以天倪？曰：是不是，然不然。是若果是也，則是之異乎不是也亦無辯；然若果然也，則然之異乎不然也亦無辯。化聲之相待，若其不相待。和之以天倪，因之以曼衍，所以窮年也。忘年忘義，振於無竟，故寓諸無竟。

什麼叫作以「天倪」調和？是非然否之辯都是出於有我之見，如果無我，就會把原來認為不是的視為是，把原來認為該否定的看成可以肯定。果真把不是視為是，那麼原來所認為的是和不是就沒有分別，果真把否定的認為該肯定，那麼肯定和否定就沒有分別。是非然否之辯就像音聲變化，每一個聲音都依賴另一個聲音，才成其變化。如果不相依賴，而以天倪調和，任其自身變化，以至於無極，這是窮盡天年的辦法。忘年歲，就能同生死、忘義理，就能泯是非，如此便能暢達於無極，寄身於無窮。

（十一）影無識──道的體認三

> 罔兩問景曰：「曩子行，今子止；曩子坐，今子起；何其無特操與？」景曰：「吾有待而然者邪？吾所待又有待而然者邪？吾待蛇蚹蜩翼邪？惡識所以然！惡識所以不然！」

罔兩是影子之外更淡的影子，它附著影子而移動。罔兩就問影子說：「方才你起來走動，現在你停下來。方才你坐著，現在又起來。為什麼沒有固定的活動？」影子說：「我是有所依賴才這樣，我所依

賴的東西又有依賴才這樣。我依賴已蛻的蛇皮，就有蛇皮的影子，我依賴已蛻的蜩翼，就有蜩翼的影子。已蛻的蛇皮又依賴蛇，已蛻的蜩翼又依賴蜩。自此以往，無窮無盡。所以你問我為什麼沒有固定的活動，我怎麼知道要這樣活動，怎麼知道不要這樣活動。」

（十二）齊物化蝶──道的體認四

> 昔者莊周夢為胡蝶，栩栩然胡蝶也，自喻適志與！不知周也。俄然覺，則蘧蘧然周也。不知周之夢為胡蝶與？胡蝶之夢為周與？周與胡蝶，則必有分矣。此之謂物化。

從前莊周夢見自己化為**蝴蝶**，是一隻滿心喜悅的**蝴蝶**，只知道自己很愜意，而不知道自己是莊周。要是常人，定然極度驚駭、恐懼，自己的身體怎麼不見了？怎麼化成**蝴蝶**？忽然醒了，只知道自己是活生生的莊周，不知道自己在夢中化為**蝴蝶**。究竟是**蝴蝶**在夢中化為莊周呢？還是莊周在夢中化為**蝴蝶**？莊周和**蝴蝶**一定有分別，可是怎麼分別？這是有我的困境，分別了彼此是非，而愛此惡彼，一旦遷化成**蝴蝶**，就極度驚駭、恐懼。不如無我，不在莊周和**蝴蝶**之間分辨真偽是非。這就叫作「物化」。

附錄八

結構與歷程：論王弼的《周易略例》

前言

　　《周易》本是卜筮之書，藉以預測吉凶。吉凶指事態對人所造成的得失[1]。如果不借重卜筮，人們將如何知道吉凶？將運用其理性，根據事態的相關訊息，逐步推論、判斷。但是人們可以獲知的訊息往往不夠完整，即使完整，可據以採取的行動方案也有多種，有待選擇。每一種選擇所造成的結果可能不一樣，得失之情又交激於胸中，於是理性的運用仍然無法讓人完全正確的預知吉凶。事態隨著時間像潮水一波又一波的湧到面前，人們不能不採取行動，往往免不了求之於占筮。占筮在沒有書面文字作為解說吉凶之前，只能依賴占者的直覺。有了書面文字作為解說吉凶的依據之後，就仰賴解釋書面文字的意義以說吉凶。《周易》經文中的卦畫、卦名、卦辭、爻辭的意義就是賴以獲知吉凶的依據。

　　今本《周易》解釋經文的是〈彖辭〉、〈小象〉、〈大象〉、〈文言〉、〈繫辭〉、〈說卦〉、〈序卦〉、〈雜卦〉，傳統稱之為「傳」[2]。傳以

1　〈繫辭〉上傳第二章：「是故吉凶者，失得之象也。」
2　解釋《周易》經文之傳有多家，本與經文別行。如〈漢志〉著錄「易，經十二篇。」其下又著錄「易，傳周氏二篇。」象、象、繫、文言、序卦、說卦、雜卦等為戰國儒者所作，其性質為傳，而無「傳」之名，至漢代《史記・孔子世家》、《漢

解經，〈彖辭〉解說卦辭，〈小象〉解說爻辭，〈文言〉解說乾、坤兩卦，〈大象〉從德性解說一卦之義。〈繫辭〉綜合的解說《周易》一書的作者、解《易》規則、進而陳述其道論，〈說卦〉解說卦象，〈序卦〉解說六十四卦次第的理由，〈雜卦〉則解說六十四卦卦名之義。各傳的解釋對象在傳統上沒有異說，它們的解釋方法在傳統上稱為「例」。王弼的《周易略例》就是這種性質的著述。這些「例」可以用三個問題來區分：如何解釋《周易》經文的意義？如何知道當前處於事態發展的哪一個階段？如何知道吉凶？

《周易》經文以卦畫為核心，然而卦畫是純粹形式的符號，其意義必須透過賦予經驗內容而顯。卦辭、爻辭、卦名是具有經驗內容的語文，因此，嚴格說來，卦辭、爻辭和卦名都是對卦畫的解說[3]。由於運用《周易》的目的在於知吉凶，而吉凶是事態對人所造成的得失，因此，卦畫的意義就被限定在事態。事態是人以其心力運用物力而互動的過程。心力指人欲望、意志、智力、情感、情緒、個性、道德感、美感等。物力包括自然物和人造物。人造物指經由技術而製造的各種物品、組織、和符號。符號有以聲音、線條與顏色、動作、數字為媒介而發展出來的語文、音樂、美術與雕刻、舞蹈、和數學等知識。人們是在組織結構之內或之間、歷經時間、面對環境而互動，於是必須把這些經驗內容賦予卦畫，而使卦畫可以表述三套意義系統，也因此容易混淆這三套意義系統。

透過卦畫所含的三套意義系統而知道每一卦所表的事態之後，就必須有個方法來確定自己當前處於事態發展的哪一個階段。事態發展

書‧藝文志》稱引皆然。《易緯‧乾鑿度》始分彖、象、繫為上、下而成十篇，稱為「十翼」。

3　卦名是歸結爻辭大義而成。此說見高亨〈周易卦名來歷表〉，文於所著《周易古經通說》，（臺北：樂天出版社，1982年），頁37。

是透過六爻來顯示，那麼，這個問題也只能透過六爻來決定。

　　在知道自己當前處於事態的哪一個階段之後，就必須有個方法來了解事態在未來的吉凶。純粹形式的卦畫無法顯示這項結果，只有透過《周易》經文來顯示。

　　春秋時代用取象的方法將事態賦予卦畫，〈彖辭〉和〈小象〉除了繼承取象的方法之外，又發展出爻位的解釋方法，將組織結構和時間歷程賦予卦畫。此外，〈彖辭〉和〈小象〉也將德性對吉凶的影響賦予相當的份量，進而從對德性和吉凶的反思，將思想提升到天人合德的境地。這些思想都被〈繫辭〉繼承、開拓。不過在吉凶判斷上還是以組織結構和人類德性為解釋《周易》經文的分析模式。王弼的《周易略例》也承續這個解《易》規則，只是結合了儒家和道家思想。

　　由於卦畫這純粹形式符號可以代入不同的意義系統，解《易》之時，不免疏忽而混淆了不同的意義系統，王弼的《周易略例》也有此瑕病。本文的目的就是重新整理王弼《周易略例》的解《易》規則，使其條理清晰，並指陳其瑕病。為了條理清晰，所列規則有些是王弼《周易略例》所無而理應涵於其中的[4]。

一　卦畫表事件的歷程與變化

　　《周易略例·明卦適變通爻》說：

> 夫卦者，時也。爻者，適時之變者也。……初上者，終始之象也。

4　關於《周易略例》版本，拙文採用樓宇烈《老子·周易王弼注校釋》，臺北：華正書局，1990年。

在歸結王弼的解易規則之前，必須先說明爻位、爻性、和經驗內容三個概念。這將有助於清晰的分辨王弼之言的瑕疵。爻位指爻所居之位，共有六位，合成一卦。爻性指爻的特質為陰或陽，因此有陰爻和陽爻。經驗內容指代入卦爻的經驗事物，如以乾卦為天，或以整個卦爻表時間歷程、表組織結構。爻位就好像算術中的個位、十位、百位、千位等等，爻性就好像在爻位上填入的 x、−x 等，經驗內容則像填入 x、−x 中的事物。

從以上王弼所述諸語，可以歸結出二條規則。

規則 1：六爻爻位表事件歷程。

《周易》以卦畫為基礎而解釋占筮的結果。然而卦畫是純粹形式符號，占筮則欲知事件對人造成的吉凶，因此，就把事件這經驗內容賦予卦畫。事件是人以其心力運用物力而互動的過程。互動在時間歷程中進行，互動之中又有變化。因此，將事件這經驗內容賦予卦畫時，卦畫就具有表達事件歷程和變化的意義。如果暫時抽出經驗內容，從初爻至上爻的爻位就是表時間歷程。每一個爻位都可填入陰爻或陽爻，因此，嚴格的說，〈明卦適變通爻〉所說「卦者，時也」應是「爻位者，時也」。如此方能包含六十四卦所示的六十四種時間歷程。

規則 2：初爻爻位和上爻爻位表事件終始。

事件有其主體，即個人或組織，在時間歷程中互動而發生變化，個體（個人或組織都可以稱為個體）是有限的，個體互動所構成的事件也是有限的。既然有限，就有開始與結束，從開始到結束有一段過程。事件始於心力、物力發揮功能之時，而終於目標完成或心力、物力衰竭之時。這個歷程放在六爻來看，初爻爻位為始，上爻爻位為終。因此王弼所說的「初、上」應指初爻爻位和上爻爻位。如果不從

個體，而從整體來看，則事件周流不息，因此，〈明卦適變通爻〉不說「初上者，始終之象也」，而說「初上者，終始之象也」。

二 卦畫表組織結構

（一）組織結構內的職位功能和職位之間的關係

A 職位功能

《周易略例‧辯位》說：

> 夫位者，列貴賤之地，待才用之宅也。爻者，守位分之任，應貴賤之序者也。位有尊卑，爻有陰陽。尊者，陽之所處也；卑者，陰之所履也。故以尊為陽位，卑為陰位。去初、上而論位分，則三、五各在一卦之上，亦何得不謂之陽位？二、四各在一卦之上，亦何得不謂之陰位？初、上者，體之終始也，故位無常分，事無常所，非可以陰陽定也。

從以上諸語可以歸結出下列規則。

規則 3：爻位表組織結構內的職位。

規則 4：職位的功能由陽位和陰位表示。陽位表高職位，為尊、為貴、為主。陰位表低職位，為卑、為賤、為從。

規則 5：奇數爻位為陽位，偶數爻位為陰位。三、五爻位為陽位，二、四爻位為陰位。初、上爻不計入陽位或陰位。

王弼認為「位」是「列貴賤之地，待才用之宅」，貴賤是指職位

高低，則爻位首先表組織結構內的職位。

　　每一個職位都有其功能。不論其功能是什麼，由於分工的需要，必須有領導和輔弼的分別，陽位表領導，陰位表輔弼。從位階來看，陽位為高職位，為尊，為貴。陰位為低職位，為卑，為賤。然而如何規定陽位和陰位？王弼以三、五爻爻位為陽位，以二、四爻爻位為陰位，至於初、上爻爻位則無陰位或陽位的規定。

　　這個觀點混淆了時間歷程和組織結構兩套意義系統。為了清晰的呈現其錯誤，先設一喻。

$$x+2x+3x+4x+5x+6x=21x$$

　　x 在此可以指桃子，也可以指李子。如果指桃子，從 x 到 6x 都指桃子，不能說從 2x 到 5x 指桃子，同時 x 和 6x 指李子。但是王弼卻這麼做，他認為 2x 到 5x 指桃子，同時認為 x 和 6x 指李子。這就是王弼混淆兩套意義系統的模式。從初爻爻位至上爻爻位猶如 x 至 6x，是純粹形式符號，可以代入不同的經驗內容，但是只能同時代入一種經驗內容，不能同時代入兩種經驗內容，否則將造成意義混淆。然而王弼卻將「位」（組織結構）代入二爻至五爻，同時將「時」（時間歷程）代入初爻與上爻。

　　王弼的混淆源於把「位」的概念限定在組織結構，其實，時間歷程也可以有「位」。在一卦六位尚未填入陰、陽爻之前，只有空洞的六位，假設要表達「時」（時間歷程）的意義系統，這六位就表示包括終始在內的六段歷程。若要表達「位」（組織結構）的意義系統，這六位就表示包括六個成素的組織結構。

　　王弼會把「位」的概念限定在組織結構，是受了〈小象〉和〈繫辭〉的影響。他發現〈小象〉沒有提到初、上爻得位或失位，（〈辯位〉說：「象無初、上得位、失位之文」）又發現〈繫辭〉下傳第九章

只說：「二、四同功而異位，……三、五同功而異位。」並不敘及初、上爻。所以他不把初、上爻計入表組織結構的「位」中。其實，〈小象〉中的「得位」、「失位」即「當位」或「不當位」。這個概念的形成如下：首先，有六位。其次，填入陰爻或陽爻。復次，指定初、三、五位為陽位，二、四、上位為陰位。最後，根據陽爻居陽位、陰爻居陰位為「得位」或「當位」；若陽爻居陰位、陰爻居陽位，則為「失位」或「不當位」。至此，「得位」、「失位」並沒有經驗內容如組織結構或時間歷程。一旦賦予經驗內容，不論是組織結構或時間歷程，都有「得位」或「失位」之事。王弼對此無法明辨，於是一方面無法解釋乾卦〈彖辭〉的「六位時成」一語，另一方面，在談到中爻時，又把初、上爻納入表組織結構的「位」概念中，而陷於自相矛盾。

　　王弼無法解釋「六位時成」一語之事見於〈辯位〉。他在〈辯位〉中解釋說：

> 然事不可無終始，卦不可無六爻。初、上雖無陰陽本位，是終始之地也。統而論之，爻之所處，則謂之位，卦以六爻為成，故不得不謂之「六位時成」也。

王弼也承認「爻之所處，則謂之位」。有六爻，則有六位。當以六位表時間歷程時，可以將陰陽賦予六位，也可以不賦予。若將陰陽賦予六位，則有「得時」或「失時」。若不賦予，則無「得時」或「失時」。如今〈彖辭〉和〈小象〉並沒有「得時」或「失時」之說，亦即以六位表時間歷程時，不將陰陽賦予六位，則王弼不須強為之解，說「初、上雖無陰陽本位，是終始之地也」。王弼作此解說反而顯出他把表組織結構的陽位和陰位混入表時間歷程的六爻爻位中。

　　王弼既然不把初、上爻納入「位」（表組織結構）的概念，談到中爻，又隱然把初、上爻視為「位」（表組織結構）的概念。這個矛盾見於〈明象〉。〈明象〉中說：

> 物無妄然，必由其理。統之有宗，會之有元。故繁而不亂，眾而不惑。故六爻相錯，可舉一而明也，剛柔相乘，可立主以定也。是故雜物撰德，辯是與非，則非其中爻，莫之備矣！

這是承繼〈繫辭〉下傳第九章的說法[5]。既然辨是與非，有賴中爻，此爻不是指表「時」（時間歷程）之爻，因為無法從純粹的「時」判斷是非。此爻應是指表「位」（組織結構）之爻。既然如此，二、五爻所以能為中爻，有待初、上爻來相互界定，中爻既指「位」（組織結構），初、上爻也必須指「位」。於是王弼隱然將初、上爻視為表「位」（組織結構）之爻。這和他在〈辯位〉中所謂「去初、上而論位分」一語以初、上爻表時間歷程而不表組織結構顯然相互矛盾。

B　職位之間的垂直關係

　　〈明卦適變通爻〉說：

> 承、乘者，順逆之象也。

5　《周易・繫辭》下傳第九章說：「若夫雜撰德，辨是與非，則非其中爻不備。」朱熹注：「此（中爻）謂卦中四爻。」焦循《易章句》說：「中爻，謂二、五。」凌案：朱熹以中爻為二、三、四、五爻。朱熹之說係涉〈繫辭〉此章下文「二與四同功而異位」、「三與五同功而異位」而生。由於二爻爻位謙而柔，因此多譽；四爻爻位近五爻爻位，易致功高震主，故多懼；三爻爻位剛而居內卦靜處之勢，故多凶；五爻爻位剛而處恢拓之勢，故多功。朱熹以為據此四者可辨明是非，亦持之有故，言之成理。然而王弼既稱「六爻相錯，可舉一而明也；剛柔相乘，可立主以定也」，則其所謂中爻係指一爻，指一主爻，而非指二、三、四、五爻。今論王弼，故取焦循。

規則 6：乘位表高職位，承位表低職位。

規則 7：相鄰兩爻爻位在上者為乘位，在下者為承位。

除了以陽位和陰位表職位功能之外，職位之間又有垂直的關係，此即「乘位」、「承位」。相鄰兩爻爻位之間，上位對下位為「乘」，下位對上位為「承」，表領導與輔弼的關係。在職位之間的領導與輔弼關係中，尚無順或逆之事，必須在填入陰陽爻之後，才有順逆可言。但是王弼以順、逆界定承、乘，不免有混淆爻位與爻性之瑕。

C　職位之間的水平關係

〈明卦適變通爻〉說：

> 夫應者，同志之象也。

規則 8：應位表組織結構內兩個職位之間的互動關係。

規則 9：初、四爻爻位，二、五爻爻位，三、上爻爻位為應位。

初與四、二與五、三與上的爻位表組織成員之間的互動關係。這種關係為同志或異志，必須在填入陰陽爻之後才顯現出來。而王弼以同志之象界定應位，不免有混淆爻位和爻性的缺陷。

（二）爻性──組織成員的特質

〈辯位〉說：

> 夫位者，列貴賤之地，待才用之宅也。爻者，守位分之任，應貴賤之序者也。位有尊卑，爻有陰陽。尊者，陽之所處也；卑者，陰之所履也。故以尊為陽位，卑為陰位。

規則 10：爻之陰陽，稱為爻性，表組織成員的特質。

當爻位表組織結構時，每個爻位必須填入陰爻或陽爻，爻之陰陽就表示組織成員的特質。人們很自然的從社會經驗中認為主領導的爻位為尊位、為貴位。反之，則為卑位、為賤位。當陰陽爻填入爻位時，陰爻未必會居於卑位，陽爻也未必會居於尊位。但是王弼卻認為「尊者，陽之所處，卑者，陰之所履」，這顯然又混淆了爻位和爻性。

貴賤、尊卑、陰陽這三個概念共用一套卦爻符號，本就容易造成意義混淆。這三個詞在行文中，為了文章變化，又可以互換，使得這種修辭方法在論理時更容易造成意義混淆。王弼以「位」為「列貴賤之地，待才用之宅」，則貴賤指職位功能。又說「位有尊卑」，則尊卑也指職位功能。職位功能有領導與輔弼之分，領導為貴為尊，輔弼為賤為卑，而陽位主領導，陰位主輔弼，因此王弼說「尊為陽位，卑為陰位」。這些都正確。另一方面，他以「爻」為「守位分之任，應貴賤之序」，又認為「爻有陰陽」，則陰爻陽爻指個體特質，即爻性。這也是正確的。但是他認為「尊者，陽之所處，卑者，陰之所履」則誤。陽位、中位、上位都是尊位，而陰位、下位是卑位。但是尊位未必是陽爻之所處，卑位也未必是陰爻之所履。當陽爻而居卑位或陰爻而居尊位時，即不當位。爻位尊卑（其實應是陰陽）是指稱組織結構內部的職位功能，爻性陰陽是指個體的特質，由此可見，王弼因行文求其變化而混淆了爻性與爻位，即混淆了個體特質和職位功能。

（三）組織成員與職位之間的關係

〈辯位〉說：

> 象無初、上得位、失位之文。

規則 11：陽爻居陽位或陰爻居陰位，謂之當位或得位。陽爻居陰位
　　　　 或陰爻居陽位，謂之不當位或失位。當不當位表示個體特
　　　　 質與職位功能是否相合。

　　王弼所說「得位」、「失位」即〈彖辭〉和〈小象〉所說的「當位」與「不當位」。王弼認為〈小象〉對初爻和上爻的解釋中，沒有得位或失位的評論，其原因是初爻和上爻表時間歷的終始。其誤已見前文。拙意以為當不當位是放在個體的發展歷程來看，初爻是個體發展初期，屬於潛伏期，乾卦初九稱之為「潛龍，勿用」，當不當位，影響不大；上爻是個體發展末期，屬於隱退期，乾卦上九稱之為「亢龍，有悔」，不宜有動，當不當位，影響也不大，因此〈小象〉不需評論初爻和上爻得位或失位。

（四）組織成員之間的關係

　　〈明卦適變通爻〉說：

> 夫應者，同志之象也。……承乘者，順逆之象也。

規則 12：乘與承指相鄰兩爻之間的關係。上爻對下爻為乘，下爻對
　　　　 上爻為承。陽爻乘陰爻或陰爻承陽爻為順，反之則為逆。
　　　　 乘與承表組織內個體之間的權力關係。

規則 13：應爻指初爻與四爻、二爻與五爻、三爻與上爻的陰陽爻性
　　　　 相反。無應則指其陰陽爻性相同。應或不應表個體在組織
　　　　 結構中的協調或衝突關係。

　　爻位和爻性必須分別，因此規則 7、8 述乘位與承位，規則 9、

10 述應位，此處述乘爻與承爻、應爻。只有在乘爻和承爻時，才有順逆可言，只有在應爻時，才有同志或異志可言。

三　卦畫表活動的環境

〈明卦適變通爻〉說：

> 夫卦者，時也。爻者，適時之變者也。……內外者，出處之象也。

規則 14：六爻表時勢。

以六爻爻位表時間歷程，這只具有形式意義。在爻位上填入陰爻或陽爻之後，形成一卦，仍然只具有形式意義，而尚無經驗內容。王弼以爻為「適時之變」是從已顯示經驗內容的爻辭而言，則六爻爻辭顯示事態變化的狀態，王弼對此義說得很清楚：「夫爻者，何也？言乎變者也。」這是以「爻」為爻辭。但是變化有其主體，即誰在變化？為什麼變化？王弼所說「適時之變」隱然包含了誰和變化原因兩項，當以爻為「適時之變」，就是以爻為變化的主體，它隨著「時」而變化。「時」在此不是指純粹的時間，而是指時勢。時勢是主體活動所面對的環境，其具體內容就是傳統所謂的天、地、人等影響事態發展的因素。從活動的角度來看，人們必須觀察這些因素的利害，而決定出處動靜。這就顯示在內卦和外卦。

規則 15：內卦為初、二、三爻構成，表靜處的環境。外卦由四、五、上爻構成，表活動的環境。

四　事態的決定

　　純粹形式的卦爻符號在賦予歷程、結構、和環境的經驗意義之後，只是樹立解易的規則，這些規則的作用是將卦畫、卦名、卦辭、爻辭的意義限定在「事態」的範圍，並以這些規則作為理解「事態」的分析模式。至於每一卦和每一爻具體而確切的意義，則是將卦辭和爻辭放在由這些規則所立的分析模式中予以解說。王弼認為這項解說工作由〈彖辭〉和〈小象〉來完成。因此，〈明象〉說：

　　　　夫象者，何也？統論一卦之體，明其所由之主也。

又〈略例〉下說：

　　　　凡彖者，統論一卦之體者也。

由此而有規則 16。

規則 16：〈彖辭〉解釋一卦所示的整個事態。

　　至於各爻之義，〈略例〉下說：

　　　　象者，各辯一爻之義者也。……象則各言六爻之義者，明其吉
　　　　凶之行。

於是有規則 17。

規則 17：小象解說一爻在組織中結構和歷程的意義。

　　雖然如此，人們用易最重要的目的是想知道：當前處於什麼事態？處於事態發展的哪一個階段？王弼回答了第二個問題。〈明象〉說：

> 夫少者，多之所貴也；寡者，眾之所宗也。一卦五陽而一陰，則一陰為之主矣；五陰而一陽，則一陽為之主矣。……或有遺爻而舉二體者，卦體不由乎爻也。

又〈略例〉下說：

> 凡彖者，通論一卦之體者也。一卦之體必由乎一爻為主，則指明一爻之美，以統論一卦之義，大有之類是也。卦體不由乎爻，則全以二體之義明之，豐卦之類是也。

由是而有規則 18。

規則 18：凡五陽而一陰之卦，以一陰為主爻。五陰而一陽之卦，以一陽為主爻。凡二陰四陽、二陽四陰、三陰三陽之卦，以內卦與外卦結合之意義代主爻之意義。

　　〈彖辭〉統論一卦之體，則將一卦視為完整事態。事態有發展的歷程與變化，因此，事態有整體的形態和各階段的狀態兩個層面。那麼一卦如何呈現這兩個層面？首先，卦名透露了事態的整體形態，因為卦名是約六爻爻辭的內容而立的。然而卦名僅有一詞，意義沉晦，於是〈彖辭〉透過釋卦辭而使整個事態比較明確，因此，王弼在〈明象〉說：「故舉卦之名，義有主矣。觀其〈彖辭〉，則思過半矣。」卦名和〈彖辭〉在解說一卦所示的事態上是互補的。

　　然而事態的發展有其階段，卦名和〈彖辭〉無法予以解說，而由六爻爻辭來解說。於是事態的兩個層面——整體形態和階段歷——有了解釋，這時為什麼還要立「主爻」？若如王弼所說：「一卦之體必由乎一爻為主。」則一卦之體所示的事態由主爻來解釋，於是主爻的解釋和卦辭、彖辭、六爻爻辭重複，而且必與六爻爻辭之一重複。因此王弼所謂的主爻不是為了解釋卦體所示的事態，而是為了顯示並解釋人們當前處於事態發展的哪一個階段。在春秋時代，確立主爻是根據占筮而定的，王弼則根據一與多的哲學觀念，而認為以一統多。即使王弼確立主爻的方法是正確的，他要如何顯示並解釋人們當前處於哪一卦所示的事態？這仍然必須透過占筮，而無法透過一與多的哲學觀念來決定。因此，王弼想用一與多的哲學觀念取代占筮以立主爻的方法並不成功，除非他不討論主爻。換句話說，想知道當前處於什麼事態、事態發展的哪一個階段、及其吉凶，這不完全是理性所能為力，因此說「謀事在人，成事在天」。主爻是占筮中的概念，是鬼謀之事，王弼要從哲學、從人謀論易，就不應討論主爻。

　　再者，王弼也知道用以一統多的方法立主爻會遭遇例外，即這個方法不適用於二陰四陽、二陽四陰、和三陰三陽之卦，而不得不採用二體（內、外卦卦象結合）以代主爻。這就回到春秋時代的取象方法。從方法學的觀點來看，王弼立主爻的方法有不一致的缺陷。

　　姑不論王弼以哲學觀念立主爻有其內在的衝突，解易必須明吉凶，而吉凶有各種狀態，於是有規則 19。

規則 19[6]：「無咎」指本來有咎，因預防得法，所以能夠無咎。「吉，無咎」指本來有咎，因為逢吉，所以得免。

6　關於王弼對〈小象〉吉凶判斷語的解釋，見《周易略例》下。（樓宇烈《老子·周易王弼注校釋》，頁615）其詞簡明，故逕逐不引。

「無咎，吉」指先免於咎，而後吉隨之而至。或指處理得其時機，所以只要不犯咎，就能獲吉。

「無咎」也可以指自己招來罪過，無所怨咎。

五　超越吉凶

雖然人們透過筮蓍，占得一卦，索知主爻，藉此了解所處的事態及其發展，進而透過卦爻所示的組織結構和環境利害，以資判斷吉凶，似乎如是便可準確的掌握未來，趨吉避凶。但是這樣的方法交雜著理性和非理性的成分、交雜著人謀和鬼謀的成分。人們理性地知道自己理性的侷限，而求之於非理性的筮蓍。求之於筮蓍的非理性活動中，蘊涵著對卦爻的理性解讀，也蘊涵著趨吉避凶的理性選擇。然而趨吉避凶不只是理性選擇，也是與生而俱的欲望。這股欲望挾著意志、個性、情緒、情感、知識、德性而涵蘊強大的力量，足以使循著組織結構和客觀環境而行的事態發展改變方向，遂致吉凶難卜。

卦爻是一套理性的數理符號，確知占得某卦某爻則是非理性的活動。把事態變化的經驗內容賦予卦爻，這是理性的活動，於是根據卦爻和《周易》經傳文詞，似乎可以理性的推知事態的發展、變化、和吉凶，但是王弼不認為如此。他在〈明爻通變〉說：

> 夫爻者，何也？言乎變者也。變者，何也？情偽之所為也。夫情偽之動，非數之所求也。

人不是只被吉凶利害所牽引而束縛在組織結構和客觀環境去推動事態，倘若如此，人只是其欲望和環境的奴隸。但是人卻時常被吉凶利害所引而束縛在組織結構和客觀環境去推動事態。即使如此，透過卦

爻而顯示的組織結構和客觀環境也無法完全決定事態的變化，因為人的身心狀態對事態變化仍有促動的作用，而這不是卦爻數理所能顯示的。此即王弼所說「變者，何也？情偽之所為也。夫情偽之動，非數之所求也」之意。所謂情偽，即身心狀態，王弼從個體特質與客觀環境、個體特質與願望、個體之間特質的同異等三方面關係來看。

王弼敘畢「情偽之動，非數之所求」之後說：

> 故合散屈伸，與體相乖。形躁好靜，質柔愛剛。體與情反，質與願違。巧歷不能定其算術，聖明不能為之典要，法制所不能齊，度量所不能均也。……
> 近不必比，遠不必乖。同聲相應，高下不必均也。同氣相求，體質不必齊也。……故苟識其情，不憂乖遠，苟明其趣，不煩強武。能說諸心，能研諸慮，睽而知其類，異而知其通，其唯明爻乎！

所謂「合散屈伸」，係指個體的各種活動狀態，不論聚合、離散、失志、得志，若依卦爻數理和經驗事理，應與卦體所示的事態相合，但是有時卻不免相違，這就是個體特質所致，而非數理所能限定。

若個體特質偏於躁動，卻希望自己能處於沉靜的事態，或個體特質柔婉，卻希望在事態中有剛烈的活動，這些現象在卦爻中無法顯示出來。因為卦爻符號不顯示個體的願望。但是個體的特質和願望卻會影響事態變化。

若依爻位的應、承、乘等規則，個體之間的乖、比關係是很明確的。王弼卻說「近不必比，遠不必乖」，原因在於卦爻不顯示個體性情，而個體性情卻會使明確的關係改變。

既然情偽是造成事態發展、變化的原因之一，而且不像卦爻所示

的組織結構和客觀環境，可用數理、事理推求，那麼人們將如何了解情偽之變？王弼認為：只要洞明卦爻，就能「睽而知其類，異而知其通」。可是卦爻是數理的，王弼已說「情偽之動，非數之所求」，卻又要從明爻以知情偽，從數理以求情偽，豈非矛盾？

如果情偽無法從具有數理特性的卦爻中求，將如之何？王弼對此沒有詳細的說明，只有敷衍〈繫辭〉的話。他在〈明爻通變〉說：

> 是故情偽相感，遠近相追，愛惡相攻，屈伸相推，見情者獲，直往者違。故擬議以成其變化，語成器而後有格，不知其所以為主，鼓舞而天下從，見乎其情者也。

「情偽相感」四句承自〈繫辭〉下傳第十二章：「變動以利言，吉凶以情遷。是故愛惡相攻而吉凶生，遠近相取而悔吝生，情偽相感而利害生。」意謂：一切吉凶利害生於情偽相感。王弼認為「不知其所以為主」則能見知情偽，頗有道家「無為」之意。然而即使見知情偽，情偽仍在，吉凶利害仍生，將如何趨吉避凶？這是用易的最終目的，無法迴避。況且如何始能「不知其所以為主」？王弼並沒有回答，只節錄〈繫辭〉數語，作為其立論「卦以存時，爻以示變」的依據[7]。也許今本《周易略例》並不完整的緣故，無法察知其詳。

雖然如此，以「不知其所以為主」作為知悉情偽的方法，確實是個正確的方向。誠如前文所述，事態發展和變化的原因有理性可以推

7　王弼敘畢以「不知其所以為主」而見知情偽之後，接著說：「是故範圍天地之化而不過，曲成萬物而不遺，通乎晝夜之道而無體，一陰一陽而無窮。非天下之至變，其孰能與於此哉！是故卦以存時，爻以示變。」王弼節錄了〈繫辭〉上傳第四章、第五章、和第十章之詞而稍易一、二字，旨在論述「卦以存時，爻以示變」。然而所引〈繫辭〉之文在描述「至變者」，與王弼所述卦爻存時示變的內涵全不相干。這可能是今本《周易略例》為輯本的緣故。

知的部分，也有理性無法推知的部分，理性無法推知的部分，即使以非理性的方法預測，甚至後來發現偶中，多數事態仍因情偽之故，而變化多端。於是藉《周易》以預知吉凶的方法至此困窮。但是長期累積的文化傳統和用易經驗也由此困窮之中曲折的升上德性之路，而有乾卦〈彖辭〉所說「乾道變化，各正性命，保合太和，乃利貞」，有乾〈文言〉所說「夫大人者，與天地合其德，與日月合其明，與四時合其序，與鬼神合其吉凶。先天而天弗違，後天而奉天時」，有〈繫辭〉所說「知周乎萬物而道濟天下，故不過；旁行而不流，樂天知命，故不憂；安土敦乎仁，故能愛」等等天人合德之論。它超越了對一己吉凶的關切，而開啟對天下萬物生命各得其正的關懷。王弼所說「不知其所以為主」是這條思路上道家所採的方法，其中曲折，因不在本文範圍，姑置不論。

結論

　　王弼《周易略例》中有〈明象〉一篇，不屬解易規則，而是對於傳統易說中取象方法流於拘執、遂致偽說滋漫的辨正。因此姑置不論。

　　要而言之，王弼《周易略例》是整理〈彖辭〉、〈小象〉、〈繫辭〉解易方法之作。雖然，他對爻位、爻性、和經驗內容三者之間的分別有所認識，對於一套卦爻符號涵蘊三套不同的意義系統也有了解，卻不免混淆其間的分別，而使他在說明解《易》的條例時偶陷矛盾。再者，王弼運用玄學中以一統多的觀念取代筮著的方法，以確立主爻，也不成功，一方面，以一統多的觀念無法確立主爻，另一方面，它違背方法論中的一貫性原則。

《魏晉玄學講學錄》
編輯小組

總主編

許朝陽　吳智雄

編輯委員

胡文欽

哲學研究叢書·學術思想叢刊 0701010

魏晉玄學講學錄

作　　者　王金凌
責任編輯　蔡雅如
特約校稿　林秋芬

發 行 人　陳滿銘
總 經 理　梁錦興
總 編 輯　陳滿銘
副總編輯　張晏瑞
編 輯 所　萬卷樓圖書股份有限公司
排　　版　林曉敏
印　　刷　百通科技股份有限公司
封面設計　斐類設計工作室

發　　行　萬卷樓圖書股份有限公司
　　　　　臺北市羅斯福路二段 41 號 6 樓之 3
　　　　　電話 (02)23216565
　　　　　傳真 (02)23218698
　　　　　電郵
　　　　　SERVICE@WANJUAN.COM.TW
大陸經銷　廈門外圖臺灣書店有限公司
　　　　　電郵 JKB188@188.COM
香港經銷　香港聯合書刊物流有限公司
　　　　　電話 (852)21502100
　　　　　傳真 (852)23560735

ISBN 978-986-478-115-7
2017 年 9 月初版一刷
定價：新臺幣 480 元

如何購買本書：
1. 劃撥購書，請透過以下郵政劃撥帳號：
　 帳號：15624015
　 戶名：萬卷樓圖書股份有限公司
2. 轉帳購書，請透過以下帳戶
　 合作金庫銀行 古亭分行
　 戶名：萬卷樓圖書股份有限公司
　 帳號：0877717092596
3. 網路購書，請透過萬卷樓網站
　 網址 WWW.WANJUAN.COM.TW
大量購書，請直接聯繫我們，將有專人為
您服務。客服：(02)23216565 分機 10

如有缺頁、破損或裝訂錯誤，請寄回更換

國家圖書館出版品預行編目資料

魏晉玄學講學錄 / 王金凌著. -- 初版. -- 臺北
市：萬卷樓, 2017.09
　　面；　　公分. -- (哲學研究叢書.學術思想叢
刊)
ISBN 978-986-478-115-7(平裝)
1.魏晉南北朝哲學 2.玄學 3.文集
123.07　　　　　　　　　　　106017124